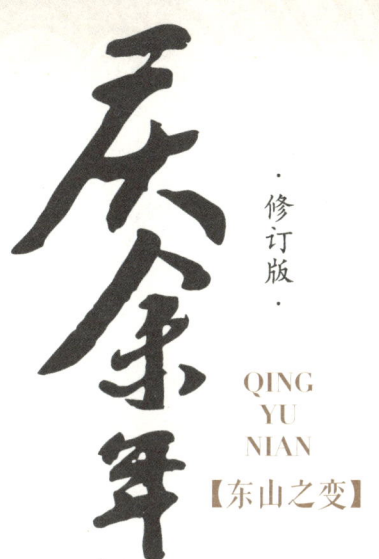

·修订版·

QING
YU
NIAN

【东山之变】

九

猫腻/著

人民文学出版社

图书在版编目(CIP)数据

庆余年：修订版.第九卷，东山之变/猫腻著.—北京：人民文学出版社，2021（2023.12重印）

ISBN 978-7-02-015991-8

Ⅰ.①庆… Ⅱ.①猫… Ⅲ.①长篇小说—中国—当代 Ⅳ.① I247.5

中国版本图书馆CIP数据核字(2021)第206257号

策划编辑　胡玉萍
责任编辑　黄彦博
责任校对　王筱盈
装帧设计　李思安
责任印制　王重艺

出版发行　人民文学出版社
社　　址　北京市朝内大街166号
邮政编码　100705

印　　刷　三河市博文印刷有限公司
经　　销　全国新华书店等

字　　数　238千字
开　　本　890毫米×1290毫米　1/32
印　　张　8.875　插页3
印　　数　75001—80000
版　　次　2021年11月北京第1版
印　　次　2023年12月第5次印刷

书　　号　978-7-02-015991-8
定　　价　39.00元

如有印装质量问题,请与本社图书销售中心调换。电话：010-65233595

目录

第一章　皇宫里的血与黄土 …… 001

第二章　雷　雨 …… 022

第三章　天下震动 …… 044

第四章　废　储 …… 071

第五章　君临东海 …… 092

第六章　月儿弯弯照东山 …… 116

第七章　投奔怒海 …… 134

- 第八章　追捕 …… 149
- 第九章　惊艳一枪 …… 166
- 第十章　大宗师 …… 179
- 第十一章　会东山 …… 194
- 第十二章　京都的蝉鸣 …… 207
- 第十三章　请借先生骨头一用 …… 227
- 第十四章　出卖以及追捕 …… 245
- 第十五章　谁家府上 …… 256
- 第十六章　杀人从来不亮剑 …… 269

第一章 皇宫里的血与黄土

数日后，姚太监完成了暗中的调查："宫女的死没有问题。那个宫女出事前去广信宫里送了一卷绣布……前一天皇后娘娘向东夷城要的那批洋布到了货，依例第二天便送往各处宫中，并无异样。"

皇帝将目光缓缓从奏章上收了回来，看了他一眼。

"太子当时在广信宫。"姚太监的头仿佛要低到地上。

皇帝将奏章轻轻放在桌上，面无表情地说道："让洪竹来一趟。"

洪竹跪在榻前，面色如土，双股战栗，连身前的棉袍都被抖出一层层的波纹。

他不是装出来的，而是真的被吓惨了——本以为小范大人将线索埋得极深，此事与自己八竿子都打不着，应该会让自己远远地脱离此事，没料到陛下竟会在深夜里召见。

皇帝没有正眼看他，直接问道："东宫死了个宫女？"

"是。"洪竹不敢有半分犹豫，为了表现自己的坦荡与赤诚，更是拼了命地挤压着肺部，力求将这一声应得无比干脆。只是气流太强，竟让他有些破声，听上去十分沙哑。

皇帝不易察觉地皱了皱眉头，说道："声音小些……将当时的情况说来。"

洪竹老老实实地将皇后因何想起了那块玉玦，如何开始查宫，如何查到那个宫女，谁进行的审讯，宫女如何自杀都说了一遍。皇帝似乎在认真听，又似乎一个字都没有听进去，目光始终落在奏章上，似乎随意地问道："那宫女撞柱的时候，你可亲眼看见？"

"没有。"洪竹回答得没有任何迟疑，心里大唤侥幸，若不是当时皇后娘娘有别事留下了他，他这时候回应得断没有这般自然。

御书房又陷入了平静，皇帝抬起头来，似笑非笑地看着洪竹说道："你今日为何如此害怕？"

洪竹吞了一口唾沫，脸上自然流露出恐惧与自责交杂的神情，跪在地上一面磕头一面哀声道："奴才有负圣恩，那宫女自杀的消息没有及时回报，奴才该死。"

皇帝怔了怔，笑了起来，骂道："朕让你去东宫服侍皇后，又不是让你去做密探。"

洪竹点头如捣蒜，心里却在想别的。一年前，他被对自己宠信有加的皇帝从御书房逐到东宫，在外人看来当然是因为范闲在皇帝面前说了他坏话，但他心里清楚，陛下是借这个理由让自己去东宫里做金牌小卧底，而且这一年里他这个小卧底做得不错。

皇帝本还准备问些什么，却忽然间转道："这一年在东宫，皇后对你如何？"

"娘娘待下极为宽厚，一众奴才心悦诚服。"洪竹这话说得很有艺术。

皇帝一听，笑了起来，低声微嘲道："为了块玉就死了个宫女，还真是宽厚。"

洪竹走后，姚太监安静地等着陛下的旨意。

"洪竹没说假话，那宫女的死看来确实没什么问题，只是……"皇帝又笑了笑，"只是这过程太没有问题了。"

姚太监一震，明白了陛下的意思。皇宫里各式各样离奇的死亡不知有多少，却总能找到一些明面上的理由，但当理由过于充分、过程过于自然，这死亡本身便值得怀疑。

"有些事情，朕是不相信的，你也不要忽略。"皇帝面无表情地说道，"请洪公公来一趟。"

姚太监隐惧之下，没有听清楚话，下意识地回道："小洪公公刚才出去。"

皇帝有些不悦。姚太监立刻醒过神来，提着前襟向门外跑去，在过门槛的时候险些摔了一跤。

自从范闲三百诗大闹夜宴，也是皇宫近十年来第一次被刺客潜入后，洪公公变得越发沉默低调，每天都只在含光殿外晒太阳。但没有谁会忘了他，反而越发觉着他高深莫测。

不要忘记，开国以来他便一直在这座皇宫里，不知道当了多少年的首领太监，洪竹也是因为他的关系，才有了后面的这番造化，就连太后和皇帝，对这位老太监都保持着礼数。

但今天皇帝陛下直呼其名问道："洪四庠，你怎么看？"

上次皇帝这样称呼洪老太监时，是要征询他对范闲的观感，其时洪老太监的回答是，范闲此人过伪——只有在这种重要的、需要洪公公意见的时候，皇帝才会直呼其名。在旁人看来这是一种不尊重，可在皇帝这里却恰好相反，因为不称公公，意味着对方不是奴才。

洪公公佝着身子回道："很多事情不在于怎么看，就算亲眼看见的也不见得是真的。"

"朕一向有些多疑，朕知道这样不好，有可能会看错，所以请你帮着看看。"沉默许久之后，皇帝又道，"承乾这半年精神不错，除了日常太傅教导，也时常去广信宫听云睿教他治国三策。不过朕有些好奇，他的身子怎么好得这么快？"

皇族裂痕已现，但表面上看不出什么问题，皇帝深知胞妹在权术一道上深有研究，往常并不反对太子与长公主走得太近，甚至暗中表示赞赏，然而……

"麻烦你了。"皇帝说完这句话，便不再看洪公公一眼。

洪公公慢慢退了下去,然后缓缓关了御书房的门。走远了一段距离,回首望着里面的灯光,在心里叹道:"既然知道自己多疑,又何必说自己好奇,陛下啊……"

后几日,一位太医暴病而亡。又几日,一位远房宗亲府上的贵人郊游不慎坠马。再几日,京都有名的回春堂忽然发生了火灾,死了十几人。

火灾发生的当天夜里,洪公公再次出现在皇帝的面前,禀报道:"老奴查到太医院,那位太医便死了。老奴查到宗亲府上,那位贵人也死了。老奴查到回春堂,回春堂便烧了。"

今夜皇帝陛下没有批阅奏章,仔细地听完洪公公的回报,唇角闪过一丝诡异的笑意:"不论是在宫中还是在京中,能够事事抢在你的前面的人不多。而她的手段,我一向是喜爱的。"

洪公公没有说话。长公主的手段整个天下都清楚,只不过这几年没有施展的地方。若这种手段放在帮助平衡朝野、剑指天下上,陛下当然喜爱,可如果用在毁灭痕迹、欺君瞒上中,陛下当然很不喜爱。他从怀中取出一颗药丸递了过去,说道:"只抢到一颗。"

皇帝用手指轻轻捏玩着,微一用力,药丸尽碎,异香扑鼻,他淡淡地说道:"果然是好药。"

洪公公面无表情地应道:"有可能是栽赃。"

"所以……什么事情还是要亲眼看见才可以。"皇帝沉默了一会儿,"不要告诉母后。"

微风吹拂着皇宫里的建筑,离广信宫不远的一座园子里,皇帝站在树后微微低头,心里有些奇怪,明明洪四庠已经弄出了这么大的动静,为什么她还不收敛一些?

然而这一丝疑惑瞬间便被他心中的愤怒与荒谬感所击碎了,他转身离去,没有回寝宫,还是在御书房里歇息。半夜时,他忽然问了姚太监一个奇怪的问题:"洪竹会不会知道什么?"

姚太监有些紧张地摇摇头。他必须保住洪竹的性命，才能更好地保证自己的安全。

"朕想杀了他……朕想杀了这宫里所有的人！"

过了一会儿，皇帝深深吸了口气，渐渐平静下来，用异常冷漠的语调吩咐道："宣陈院长入宫。"

在冬日里满头大汗的姚太监如蒙大赦，赶紧出宫直奔陈园去找那位大救星。他出门后不久，御书房里传来一声巨响，应该是那个名贵的五尺瓶被人推倒了。不知道是什么样的事情，能让东山崩于前而面不改色的皇帝陛下做出这般愤怒的举动。

在陈园里，陈萍萍闭着眼睛问道："回春堂那里不会有问题吧？我不希望在最后的时刻犯错。"

费介挠了挠蓬乱的头发，回道："能有什么问题？虽然是洪四庠亲自出马，但宫里的每一步都在你的计算中，不会让他们抓到什么把柄。"

"很好。"陈萍萍睁开眼睛，眼角的皱纹像菊花一样绽放，"我在想要不要让洪竹消失。"

皇帝是盛怒之下，下意识里要将所有可能猜到皇室丑闻的知情者全部杀死，不过他当时立刻取消了这个决定。可陈萍萍又是为了什么，想要杀死洪竹？

费介摇头说道："我们想办法让洪竹看到了那件事，但很明显陛下不是通过他知道的。"

这句话暴露了一个令人震惊的真相，也解释了盘桓在范闲心头的大疑惑。洪竹虽是东宫首领太监，但凭什么运气那么好……或者说那么差，刚好发现了长公主与太子之间的阴私事？

原来他竟是陈萍萍落下的第一颗棋子！

陈萍萍微微皱眉，有些不解地问道："所以我才觉得这个小太监有些看不透。他明明是陛下放到东宫的钉子，知道这件事情后，为什么一直没有向陛下禀报？"

"因为他知道如果这件事情由他的嘴里说出去，他必死无疑。"费介回道，"能在宫里爬起来的人，没有蠢货。"

陈萍萍又说道："洪竹能一直忍着，我很佩服。只是陛下终于还是知道了，很好。"

费介微笑着说道："你有一个好接班人，我有一个好学生。"

陈萍萍神情满足地说道："不知道他怎么安排的，只凭这一点，就说明他长进不少。"

其实他只知道洪竹是皇帝的心腹，却不知道洪竹是范闲的人。

费介摊手说道："其实我也不知道你是怎么安排的。"

陈萍萍回道："陛下多疑，范闲这法子不能说是不聪明。但问题在于陛下多疑，所以对这些太容易看到的疑点，反而会产生更深的怀疑，所以我们要替范闲杀人，把这些疑点搞结实……杀人定君心，此话虽然很粗糙，但好就好在死人不会说话，却会告诉陛下想知道的。"

费介叹道："虽然有些绕，但基本上听明白了。"

"陛下多疑又自信，所以只会从眼前的证据中寻找到可以证明自己猜疑的那部分……说来说去，只是陛下欺骗了他自己的眼睛。当然，这是实际发生的事情，因此不算欺骗。"

这时从园外传来隐隐的说话声。陈萍萍马上吩咐道："宫里的旨意到了，你准备离京吧。"

费介点了点头，问道："洪竹那里？"

"暂时不要动。"说着，陈萍萍推着轮椅向园子的前面行去，然后又补充道，"我总觉得这个小太监不简单。"

远在江南冷眼旁观京都的范闲，并不知道他埋在皇宫里最深的那颗钉子，同时间成为庆国最厉害的两位大人物想杀死的对象，以此证明这个耗费了他最多精力、隐藏最深的计划，依然有许多在算计之外的危险。

如果不是洪竹拥有足够好的运气，等范闲下次回京的时候，只怕在这个世界上再也找不到这个长着满脸青春痘小太监的任何消息。

不知道神庙里会不会有神，但这个世上肯定没有人是神，就算是境界最接近神的北齐国师苦荷，就算是权势与心境强大到难以想象的庆国皇帝，其实都还只是凡人。

所以那位深不可测的庆国皇帝，此时坐在太极殿的长廊下，看着眼前的一大片宫坪时，目光有些落寞与失望，无异于一个普通的中年男人。

皇帝的身边是那辆黑色的轮椅，陈萍萍轻轻抚摩着膝上的羊毛毯子，沉默不语。

夜已经极深了，太极殿内的灯火依然将宫坪照得清清楚楚。此时尚是春初，没有落叶，没有落花，宫里被太监宫女杂役打扫得干干净净，纤尘不染，石板间缝隙中的那些土都平伏着，绘成一道道谦恭的线条。

"我错了。"皇帝今天没有用朕来称呼自己，叹了一口气说道，"我总以为，三次北伐，西征南讨，这个世上已经没有让我承受不住的事情，我可以冷静地看着这些事的发生，可是当事情真正发生的时候，才知道我还是高估了自己的承受力。"

陈萍萍平静地回道："这是家事……古人说过，清官难断家务事，陛下也不例外。"

此时此刻他已经知道宫中发生了什么，但他并没有刻意表现出震惊，而是态度平静，就像这并不是什么大事，这种态度让皇帝的心情好了些。

是啊，只是一件见不得光的家事罢了……

"以往你一直说，不想掺和到朕的家事中来，可后来终究还是掺和进来了。"皇帝把自称改了回来，看着他说道，"这件事情要不要替朕处理一下？"

陈萍萍回道："陛下早有妙断，奴才只需要照章办事就好。"

"数月前，朕便在这里与你说过，朕准备陪他们玩玩，她毕竟是朕最疼爱的妹妹，那些小崽子毕竟是朕的儿子，所以一直存着三分不忍，但现在……"

皇帝面无表情地说道："你在宫外，朕在宫内，开始吧。"

陈萍萍缓缓抬头，神情不变，内心深处却渐起波澜。

他做了那么多事，等了那么久，终于等到了今天这一刻。

当夜，京都十三城门司收到宫中手令及监察院传书，把开城门的时间延后了半个时辰。晨光里，准备进城的乡民们担着瓜果蔬菜与肉类，在城门外排成了长龙，满脸的惘然与不解。

据说昨天夜里有东夷城的奸细意图潜入监察院，此时京内正在搜捕，为了防止奸细逃出城去，百姓们安静了下来，没人再有怨言，只是在低声骂着那些不知死活的东夷城奸细。

陈萍萍亲自坐镇的监察院，凌晨时分就已经行动起来。他这几年一直待在陈园，监察院由范闲打理，如今亲自出手，监察院的行事速度与隐秘性顿时恢复到极其可怕的地步，不到一个时辰，监察院就已经暗中控制了四座府邸。

京都守备师没有接到任何消息，巡夜的官兵们目瞪口呆地看着那些穿着黑色官服的监察院官员忙碌地行走，急忙向上峰禀报，纷纷猜测究竟发生了什么大事。

刚被皇帝提拔起来的京都守备统领，是随大皇子西征的一位大将，听到下属禀报，他胡乱穿着衣服便冲到了宫外，却只看见了一座平静异常，没有丝毫异样的宫城。

侯公公带着侍卫站在禁军身后，冷漠地拒绝了这位统领入宫禀告的请求。没过多久，在亲王府睡觉的大皇子也骑马而至，但就连他入宫的请求也被侯公公平静而坚定地拒绝了。

大皇子与守备统领对视一眼，看出彼此心中的不安与警惕。天色未明，又有乌云飘了过来，将京都笼罩得更黑了一些。监察院有大动作，他们却根本不知道发生了什么。

"去监察院。"大皇子说道。

他与守备统领离开皇城,直接去了监察院,入院时未受到任何阻拦,一眼便在园中看到了浅池畔的轮椅,大皇子毫不犹豫,直接问道:"院长,出什么事了?"

陈萍萍没有抬头,回道:"没什么,昨天夜里东夷城有高手潜入院中,偷去了不少珍贵情报。我连夜入京,进宫请了手令,这时候正在查。"

大皇子知道这是假话,什么样的奸细入京会惊动陈萍萍?还会让宫里把城门都关了?

京都守备统领恭敬地请示道:"老院长,有何需要守备师配合?"

"谢苏啊……"陈萍萍看了这位守备统领一眼,叹道,"你上任不久,得赶紧把京都守备抓在手上才好。如今你空有这个位置,却连手下的兵都使不动,怎么配合?"

那位叫谢苏的统领大人有些苦涩,因为陈萍萍说的是实话,京都守备师被叶家把持了二十年,后来又被秦家二公子打理,不知道叶秦两家在守备师里塞了多少亲信。以这两家在军中的地位,自己一个西征军的外来户想全盘掌握守备师,难度实在太大。

大皇子担心地问道:"陈叔,您给句实话,事情大不大?"

"是件小事。只需要半个时辰,不会出任何问题。对了……陛下有旨,今日朝会推迟半个时辰,你们往各府传话去,免得舒芜那些老家伙在宫外等久了骂娘。"陈萍萍笑了笑,然后又说道,"有几家府上不用传话,我的人已经去了。"

监察院的人已经到了荷池坊,在京都府衙的配合下,将一群尚在睡梦中的汉子一网打尽。那些江湖中人付出了十几具尸首的代价,不得不低下头颅,被系上了黑索。

另一队监察院的人手到了几位都察院御史府上,粗暴地将这几位以铁骨闻名于世的御史大人按倒在地,然后押往大理寺,只在御史府邸里留下一片惊恐的哭声。

监察院队伍中，贺宗纬皱了皱眉头，对沐铁道："这几位是都察院御史，风闻议事无罪……你们就这般胡乱抓了，难道不怕有损陛下清誉？"

沐铁皮笑肉不笑地回道："您如今是都察院的执笔大人，如何善后，自然由大人安排。"

皇帝陛下前次对朝堂换血，贺宗纬从都察院调到了监察院，专职监视，不知道陈萍萍如何想，竟让此人随着监察院参加到针对都察院的行动当中。

贺宗纬如果出面配合监察院将这群御史下狱，名声便全完了，但他极其聪明，知道今天凌晨的行动是宫里的意思，猜到这是陛下在扫荡长公主残存的那些力量，所以他不敢有任何反对意见。他只是很疑惑，京都前些时间一直太平，陛下为什么会忽然不容长公主？

第三支监察院的队伍在颜府。一脸冷漠的言冰云手里捧着院令，看着跪在面前的颜行书，缓慢而平静地念着吏部尚书颜行书的罪名，一条一条，无一不是震撼人心的滔天大罪。

衣衫不整的颜行书跪在地上听着这些罪名，身子有些发软，他知道，不到关键时刻，陛下无论如何也不会用这些罪名处置自己，这些罪名既然抛了出来，说明陛下是真的要灭了自己！

为什么？只有一个理由，这些年自己与长公主走得太近了。颜行书绝望至极，依然哀号道："我要看陛下手令！我要看手令！你们监察院没有手令，不得擅审三品官员！"

言冰云摇了摇头，取出手令在他眼前晃了晃。颜行书双眼一黑，向后倒下，堂堂吏部尚书竟如此这般被吓昏了过去。

还有几路监察院官员在行动。凌晨正是万籁俱静的时候，缉捕进行得极为顺利，不到半个时辰，大部分与长公主牵连太深的官员都被请回了监察院的天牢或者是大理寺的草房。

最后一路监察院官员在一座安静的府邸外耐心等候，他们已经将这座府邸包围了很久，始终没有动作，便是在等待着各处回报的消息。

这一路没有领头的官员，也没有带旨意，甚至连陈萍萍亲手签发的院令都没有一份，他们的组成最简单，全部是六处的人马。因为他们不需要进入那座府邸传旨，他们所接到的命令是进入这座府邸，严禁与府中任何人交谈，直接杀死所有人。

在平日，天边应该已经现出鱼肚白了，然而今天乌云太厚，天色还是那样黯淡。一头缭乱头发的费介从街角走了出来，对围在府邸四周的六处刺客们点了点头，然后离开。

六处刺客们蜂拥而入，却没有遇到任何抵抗。这座府邸里隐藏着长公主最强大的武力、最秘密的情报、最亲信的心腹……却没有任何抵抗。所有的信阳高手在睡梦中就被费介的毒迷倒了，偶有几位内力精深的高手，在六处剑手的刀剑伺候下，也立马魂归黄泉。

信阳首席谋士黄毅满脸绝望地看着冲入门来的六处剑手，前些日子他被范闲用毒杀掉了半条命，今天又被范闲的师父种了一次毒，哪还有半点侥幸。他只是有些不甘心，自己的头脑还没有发挥足够的作用，在庆国的历史上连一星半点儿的痕迹还都没有留下，却要死去。

一柄冰冷的剑刺入他的咽喉，中断了他的思考。

进入别府后院，六处剑手更是没有给那些年轻貌美的男子们任何说话求饶的机会，便用极快的速度将他们杀死，然后开始处理尸体。

只是没有人知道，在六处剑手们还在别府外的时候，费介刚刚开始布毒的那一刻，一个中年男子满脸惊恐苍白，从府后的那个狗洞钻了出去。

袁宏道，曾经是林相的一生挚友，实则却是长公主李云睿最为信任的谋士。

天还未亮，惊魂难定的他沿着西城的一条小巷往荷池坊那边逃窜，一路小心翼翼地避过了监察院的追捕和京都守备师的巡查，好不容易来到了一间民房中。

他抹了抹额头上的冷汗，有些木然地坐在了桌边，许久说不出话来。他这一生不知道做过多少大事，甚至当初林相爷也是被他亲手弄了下来，可今天凌晨这一幕仍然让他惊心动魄。

想必长公主别府里的所有人都死了，从某种意义上来说，这些人都是被袁宏道害死的。问题在于，在所有人的认知中袁宏道是长公主身边的亲信，如果先前他不逃，肯定也会当场被监察院六处的剑手杀死——如果费介没有抢先出手的话。

这间民房是监察院最隐秘的一个接头处，袁宏道侧头看见桌上摆着一杯茶，毫不犹豫地喝了下去，润一润极为干涩的嗓子。

"你难道不怕这茶里有毒？"一个男子笑着从内室里走了出来。

正是小言公子的父亲，前任四处统领言若海。袁宏道警惕地看了他一眼，确认对方身份之后低声说道："我本来就没有指望还要活下去。"

在这位庆国最成功的无间行者看来，今天凌晨的缉捕说明陛下不再容忍长公主，他相信，以陛下与陈院长的行动力，只需要半个时辰，长公主一方就会被清扫干净。而如果长公主不再构成任何威胁，他这个死间自然也就失去了所有意义，理应被抹去存在的痕迹。

袁宏道不觉悲凉，因为从很多年前跟随林若甫起，他就做好了随时牺牲的准备。

言若海只是笑了笑，取出准备好的一应通关手续与伪装所需，对他说道："你很久不在院中，或许不清楚，陛下和院长大人从来都不会轻易放弃任何一位下属。"

说话间，言若海微微一怔，然后又苦笑了起来。

在这个时候，又有一个穿着平民服饰的女子满脸惊惶地从后门闪了进来。等这个女子看清了袁宏道的面容，不由嘴巴大张，露出惊愕的表情，似乎怎么也想不到对方会出现在这里。

袁宏道也无比惊讶，因为他曾经在信阳见过这个女子，当时这个女子的身份，是长公主身边的亲信宫女……原来这个宫女，竟也是陛下的人！

言若海看了那个宫女一眼，皱眉说道："你出来得晚了些。"

那个宫女低头复命："昨天夜里我刚离开，洪公公就亲自出马围住了广信宫……我不敢随意行走,所以慢了。"

"二位都是朝廷的功臣,陛下和院长大人对二位这些年的表现十分满意,今天事情急迫,所以只好让你们照面,也防止日后你们不知道彼此的身份,带来不必要的损失。"

袁宏道皱眉问道:"我们去哪里?"

"你回信阳。"言若海一字一句地吩咐道,"在信阳等着。"

袁宏道有些不敢相信自己的耳朵,问道:"你是说……长公主还会回信阳?"

"皇家的事情,谁也说不准……至于回信阳之后怎么解释,我会慢慢告诉你。"言若海又转头对那个宫女说道:"你就潜伏在京中,日后若有变故,还需要你入宫。"

最后,这位名义上已经退休的监察院高级官员行礼道:"辛苦二位了。"

房间里安静了下来,言若海看着窗外的围墙,想着刚刚离开的那位同僚,微微皱眉,不知道此时他心里在想些什么。许久之后,他又笑了起来。

以长公主的实力、城府以及手段,监察院只需用半个时辰就可以挖出她那些隐而不发的势力,并能用最快的速度、最果断的手段清扫干净。如此轻松自在完全不符合世人对长公主的敬畏,然而就是因为,监察院早在很久以前就已经在她的身边埋了两颗钉子。

尤其是袁宏道这颗钉子,当年长公主在科场上瞧中林若甫之前,就已经将其安排在了林若甫身旁。如果说那个宫女只是掌握了一些长公主的性情喜好,同时安排了洪竹"凑巧"发现那件阴私事,那么袁宏道如今身为信阳谋士,对长公主的一切则是无比清楚。有这样一个人帮监察院做事,长公主一方哪里禁受得住监察院的风吹雨打,陈萍萍从来就没有把长公主当成值得重视的敌人。今日监察院的出手如此准确,皆因为此。

袁宏道是监察院建院之初撒出去的第一筐钉子,经历了这么多年朝堂内外的磨损,那筐钉子就剩下他一个了。如今的他并不知道,现今的监察院早已不是当年的监察院，陈萍萍沉默而冷漠地站在这些人与陛下的中间，所谓架空，便是如此。

天还是乌黑一片，那座极大的宅院里，喜欢种白菜的秦老爷子就起了床，开始盛水浇地。

他年纪大了，起床也比普通人要早一些。

今天秦恒起床也很早，如今任了枢密院副使的他，满脸忧色地从前园赶了过来，凑到父亲的耳边轻声说了几句。他如今已经不是京都守备统领，但毕竟秦家在军中耳目众多，第一时间就知道今天凌晨京都的异动、监察院的行动。

秦老爷子苍老的面容上现出一丝惊讶："陛下对长公主动手……为什么？"

没有人知道皇帝陛下为什么会在安静这么久之后忽然动手，尤其是长公主这几个月来表现得如此安静，秦恒担心地问道："我们应该怎么做？"

"我们什么都不要做。"秦老爷子说道，"难道你想造反？这种话问都不该问。"

"可是……长公主知道咱们家的一些事情。"秦恒低声说道。

秦老爷子面无表情地说道："什么事情？明家的干股还是胶州的水师？胶州那边你堂兄在处理，不会有什么把柄落在宫里……陛下总不至于为了一成明家的干股就烧了我这把老骨头。"

"但……"秦恒还是有些担心，"长公主失势，如果今天我们不出手，日后朝中便是范闲一派独大，谁知道他将来会做些什么。"

秦老爷子眉头微微一挑说道："关键是看今天李云睿能不能活下来。"

"您是说……陛下可能会赐死长公主？"秦恒瞪大双眼，有些不敢相信自己的耳朵，"太后怎么可能允许这种事情的发生！难道陛下就不怕朝廷大乱？"

"如果我是陛下，对付长公主这种疯子，要不就不动，要动就要杀死……不过你说得也对，宫里还有太后，陛下又珍惜名声，李云睿不见得会死。"

秦老爷子放下手里的水瓢，漠然道："如果李云睿死了，我们做什么都没有用。如果她能侥幸活下来……相信我，她将来的反击一定十分疯狂，到时候再说吧。"

这时候皇太后还在含光殿里高卧，睡得十分香甜，含光殿内外的消息传递已经被皇帝遣人从中断绝，确保不会有人来打扰太后的休息。

离含光殿不远的广信宫里住的是皇太后最疼爱的小女儿、长公主李云睿。

此时的广信宫与往常的清幽美妙景象完全不一样。一位佝偻着身子的老太监，就像冬天里的一棵枯树，站在广信宫的门口。

枯树在此，一应清景俱无。

李云睿站在广信宫殿内的槛外，看着老太监漠然地说道："洪公公，我要见母后。"

洪老太监没有说话，也没有别的人应话，随他前来广信宫的太监们此时正在忙碌，忙碌着从广信宫的各个角落往外搬运尸体。

广信宫里的二十七个宫女都死了，有几具尸体在宫外墙下，想来是意图逾墙求援时被杀。

洪老太监亲自坐镇，广信宫里的这些宫女哪怕都身有武艺，也没有任何意义，全部被杀，甚至没有人来得及说出一句话。

陛下的旨意很清楚，不允许任何人说话，全数杀死。

太监们将那些宫女的尸体抬上几辆破马车，往焚场那边行去。一路上，马车木板间流下的血水涟涟，滴落在皇宫内的石板路上，触目惊心。

有几个太监手执扫帚，拉了车黄土于后，一边洒土在血迹上，一边打扫干净。

马车渐远，石板上的血迹混了灰，渐渐变成一道道极浅的印子，就像是什么都没有。

洪老太监缓缓抬起头来,有气无力地说道:"公主殿下,太后娘娘正在休息,陛下让你不要去打扰她,麻烦您先等片刻,陛下一会儿就来见您。"

李云睿清美的眼瞳里闪过一丝幽冷,垂在身旁的双手缓缓握紧,片刻后却又笑了起来,极有礼数地微微欠身,轻声道:"那本宫便在这里等皇帝哥哥。"

说完这话,她反身入宫关上了木门。

洪老太监依然佝偻着身子,像棵枯树一样静静守在广信宫外,这棵树的枝丫虽然没有绿叶,给人的感觉却像是在向广信宫四周伸展,包裹住了宫殿的上下四方。

东宫里一片嘈杂与纷乱,人人惶恐不安,素面而出的皇后娘娘,看着那些不请而入的太监,蛾眉倒竖,大发雷霆,破口大骂道:"你们这些狗奴才!想造反不是?"

姚太监恭谨地行了一礼,轻柔地说道:"娘娘,奴才不敢,只是身负皇命,不得不遵。"

太子也从后殿里走了出来,他看着殿内的太监与侍卫,发现来的人都是父皇的绝对亲信,他不知道发生了什么事情,但清楚这一定是父皇的意思。可是……这是为什么呢?他强行压制住内心深处的惊恐,镇定地问道:"姚公公,这是做什么?"

姚公公行了一礼,恭敬地禀道:"陛下听闻东宫里有人手脚不干净,担心太子殿下与皇后娘娘,所以派小的前来,将这些下人们带去太常寺审看。"

一个宫女的死亡怎么也弄不出这么大的动静来。这自然是借口,皇后与太子对视一眼,看出彼此的不安与疑惑。皇后强行压抑下怒气,咬牙道:"宫内的事务一向由本宫管理,陛下心忧国事,何必让这些小事劳烦他,姚公公……是哪些奴才多嘴,惊动了陛下?"

姚太监静静地站在下方,没有回话。

太子叹了口气，问道："既然是父皇的意思，那便带去审吧。"

此言一出，那些太监宫女们一片哀号之声，不知道迎接自己的命运会是什么。

"要带多少人去？"皇后心烦意乱地问道。

"全部。"姚太监抬起头来，轻声回道。

皇后倒吸了一口冷气，半响后抖着嘴唇，愤怒地说道："这怎么可以！"

"马上便会重新调人来服侍二位主子。"姚太监恭敬地说道。

他挥了挥手，那些太监与侍卫们将东宫的数十位太监宫女都捆了起来。一路有人低声求饶，然而姚太监带来的这些人不只是捆人，还把这些人的嘴巴都堵住了。

皇后回头无助地望了太子一眼，想要得到一些力量，然而太子脸色苍白，比她更加惶恐。

姚太监一行人正准备离开东宫的时候，皇帝从宫外走了进来，皱眉问道："怎么回事？"

皇后赶紧带着太子行礼，悲愤地说道："陛下，您这是准备将这儿打成冷宫吗？"

皇帝厌恶地看了她一眼，却没看太子，对姚太监说道："朕是如何吩咐的？"

轻描淡写的一句话，姚太监吓得跪到了地上，连连磕头，然后回头说了一句什么。

皇后与太子目瞪口呆地看着这一幕，紧接着皇后惨叫了一声，昏厥在了太子的身上。

因为……殿外那些侍卫们举起了手中的刀，猛地向下砍去！

无数挥刀声响起，数十声闷哼挣扎着从被堵的嘴中发出，数十个人头落地，数十具无头的尸身在地上抽搐，鲜血倏乎间染遍了东宫庭院，血腥味直冲殿宇。

皇后吓得昏了过去，太子满脸惨白，浑身发抖。旋即他便冷静下来，抬头用一种倔强而狠毒的眼神，盯住了自己的父皇。

云层汇拢到京都正上方，将清晨蒙蒙的亮转成了昏昏的黑。皇城后方那片杂乱的建筑群里，正在休息的太监宫女们还在睡梦中翻着身子，但有些人早就已经醒了。

洪竹强打着精神，一下一下扇着自己的耳光，想让自己保持镇定。他今天没有在东宫当值，没有被那些太监和侍卫们杀死灭口，但依然无比害怕，不知道接下来自己要面临的是什么。

忽然院外传来一阵声音，他一下子冲到了窗边，袖子里的手紧紧握着一柄范闲赠给他防身用的喂毒匕首，时刻准备与那些来灭口的人拼个你死我活——就算拼了也难逃死路，可是如果不拼就束手就擒，内心像读书人一样倔耿的小洪公公怎么会干？

院外不时有惨哼与哭号声响起，只是那些声音只响得几瞬便马上消失。他的脸无比惨白，知道外面在杀人，浣衣坊这一片住着的太监宫女，基本都是服侍东宫与广信宫的下人，他当然知道这一切是为了什么，紧紧咬着嘴唇，以至于咬破了嘴唇都没有注意到。

不知道那些人什么时候来杀自己。

不知道自己可不可以拼死一个人。

他紧张而绝望地等待着死亡的到来。

但过了很长时间，仍然没有人闯入他的院子，浣衣坊里的动静也消失了。

洪竹咽了口略带腥味的唾沫，想推门出去看看，然而身体早已被恐惧变得僵硬，半晌挪不动步子，只好蹲下揉了揉脚腕，然后鼓足勇气，推门走到浣衣坊的街上。

街上的那些住所大门紧闭，似乎没有什么异常。他走到一个院子外，小心翼翼地伸手去推。门没有闩上，一推即开。

洪竹看着眼前的院子，脸色更加惨白。他没有看到满院的尸体，但看到了角落里的几摊血迹。

院子已经空了,没有一个人。

想必其他的院子里也是这样,这些院子里的太监宫女们都已经被陛下下旨杀死,就连尸体也在昏昏的黑暗天色掩护下,被拖到了某些隐秘的地方烧掉。

洪竹退出那间空无一人的小院,站在浣衣坊无人的街道上,不明白为什么那些人没来杀死自己,一种劫后余生的感动和害怕在心中交织,让他的身体战抖了起来。

咔的一声!

天上层层乌云的深处亮过一道明光,转瞬即逝,轰隆隆的雷声传遍了京都以及四野的乡村,紧接着大风一起,无数雨点便在风雷的陪伴下往地面上洒落。

洪竹站在大雨中,任由雨水冲刷自己的脸,打湿单薄的衣裳,许久后他才回过神来,紧紧握着像救命稻草一样的匕首,回到了自己小院中,紧闭木门再也没有打开过。

"父皇,这是为什么?!"太子盯着自己的父亲质问道。

他的声音并不大,却蕴含着极强的愤怒,甚至有一丝厌憎,就像天空里的雷声。

皇帝没有回答他的话,双手负在身后,缓缓低头,盯着皇后那张失魂落魄的脸庞。

皇后有些吃惊,也有些惘然。已经有很多年,她不曾这般近地看过这个自己最熟悉、最爱,也是最恨的中年男子。今天她终于看清楚了他身上那件黑边金黄辉映的龙袍,看清楚了龙袍上金线的纹路,嗅到了对方身上的味道,然而却看不清楚对方脸上的表情,看不清楚那表情下面隐着的心情。

很多年过去了,她其实一直都没有看清楚对方。

皇帝附在她耳边，轻声说道："你教出来的好儿子。"

皇后根本就不清楚为什么今天会清宫，此时听皇帝一说，才知道原来和太子有关。可是太子最近如此安稳本分，能惹出什么事来呢？一种女性独有的情绪让她激动了起来，甚至忘了对皇帝的畏惧，只听她尖着声音喊道："我的儿子？难道不是你的儿子？"

回答皇后的是啪的一声脆响，皇帝收回手掌，看着面前捂着脸颊、不可置信地看着自己的皇后，神情冷漠地说道："如果你不想朕废后，就不要在这里大吼大叫。"

皇后眼中闪过一抹绝望，望着皇帝神经兮兮地哭笑道："你打我……你居然打我？这十几年了……你看都懒得看我一眼，这时候居然打我？我是不是……应该谢谢你？"

太子看着母亲受辱，冲过来拦在了皇后身前，愤怒而无措地盯着皇帝叫道："父亲，够了！"

皇帝那双幽深的眸子，却像是根本没有看到他这个人，直接穿过了他的肉身，盯着他身后泫然而泣的皇后，淡淡地说道："切不可失了体统，知道吗，皇后？"

皇后畏惧地抬起头来，隔着太子并不宽厚的身体，看了皇帝一眼，咬着嘴唇没有说话。

皇帝眉头微皱，往前踏了一步，如果再往前一步，就要撞到太子的身上。

太子此时的心已经凉透了，他知道自己的父皇怎样刻薄无情，一代君主从来都不会有什么妇人之仁。父皇扇了母后一个耳光，至少证明他还将母后当作一个人看待，可是他的目光直接穿透了自己，就像自己并不存在，这说明什么？这说明他已经不把自己当人看了！

他不明白父皇因为何事如此动怒，如此不容自己，依然勇敢地挡在了皇后的身前，片刻后却忽然想到一个可能，瞬间脸色变得苍白无比，心里生出了真正的恐惧。

皇帝只是向前踏了一步，便仿佛大东山凌空而至，逼人的气势压得太子险些跌坐于地，他仿佛能听到自己的骨头咯吱咯吱发响的声音。

他现在真的害怕了，但又不能退开，如果真是因为那些事情，父皇盛怒之下，说不定会怎样伤害母后，所以他一步不让地站在皇帝与皇后之间，拼尽全力抵抗着那股逼人的气势。他在强大的压力下艰难地支撑，颤着声音问道："父亲，为什么？"

这次皇帝终于正视了太子一眼，看着身前这个与自己面容仿佛的年轻男子，他眼里泛着幽幽的光，寒冷的声音从唇缝里挤了出来："恶心！"

太子明白了，太子证明了自己的猜测，太子崩溃了，太子的腿软了，他跌坐在皇帝身前，放声号哭起来，眼泪鼻涕涂满了整张脸。

皇帝没有再看他一眼，走到皇后的身边，冷漠挥手，又是一记耳光抽了出去。

皇后惨呼一声，翻倒在地。皇帝低下头，附在她耳边，用咬牙切齿的声音狠狠地说道："朕将这孩子交给你，你就把他带成这种样子？"

皇帝转身向东宫外走去，将要出宫门时，他回头冷漠而厌恶地看了瘫坐在地上的太子一眼，鄙夷道："如果你先前敢一直站在朕的面前，朕或许还会给你些许尊重。"

东宫大门被缓缓关上了，殿内的血腥味道还残留着，除了痛哭的皇后与太子外，再没有别人，四周是那样寂清。太子缓缓站起身来，有些木然地将母亲扶着坐好。啪的一声，皇后打了他一记耳光。太子没有躲，眸子里充斥着绝望与复杂的眼神，举手握住了母亲第二次扇下的手腕，狠狠地说道："母亲，如果你不想死，就赶紧想个办法通知奶奶！"

皇后怔住了。

第二章 雷雨

东宫与广信宫，宫内与宫外，浣衣坊内外，就在半个时辰里，曾经在两座宫殿内服侍过的太监与宫女被尽数杀死，除了洪竹，没有留下一个活口。

数百条冤魂，就为了皇帝遮掩皇室的丑闻而死去，直到此时，这位庆国的皇帝陛下才展露自己最铁血、最冷酷，也是最强大的那一面。

皇帝一个人来到了广信宫外，身旁没有跟着任何一个太监。

洪老太监见他来了，深深躬身一礼，然后像幽魂一样消失无踪。

广信宫里的长公主与皇帝隔着厚厚的宫门而立，不知道彼此在想些什么，接下来的是死亡还是回忆？是十几年的相知，还是一瞬间的生离？是君臣，还是兄妹？

起风了。

京都上空的乌云越来越厚。

一道闪电劈了下来，雨水倾盆而下。

坐在榻上的长公主缓缓抬头，用冷漠的目光看着宫门。

吱呀一声，宫门被缓缓推开。那个浑身湿透、长发披散于后的中年男子慢慢地走了进来，龙袍上绘着的龙似乎正在水中挣扎着，想要冲将出来撕毁这人间的一切。

李云睿漠然地看着他说道："原来，你也会这样狼狈。"

嚓的一声！天空中雷电大作，电光照耀着昏黑的皇宫，在极短的时间内将所有的事物都照耀得光亮无比，尤其是皇帝愤怒而压抑、孤独而霸道的身影。

片刻后，一记闷雷响起，震得整座皇宫都战抖起来，哗哗大雨落了下来，打湿了皇城里的一切，雨水在极短的时间内汇聚到宫殿之下，沿着琉璃瓦间的空隙向下流淌，声音极大。

现在是春天，若有雷也应是干雷轰隆，这种雷雨天气让人感到诡异。

天子动怒，难道上苍真会有所感应？

皇帝走进广信宫，回身缓缓将宫门关上。然后他从手腕上取下一条发带，细致地将被淋湿的头发束好，一丝不苟，一丝不乱，并不如他此时的心情。

李云睿半倚榻上，望着他吃吃地笑了起来。

这种时刻，空旷的广信宫里忽然出现一阵银铃般的笑声，笑声在风雨声中回荡着，虽然清脆，却是遮掩不住，四处传递，让气氛变得更加诡异。

皇帝面色不变，向前走到榻前，在他身后出现一道笔直的湿脚印。每个脚印之间的距离都是那样平均，脚印形成的线条如直直地画出来一般。

没有沉默许久，他冷漠地看着李云睿，一字一句地问道："为什么？"

然后李云睿陷入了沉默。

她皱着好看的眉头，青葱般的手指轻轻敲打着榻面，如水般的瞳子像小女生一样闪动着疑惑与无辜，似乎在思考，似乎在疑惑，似乎不知所以。

她最终抬起头，仰着脸，一脸平静地看着面前这个天下权力最大的男子，朱唇微启，玉齿轻分，轻声问道："什么为什么？"

此时距离皇帝问出那三个字已经过去了很长时间，而皇帝显得很有耐心。不等皇帝追问，李云睿忽然倒吸一口冷气，睁着大大的眼睛，以手捂掩嘴问道："你是问为什么？"

"为什么？"她毫不示弱地站在皇帝的对面，用那两道怨恨的目光锐利地盯着他，一字一句地问道，"皇帝哥哥，你是问为什么妹妹三十几岁了还没有嫁人？还是问为什么妹妹十五岁时就不知廉耻勾引状元郎？还是问为什么妹妹要养那么多面首？"

紧接着，她轻轻咬着嘴唇，往皇帝面前逼近一步，盯着他的双眼，用一种冷洌到骨子里的语气问道："还是……为什么我一个长公主放着荣华富贵、清淡随心的岁月不过，却要为朝廷打理内库这么多年？为什么要强行压抑恶心，为你收纳人才？为什么她要劳心劳神与旁的国度打交道？为什么她要暗中组个君山会去杀一些你不方便杀的人，去搞一些会让朝廷颜面无光的阴谋？"

"为什么？"她认真地盯着皇帝，"皇帝哥哥，你说是为什么呢？为什么你是整个天下最光彩亮丽的角色，我却要承担这些名声，成为你身后的那片黑夜？"

皇帝一言不发，带着几分可怜与嘲弄的眼神看着她。

李云睿神经质般地笑了起来："这不都是为了你吗？我最亲爱的哥哥，你要青史留名，那些脏脏的东西，便必须由别人承担着……可是你想过没有，我呢？"

"我呢？"她愤怒地抓着皇帝的龙袍，恨恨地说道，"为什么你就没有一点情分？为什么你把我的一切都夺走给你的私生子！只要你愿意，那些东西我都可以不要，但为什么是他！"

她喘息了两下，渐渐平静下来，用一种可怜而嘲弄的目光看了皇帝一眼，微笑道："可惜了……你那个私生子还是只肯姓范。"

皇帝缓声道："你疯了。"

"我没疯！"李云睿愤怒尖叫道，"我以前的十几年都是疯的！但今天，我没疯！"

"你疯了。"皇帝面无表情地说道，"你问了那么多为什么，似乎这一切的根源都在朕身上，可你想过没有，这只是因为你对权力的喜好已经到了一种畸形的程度。"

"畸形？"李云睿皱了皱眉头，闪过一丝轻蔑的表情，"女人想要权力就是畸形，那你这个全天下权力最大的人又算是什么东西？"

"放肆！"皇帝从喉间挤出极低沉的话语，挥手欲打。

李云睿仰着脸冷漠地看着他，根本不在乎。

"你的一切是朕给你的。"皇帝缓缓收回手掌，"朕随时可以将这一切收回来。"

李云睿寸步不让地说道："我的一切是自己努力得来的。你如果想将一切收回去，除非将我杀了。"

殿外又响起一阵雷声，风雨似乎也大了起来，皇帝望着自己的妹妹忽然笑了起来，笑声中带着股寒冷至极的味道："莫非……你以为朕真舍不得杀你？"

"你当然舍得。"李云睿的眼神里带着嘲弄的意味，"这天下有谁是你舍不得杀的人吗？"

一直平静的皇帝忽然被这个眼神刺痛了内心深处某个地方。

"皇帝哥哥，醒醒吧……不要总把自己伪装成天下最重情重义的人，想必你已经去过东宫表演了一番，似乎内心深处受了伤……可那能骗到谁呢？不要欺骗你自己，其实你一直想除掉我，只是内心深处觉得亏欠我，所以需要找到一个理由说服你自己……好让你觉得，亲手杀死那个自幼跟在你身边、为你付出无数的妹妹不是你的问题，而只是我……该死！"

说到"该死"两个字的时候，李云睿的声音尖锐起来。

"你乱朝纲，埋私兵，用明家，组君山会，哪一项不是欺君的大罪，然而这些算什么……你毕竟是朕的亲妹妹，朕自幼疼爱的妹妹，朕不治罪你，你便无罪……这几年里不论你出卖言冰云那小子，还是想暗杀范闲，朕都不怪你，因为朕不觉得这些事情算什么。"皇帝盯着她的眼睛，用缓慢而郑重的语气说道，"但你不该插手到你几个侄子中间，老二……"

李云睿冷笑着插话道："你的儿子可是被你逼疯的。"

"那承乾呢？"皇帝厉声道，"他是太子！他是朕精心培育的下代皇帝！朕会打下一个大大的江山，要这个孩子替朕守护万年，你若辅佐于他，我会高兴，但你竟敢迷惑他！"

天边又响起一声闷雷，声音并不如何响亮，却震得广信宫的宫殿嗡嗡作响。但就在这天地之威中，皇帝愤怒的声音依然是那般尖锐，刺进了李云睿的耳中。

电光透过窗户渗了进来，耀得广信宫里亮了一瞬，皇帝伸出右手扼住了李云睿的咽喉，往前推着，一路踩过矮榻，推过屏风，将她抵在了宫墙之上，手指青筋毕露，正在用力！

李云睿呼吸非常困难，却没有呼救，没有哀求，只是冷漠垂怜地看着身前愤怒的中年男人，洁白如天鹅般的脖颈被那只手扼住，血流不畅，脸红了起来，反而更加诡魅动人。

"朕……从来没有想过换嫡……所有的一切，只是为了承乾的将来，因为朕的江山，需要一个宽仁而有力的君主继承，而这一切……都被你毁了！"皇帝愤怒地吼着，"为什么！"

李云睿眼里闪过一丝疑惑，旋即是了然之后的洞彻，她喘息着说道："原来……这一切都是你在做……做戏，范闲也被你玩了，只是现在……你肯定不会再让承乾继位了，难道你准备让范闲当皇帝……不，皇帝哥哥，我是知道你的，你是死都不会让范闲出头的，他……只怕会死得比我更惨。"

她被皇帝抓在墙上，脚尖勉强地抵着地面，看着狼狈而又凄惨，然而她却困难地笑了起来。

皇帝眼神微变，下意识里手指松了一些。

李云睿用戏谑的眼神看着他，喘息着说道："皇帝哥哥，你太多疑了……你要磨炼太子，却把太子吓得如同一只老鼠，以为随时可能被你换掉。他怎么能不害怕，不钻进我的怀抱？"

怀抱……她似乎根本不怕死，一个劲儿地刺激着皇帝的耳膜。

皇帝沉默了很长时间，最终还是只问出了那三个字："为什么？"

"为什么？"李云睿忽然在他的掌下挣扎了起来，尖声叫道，"为什么？没有什么为什么！他喜欢我，这就是原因……我就喜欢玩他，玩到让你痛心，让你绝望，今天才知道你的绝望痛苦比我想象的更大。我很满意，那你现在满意我的答案了吗！"

皇帝木然地看着她："他喜欢你？"

"不行吗？"李云睿满是绯红之色的美丽脸颊，在不时亮起的电光中显得格外诱惑，她带着骄傲的神态喘息道："这天下有不喜欢本宫的男人吗？"

她看着近在咫尺的皇帝的面庞，忽然怔住了，有些痴痴地抬起无力的右手抚在了皇帝的脸上，用充满迷恋的语气喃喃道："皇帝哥哥，你也是喜欢我的。"

"无耻！"皇帝打下她的手。

李云睿并不动怒，坚定地说道："你是喜欢我的……只不过我是你妹妹，可是……那又如何？喜欢就是喜欢，就算你把心思藏在大东山脚下，藏在海里面，依然会被你自己找到。"

"不是所有的男人都会像野兽一样动情，不是所有的男人都会拜服在你的裙下。"皇帝看着她面无表情地说道，"女人，永远不要以为能站在男人的上头。"

"你是说叶轻眉？"李云睿忽然啐了他一口，"我不是她！"

"你永远都不如她。"皇帝凑到她耳边轻声说道，"就算你折腾了这么多年，你还是永远都不如她，你永远及不上她在我心中的位置……你自己也清楚这一点。"

李云睿的脸上忽然闪现一丝死灰之色，似乎被这句话击中了最深层的脆弱处。

皇帝眼中闪过一丝残忍，继续在她耳边说道："你永远只能追着她的脚步,可是……却永远追不上,现在她与朕的儿子就要接收你拥有的一切,你是不是很痛苦?"

李云睿再次挣扎了起来,用极其愤恨的目光盯着他。

"你连朕那个私生子都不如。"窗外雷声隆隆,皇帝在长公主耳边轻声说的话语,落在长公主耳中却比窗外的雷声更惊心,"你先前说可以玩弄所有的男人,你怎么不去玩弄他?"

李云睿渐渐平静下来,毫无情绪波动地说道:"他是婉儿的相公。"

皇帝用嘲讽的目光看着她:"你连自己的侄子都敢下手,还知道廉耻这种字眼?"

李云睿毫不示弱,用怜悯的目光望着他说道:"你我都是疯子,我不知道廉耻,难道你知道?如果你真知道,当年就不会把自己下属的心上人抢进宫里当妃子了!"

殿外的风雷声忽然停止,内外一片死一般的寂静。

皇帝的手掌纹丝不动,扼着李云睿脆弱的咽喉,半晌没有说话。

"当年北伐你受重伤,全身僵硬不能动,是陈萍萍千里突袭,冒着天大的危险将你从北边群山之中救了出来。是当年的东夷女奴宁才人沿路服侍你这个木头人,一路上如何艰难,陈院长自己只能喝马尿,吃马肉……可对这样两位恩人,你是怎么做的?"

李云睿带着恶毒的快意笑道:"你明知道陈萍萍喜欢宁才人,宁才人也敬佩陈萍萍,可你这个做主子的却横插一刀抢了宁才人,不要说陈萍萍是个太监这种废话!不要以为我当时年纪小,就不知道这件事情。母后为什么如此大怒?难道就仅仅是因为宁才人的身份?为什么要将她处死?如果不是叶轻眉出面说情,宁才人和大皇子早就不在了……廉耻?笑话!"

令她失望的是,皇帝听完这番话之后,神情依然没有任何变化,手掌渐渐用力:"死之前仍然不忘挑拨朕与陈院长的关系,朕还真的很欣赏你,所以朕……不能留你。"

东宫中，皇后脸色苍白，仿佛随时可能昏过去。太子则要好许多，他毕竟一直被当成下一任皇帝培养，血脉里的镇定与冷静在这一刻起了作用。他知道想救东宫便要先救长公主，而能够在盛怒的父皇刀下救人的，只有皇祖母，所以太子知道自己还有一线生机。

但东宫早已被姚太监带着的人包围，无法与宫外的人取得联系，就算是皇后与太子日常在别宫培植的亲信，也无法在雷雨之中接近这里。

"放火烧宫。"太子转身看着六神无主的母亲，喝道："就算下雨，也要把这里烧了！"

漫天大雨还在敲打着皇城里的建筑，敲打着宫殿里的人心。广信宫里一片安静，那对兄妹恶毒的言语在雨声雷声的遮掩下，没有一丝透到宫外。即便如此，广信宫外依然一个人都没有，连洪老太监都不在这里，所有人都远远地保持着距离。

此时姚太监虽身在东宫外，心却在广信宫，他知道自己不应该猜想那里的事情，可依然忍不住去想，于是浑身寒冷。相对于广信宫，东宫这边要平静许多，他虽然紧张，并不害怕，东宫上上下下的所有奴才全部被砍了脑袋，里面只剩下那对孤儿寡母，无论如何也闹不出什么动静来。然而就在下一刻，他被雨水沁得有些湿的眼眸却突然间干燥起来，燃烧起来！

好大的火！

熊熊火焰从东宫美轮美奂的殿宇间升腾而起，化作无数火红的精灵，向着泼洒着雨水的天空伸去，灼人的炽热伴随着火焰迅即传遍了四周。

姚太监的眼瞳猛地一缩，眼瞳里的那抹红却没有丝毫淡化——东宫起火！在这个当口儿，除了宫里那对尊贵的母子自己点火，没有谁能够办到……难道这对母子想自焚？

此时雨下得这般大，这火是怎么燃起来的？为什么漫天的雨水都无法将这火势浇熄？他知道此时不是去追究火是如何点起来的，而是马上要下决断，是救火还是如何？

任由皇后与太子自焚而死？纵使陛下再如何愤怒，可是如果在他的看管下，皇后与太子就这般死去，没有承受天子之怒，那么天子之怒便会降临到自己的头上。根本不用迟疑，姚太监的嗓子像是被火燎过一般，嘶哑却又尖锐地高声叫了起来："走水啦！"

皇宫里有很多贮水的大铜缸，有无数太监宫女，东宫火起，早就有人赶了过来，开始拼命救火。姚太监站在外围，黑着张脸注视着人群，极其小心谨慎。

这火有些奇怪，不像是自己燃起来的，而是用了些极易燃烧的材料油脂，所以火势极猛，连雨水也烧不熄，只有当这些材料燃尽之后，火苗没有了后继之力，熄灭得也是极快。

有忠心的太监奴才撞破了被烧得黑乎乎的宫门，想闯进去救里面的主子。可是那个太监刚撞破宫门，却被一根木柱砸中了头部，昏了过去。姚太监神情冷漠当先而入，带着侍卫与太监再次将东宫围了起来，将那些面面相觑的救火人群隔在了宫殿外面。

东宫被烧得一片凄凉，殿前的雨泊石板上，皇后娘娘正被太子殿下抱在怀中，身上除了些许被火燎过的痕迹，只见被雨水打湿后的狼狈。

姚太监微微躬身一礼："火熄了。"

意思很简单，既然火熄了，二位主子就还是暂时委屈在这宫里待着吧。

太子的手掌被烫起一串水泡，脸上闪过一丝戾狠神情，只听他说道："除非你现在就杀了本宫，不然整座皇城都知道了东宫失火的消息，你们以为还能瞒多久？"然后他忽然提高声音又说道："本宫无事，只是母后被烟熏晕了过去。"

宫外那些前来救火的太监宫女们听到太子的声音，不由心头一松，只要皇后太子无事，自己这些人也就不会倒霉，但这声音落在包围东宫的太监侍卫耳中，却代表着另一种意思。

今天皇帝处理家事，要保有颜面，所以选择了黎明前最黑暗的这段时间。天公凑趣,降了一场雷雨助兴,今日的皇宫已经死了上百个奴才,为的便是掩住众人滔滔之口。此时东宫忽然失火,众人皆知太子皇后安好,这件事情再也无法悄无声息,家事便要转为国事。

姚太监身子一震,抬起头来看着太子微微皱眉,心想毕竟是陛下的亲儿子,大祸临头时,这等决断,自焚逼驾的手段用得竟是这样漂亮。他忽而心头一震,发现这位平素里有些窝囊的太子爷,一朝遇事,无论是眉眼还是神情,竟是像极了陛下。

庆国权力真正最大的那个女人,那个老女人,其实半个时辰前就醒了。老人家需要的睡眠时间极少,但依然习惯性地躺在含光殿的绵软大榻上,闭着眼睛养神。

——今天不知道为什么,已经醒了这么久,天却还是这般黑,让人没有起身去园里走走的兴趣,尤其是后来的那阵风雨雷声,让太后的眉头皱了起来。她不怕打雷,但厌恶,总觉得是不是老天爷对于老李家有什么意见,才要通过这种方式来告诉自己。

风雷之后,远处隐隐传来一阵喧哗,很快便消失了,麻麻黑的宫殿里又恢复了平静。

太后却不想再躺了,在嬷嬷与宫女的服侍下起床,颤颤巍巍穿好衣裳,在额上细细熨帖地系了根青带,被扶着坐到了椅上。

宫女们端着金盆前来伺候老人家梳洗,盆中的温水冒着热气。

太后盯着盆中的热雾发怔。

片刻后她叹了口气,问道:"刚才是哪儿在闹呢?"

宫女们和嬷嬷们面面相觑。她们也听见了那些声音,应该是东宫那面,但谁都不清楚发生了什么,也没有谁敢当着太后的面说出自己的猜测。

那个端着金盆的宫女张了张嘴,似乎想说什么。这时一个老态龙钟的太监缓缓地从殿外走了进来。

整个皇宫,除了皇帝陛下便只有洪老太监可以不经通传直接进入太后寝宫。那些宫女嬷嬷看见他进来，愈发沉默，那个端着金盆的宫女脸上闪过绝望与一丝挣扎。

洪老太监缓缓走到太后身边低声说道："东宫前些天抓了几个手脚不干净的奴才，不过没杀干净，又闹了一闹，老奴让小姚子去了，只是小事情。"

太后喔了一声，目光却瞥向了那个端着金盆的宫女。

洪老太监用浑浊不清的眼神看了那个宫女一眼。

那个宫女战抖了一下，低下了头。然而，她马上抬起头来，用极快的语速喊道："东宫……"

只说了"东宫"两个字，她便停顿了下来，惊恐万分地盯着对面。

太后用苍老而战抖的手，死死握住了洪老太监的手腕，她知道只要洪老太监愿意，这条老狗有无数的法子让那个宫女说不出一个字来。

"……走水。"那个宫女鼓起勇气继续说道，"好大的火，皇后娘娘和太子还在里面。"

洪老太监皱了皱眉，将手收回了袖中。

太后盯着那个宫女问道："陛下呢？"

"陛下在广信宫。"

那个宫女咬着嘴唇，替她的主子传出最后一句话，随即左手掏出袖中的钗，刺入自己的喉咙，顿时鲜血汩汩而出。金盆摔落在地，砰的一声脆响。她的身体也摔落在地，发出一声闷响。含光殿内死一般的寂静，所有的宫女嬷嬷都被这一幕惊呆了，谁都说不出话来。

"死不足惜的东西！"太后没有看那个宫女的尸体一眼，面无表情地说道，"去广信宫。"

广信宫外的雨渐渐小了起来，李云睿的呼吸也渐渐弱了起来，她脸上的红已经由绯转成接近死亡的深红，眼珠渐渐突起，极为诡异。死亡或许马上到来，但这位庆国二十年来最怪异的女子终究是疯的，在她的眼中根本看不到一丝对于死亡的恐惧，有的只是嘲弄与讥讽。

嘲弄与讥讽的对象自然是她面前的皇帝陛下，她的兄长。

皇帝的手掌略松了松，给了她一丝喘息的机会。她大口地呼吸着，举起拳头拼命地捶打着皇帝坚实的身躯，甚至连她的鼻涕和口水都流了出来，淌在依然美丽却有些变形的脸上。

死亡或许不可怕，但没人在要死的时候忽然抓到了生的机会还不会乱了心志。

皇帝看着她嘲讽地说道："原来，疯子终究还是怕死的。"

李云睿啐了皇帝一脸的唾沫。皇帝缓缓拭去脸上的唾沫，又举手缓缓擦去她脸上的污物，缓缓地说道："你我兄妹二人，这几年似乎很少说些知心话了，你还想说什么？"

"我只是在想，你今天杀死我，接下来是不是就要杀陈萍萍了……更妙的是，清宫这种大事你居然一个虎卫都没有带，你在防着范建？"李云睿有些疯癫地笑了起来，"很好……看来范建死了，范闲也要死了……有这么多人陪我一起走，我又在乎什么？总比你这个什么都没有、儿子都不要的孤家寡人强！"

"天子不需要朋友。"皇帝认真地回道，"至于儿子，如果他们敢造反，朕可以再生。"

此时广信宫外忽然传来急促的叩门声，声音极响，似乎外面的人极为急迫。

"你……终究还是……舍不得杀我。"李云睿喘息着，怔怔地望着皇帝说道，"你明知道我是在拖时间，为什么任由我拖着？"

皇帝面无表情地回道："你高估了朕的耐心，我低估了你在宫里的能量……"

李云睿有些木然地说道："我知道你一直在给我机会，其实我也一直在给你机会，只要你不想杀我，我根本不会想着去害你……因为这一世，我已经习惯了在你的身后，然而你让我绝望了。所以杀了我吧，如果我活着，一定会想尽一切办法杀死你。"

"没有谁能杀死朕,而且……你是我妹妹。"皇帝忽然伸手,轻轻抚摩了一下她的脸颊,低声喃喃道,"就算很不乖,可你还是我的妹妹。"

这是皇帝与长公主在这个世界上所进行的最后一次谈话。

广信宫的宫门被几道雪一般的刀光生生破开,宫门轰然倒塌,一脸平静然而眸子里异常急惶的皇太后,在洪老太监的陪伴下、在数名虎卫的拱卫下走进了广信宫。

"皇儿!"太后看着眼前这令人震惊的一幕,尖叫了起来。

李云睿用有些失神的目光看着近在咫尺的皇帝,发现皇帝听到这声尖叫后,唇角浮现出一丝自嘲的笑容,却不知道这笑容是在嘲弄谁。

一根指头,又一根指头,渐渐从她发红的脖子上松开,就像是附在树枝上致命的毒藤渐渐无力。皇帝缓缓收回手掌,略微整理了一下自己被长公主揪乱了的龙袍,转身面无表情地迎住了母亲,牵着她的手轻声说道:"母后,我们回去。"

太后看着瘫倒在地、不停喘息着的女儿,浑身发抖。

皇帝牵着太后的手微微紧了一下,轻柔地说道:"母后,我们走吧。"

太后颤声道:"回宫,赶紧回宫。"

皇帝在宫门前忽然停住脚步,面无表情地低声说道:"朕以为,这天下子民皆是朕的子民。"

先前破宫而入那几个虎卫神情一凛。

风声响起,这几个虎卫惨哼几声,倒在了血泊之中。

皇帝扶着太后的手出了广信宫。洪老太监袖着手跟在身后。

广信宫的宫门,再次关闭了起来,也将长公主的喘息声关在了里面。

今天的朝会推迟了半个时辰,京都十三城门开门的时间也推迟了半个时辰。这半个时辰足够发生很多事情,也足够朝中的文武百官们大致知晓陛下做了些什么。所以没有人敢真的在半个时辰后再赴皇城,所有大臣都依照原定的时间,老老实实地等在了皇城外。场间的气氛很怪异,没有人聚在一起讨论闲聊,就连寒暄似乎也成了一种罪过。

凌晨前,长公主在朝堂上的大部分势力已经被一扫而光,有些势力甚至是以往众人根本不知道的。这次行动开始得如此迅疾,下手如此决断狠辣,收网如此干净利落,让官员们感到寒意逼人——据说坐镇京都指挥此次行动的是监察院的那条老黑狗。

陈萍萍亲自坐镇,大臣们自然就明白了这件事的级别有多高,也想明白了,天下终究是陛下的天下,不是皇子们的天下,更不是长公主的玩物,才想起自己这些人似乎在这些年里都已经习惯了陛下的低调与沉默,却忘了他当年的丰功伟绩,因此心中更加敬畏。

人们不知道朝会上将会发生什么,如果说陛下要借此事对朝堂再进行一次大的清洗,那怎么办?上次范闲已经抓了太多的官员,今天如果再抓一批,那谁来替朝廷办事?更多的人则是在猜想,长公主殿下究竟是因何事得罪了陛下,竟然落得如此下场。

皇宫里没有消息传出来,看似平静。

鞭炮齐鸣,众大臣依次排列上殿,包括门下中书的舒、胡两位大学士,还有诸部尚书。户部尚书范建也在其列,只是龙椅之下的位列中已然少了数人。

这数人此时正在大理寺或监察院中。

群臣低头而入,却愕然发现龙椅上并没有人。

舒芜忧心忡忡地看了胡大学士一眼。老学士随侍陛下多年,知道陛下的心志手段,既然说推迟半个时辰,便是一定有把握在半个时辰之内了结所有事情。只是半个时辰已过,他却依然没有上朝,难道说宫里的事情已经麻烦到了此等地步?

此时京都的雨已停了,天边泛着红红的朝霞云彩,虽无热度却足以让睹者生起几丝温暖之意,然而太极殿上的大臣们心头却是寒冷紧张不安至极。

随着一声太监唱礼,那位穿着龙袍的男子终于姗姗来迟。

山呼万岁,依序说话,递上奏章,发下批阅,所有程序都是那样流畅自然，甚至比平时的朝会更加顺利。因为在这样一个早晨，没有人敢让皇帝陛下不高兴。

舒芜抬头看了一眼，发现陛下面色平静，只是略显疲惫。任何触霉头的事情总是要有人做的，毕竟朝廷的规矩在这里，也是大臣们职责所在——堂堂两部尚书忽然被捕入狱，都察院御史十去其三，京都骤现两宗大血案，此等大事一味装聋作哑也躲不过去。

他叹息一声，在心中对自己暗道一声抱歉，出列将昨夜之事道出，然后恭请圣谕。

皇帝面无表情地说道："监察院之事皆得朕之旨意。"

舒芜平素里敢与陛下正面冲突，严词进谏，那是他知道陛下需要自己这样一个略显滑稽的诤臣，可今日局面完全不同，他鼓起勇气问道："未知颜尚书诸人所犯何事？"

皇帝看了他一眼，闭上双眼，挥了挥手。姚太监自龙椅旁的黄绢匣子里取出数份奏折与卷宗，小跑着下了御台，分发给站在最前列的几位大臣——奏折与卷宗上写的什么东西，舒芜、范建这些家伙当然早已猜到，但传阅时依然要表现出震惊、愤怒、愧疚的表情。

卷宗是监察院的调查所得，昨夜被索入狱的那些大臣的罪名，一件件清楚得不能再清楚，口供俱在，人证物证已入大理寺，根本不可能给他们任何翻身的机会。

大臣表现出来的三种表情，自然是要向陛下表示，自己对吏部尚书颜行书诸人的罪行一无所知，故而震惊，这些人身居高位却欺罔圣上，令人愤怒……至于愧疚，自然是因为同朝若干年，居然没有能够提前发现这些人的狼子野心，未能提前告知陛下、揭穿这些人的丑陋面目，难逃识人不明之罪，辛苦陛下圣心御裁……有些愧对陛下，愧对朝廷，愧对庆国百姓。

这三种表情做得很充分，皇帝的表情却依旧是淡淡的，唇角带着自嘲与嘲弄。他今日上朝晚了些，自然是因为要在含光殿里安抚母后，很明显，他没有向皇太后说出事情的真相，诡异的是，没能将长公主直接杀死，皇帝陛下似乎并不如何失望。

群臣除了三种表情之外，还有一种表情，那便是惶恐惊惧。

卷宗在朝堂上传了一圈，已经有四位官员跪到了地上。这几位官员往日里与长公主有些关联，与卷宗上所涉之事脱不了干系，一见卷宗，便知道完了，跪在太极殿中拼命磕头，却不敢高呼圣上饶命。因为他们清楚，皇帝陛下最讨厌的便是那些无耻求饶之辈。

皇帝漠然看了四位大臣一眼，说道："罪不及众。"

四位大臣身子一震，似乎没想到陛下居然就这样轻轻松松地饶过自己，大惊之后的大喜，让其中一人忍不住瘫坐于地，半晌说不出话来。

朝会后的御书房，才是真正议事的地方，门下中书、六部三寺的大人物们依然如往日般坐在绣墩上，只是今日他们却觉得像是坐在了针尖上，难以安坐。

今日没有太子、皇子在旁侍立听课，大臣们心生猜测，面上却不敢流露丝毫。

皇帝看了这些人一眼，缓缓地说道："有些事情，朕可以放在朝堂上讲，有些事情，便只能在这里讲，天子家事，亦是国事一属，诸位大人乃我庆国栋梁，总要知晓。"

众人心中一紧，知道这是要说长公主的事情，赶紧躬身聆听。

皇帝接着说道："颜行书等人只是爪牙，朕不会轻杀，朝堂亦不会轻动，你们看完再说。"

此时众大臣手中拿着的卷宗不是朝堂上传阅的那几份卷宗，而是真正的机密，他们也不用再伪装那三种表情，因为现在这三种表情真正发自他们内心深处。

长公主李云睿出卖庆国监察院驻北齐密谍首领言冰云！

勾结明家，暗组海盗，抢劫内库商货！

暗使胶州水师屠岛！

指使刺客当街刺杀朝廷命官！

舒大学士拿着卷宗的手指在战抖，他们知道长公主势大心野，但怎么也想不到居然到了这种程度，这四条罪名太令人惊恐了！当年南庆与北齐谈判，北齐忽然抛出来的筹码打得庆国措手不及——震动朝堂的驻北齐密谍首领被擒事件居然是长公主做的！

当年那个事件的震动太大，许多大臣还记忆犹新，言冰云如今是监察院四处头领，这也是大臣们都清楚的，后来京都飘了一场言纸雪花，纸上字字句句直指长公主，逼得长公主无奈离京……众人本以为那只是言语上的攻击与陷害，没有料到这竟然是真的。卷宗上的调查条文太细致，脉络太清楚，即便不信也很困难，尤其是后三项罪名的人证如今还被关在狱中。

"这……这……"舒芜心中愤怒，一时间竟说不出什么话来。

"有个叫君山会的小玩意儿。"皇帝闭着眼睛说道，"是云睿弄出来的东西，账房先生虽然跑了，但终究还是让黑骑抓了不少人。至于当街刺杀之事……那两个刺客如今还在狱中。"

胡大学士稍沉稳一些，虽然不清楚陛下为什么要将皇家的事摊到桌面上来说，但还是诚恳地问道："会不会……有所偏差？毕竟只是监察院一院调查所得。"

这话说得很明白，众人也听得明白。若是这些大罪是真的，今后的庆国再也没有长公主殿下的舞台，而众人皆知，范闲执掌监察院以来便和长公主在京都在江南，明里暗里，斗得死去活来，不亦乐乎。长公主失势，范闲一派将成为朝廷里最有分量的一方。

皇帝缓声说道："案情确实都是范闲查的，不过这个年轻人不会做栽赃这等小手段……刺客的口供与胶州水师将领的画押俱在，账册也在，明家人的口供都出来了，无须再猜忌。"

胡大学士知道陛下心中一定另有打算，立即恢复了沉默。

"好在言冰云没有死，不然朕何以面对庆国子民。不论是军中儿郎还是监察院的密探，皆是为我大庆出生入死的好儿郎，却被权贵为了一己之私尽数卖了，卖了！"皇帝忽然睁开眼睛，声音高了起来，厌恶地说道，"恶心……"

御书房内一片安静。

许久后，皇帝有些疲惫地说道："云睿毕竟是朕的亲妹妹，诸位大人若有怨意，尽可对朕发作。"

所有大臣齐齐地跪到地上，连称不敢，但心里都觉得古怪，长公主何等身份，难道有谁还敢逼着皇帝用庆律治她死罪？只是这些丑事宫里处置岂不是更好，为何陛下非要告诉自己这些人……

"为免民间议论，李云睿封号不除，封地不除。"皇帝忽然叫道："任少安！"

跪在最后面的太常寺正卿任少安赶紧往前挪了几步。他的腿在发抖，心里也在打鼓，御书房会议本就没他的事，今天却被召了进来，先前一直在猜疑害怕，此时才明白原来陛下是要自己应旨——太常寺管理皇族成员的起居住行，一应宫廷礼御。

"臣在。"

"长公主入西城皇家别院静养，由监察院看管，非有旨意者不得相扰，违令者斩。"皇帝又淡然地说道："什么时候大江的江堤全部修好了，就让她出来。"

"臣……领旨。"任少安吓得快哭了，心想大江万里长，就算杨万里再能修，只怕也得几百年，那时候的长公主必然早就成了黄土下的白骨。

皇宫里发生了火灾，虽然那天正下着大雨，但在有意无意的安排下，太子太傅诸人都看见了受惊吓之后并不怎么愿意说话的太子殿下。所以之后的那些天，太子没有在御书房旁听便有了一个极好的理由，没有人会怀疑其间隐藏着什么猫腻。

皇家别院，便是当年林婉儿成婚前从皇宫里搬出来居住的地方，也是范闲曾经爬过无数次墙的地方，只是如今他如果还想再爬进去，肯定会被无数弩箭射成刺猬。

别院四周的防卫无比森严，院外的四条街道被封，就像是一个大大的"回"字，别院便是里面那个小圈，外围则是监察院严密的封锁。名义上长公主是在别院调养身体，但大臣们自然知道这是幽禁，监察院看管得极严，只怕连个蚊子都飞不进去，消息自然也出不来。

她会被幽禁多久呢？

一辆马车在护卫们的陪伴下由东面缓缓驶来。这辆马车的主人先前入宫一趟，没有得到任何消息，所以此时冒险来到了西城的皇家别院。

驾车的是藤子京，车上虽印着范氏方圆徽记，却还是在离别院半条街的地方，就被人冷冷地拦了下来。车帘掀开，露出林婉儿有些疲惫的脸。她入宫见了太后，没有见到皇后，太后没有说什么，但宫中气氛以及某些细节处的异样，已经让她证实了心中的猜想。

她本不应该来皇家别院，虽然里面关着的是她的母亲。可是她忍不住，总有一种很强烈的念头——如果再不见见那个女子，这一世只怕再也没有机会见到了。

"夫人，旨意清楚，严禁任何人打扰长公主殿下休息。"一个监察院官员恭敬却毫不退让地说道，"除非您去请下旨意，不然我们不可能让您进去。"

几番交涉，范府马车依然没有办法再进一步，林婉儿只好轻声说道："知道了。"

那个监察院官员松了一大口气，赶紧行礼表示谢意。若是别的大臣贵人想来别院看长公主，监察院的人早就动手逐出，甚至直接捕入狱中，但对方是长公主的亲生女儿，最关键的，她是提司大人的妻子，监察院的人哪里敢无礼。

林婉儿没有听到他在说些什么，只是怔怔地望着远处那座熟悉的园子，长久无语。

长公主被幽禁，在朝野上下造成了极大的震动。这个女子在这十几年间对庆国朝政的暗中影响力没有任何人会轻视。她既然没有死，那么谁也不知道将来会发生什么。

　　有很多人感到害怕，不知道什么时候自己也会被请去监察院喝茶。有很多人感到刺激，觉得在有生之年可以看到皇帝公主兄妹反目这样大的戏码，实在是不虚此生。也有些人感到难过与伤心，理由各不一样，比如林婉儿是因为母女之情，旁的人则是因为自己失去了往上爬的机会。但所有人都有一个共同的认知，所有势力中应该属二皇子最为惶恐难过。

　　范闲用了两年的时间将长公主与二皇子之间的关系摆上台面，接着将二皇子一系打得狼奔豕突。所有人都知道二皇子的真正靠山就是长公主，如今长公主被幽禁，二皇子会怎么办？

　　没有几个人知道长公主与太子之间的关系，包括二皇子在内。所以他如同众人所猜测的那般，震惊、难过、失望、伤心、惶恐。他蹲在椅子上，手里拿着一块糕点，却没有往嘴里送，下一刻他手指用力，将糕点捏得有些松散了，下意识里望向王府门口——似乎随时随地，宫里的太监和太常寺官员们就会闯进府来将自己捉拿幽禁。

　　二皇子怎样也想不明白父皇为何忽然对姑母动手，更震慑于父皇的手段，直到此时此刻，他才明白父皇一直不动，不代表他没有能力动，只不过以前他懒得动。

　　天子一动，天地变色。

　　一场雷雨之后，京都便变了模样。

　　二皇子不知道自己将要面临什么，皇帝对于他与长公主之间的关系一清二楚，或许他这一世再也没有出头的机会了。他叹息了一声，将糕点放在了身边的手碟中，接着手巾揩了揩手，望着叶灵儿说道："如果有什么问题，想必父皇看在你叔祖的面子上，也不会难为你。"

　　叶灵儿明亮的眸子上蒙着一层淡淡的担忧，夫君这几天一直老老实实地待在府中，时刻做着被缉拿的准备，但她无法安慰他，也不能帮其做些什么。

二皇子如今可以倚仗的力量就是叶家，但在长公主被幽禁之后的这些天里，他不敢与叶家有任何明里暗里的联系，因为他清楚，自己的一举一动都在宫中的注视之下。他没有做好准备，准确地说，在姑母忽然被打落尘埃后，他没有勇气再去做些什么，担心会让父皇更加勃然大怒，因此为了自己的生命着想，还是安静一些吧。

幽禁，至少不是死亡。

二皇子在王府里等着末日的到来，京都的人们也在等待着他完蛋的那一天。但等了许久，皇宫里依然没有旨意传出，为此众人不免心生疑惑，暗生猜测。

忽然有一道旨意出宫。所有人都被震惊得说不出话来，二皇子则被这道旨意震得直接从椅子上跌了下来，意外的喜悦和多重疑惑，在他的脑中化成了巨大的震惊——这是为什么？

南诏国国主新丧，陛下特旨遣太子李承乾代圣出巡，封南诏！

南诏？这是七年前被庆国军队生生打下的属国，地处偏远，毒瘴极多，道路艰险且难行，千里迢迢，来去至少需要四个月的时间。虽说南诏这些年一直安分，视庆国为主，两国关系密切，南诏国国主去世，庆国自然要派去相当地位的人物吊丧并且观礼，可……为什么是太子？这完全不符常理，为什么不是大皇子？为什么不是胡大学士？为什么不是范闲？

在这样一个敏感的时刻，太子忽然被派到千里之外的南诏，这是什么意思？难道是一种变相的流放？长公主被幽禁，所有人都以为第二个倒霉的是二皇子，谁也想不到居然是太子！

难道……陛下终于有了废太子的念头？

当前的事态并不足以支撑这个判断，可官员们都察觉到了风声有异，只是怎么也想不明白个中因由。二皇子当然是最想不明白的那个人，一时间只觉浑身发冷。他的那位父皇行事，总是这样出人意料，无迹可寻，于是他在震惊之后，更加老实安静了。

二十日后，面色苍白的太子殿下在一队禁军、十几名虎卫及监察院官员们的三重保护下，由京都南门而出，向着遥远的、似乎永远难以到达的南诏国缓缓而去。

第三章 天下震动

离京都极远的江南，春意已笼西湖柳。湖边彭氏庄园里的春色更浓，沿宅后一溜儿的青树快意地伸展着腰肢，贪婪地吸吮着空气里的湿意与一日暖过一日的阳光。

然则庄园的主人却并不如何快意。范闲苦着脸，将最近这些天京都发来的院报邸报，甚至宫廷办的花边报纸都看了一遍，依然无法放松。最后他小声地与史阐立交流了一下抱月楼渠道过来的消息，终于确认了事件的发展轨迹。

长公主被幽禁在西城别院，太子殿下身负圣命，前往千里之外的南诏国观礼。这便是目前看来最直接的两个结果，他忍不住叹了口气，连连摇头。

史阐立好奇地看着他，问道："先生，虽然不知道陛下因何动怒，但经此一事，长公主殿下再也无法对您不利，岂不是天大的好事？您为何还是如此郁郁不乐？"

范闲看了他一眼，将话咽了回去，有些百无聊赖地挥挥手示意他回苏州。

史阐立满头雾水地离开，深知其中内情的王启年闪身进来。站在范闲的身后，王启年注视着他再次审看京都传来的所有情报，沉默不语。此时只有他清楚范闲在因何烦恼。

"我辛辛苦苦做了这个局，最后却是这样的结果。"范闲有些无奈地说道，"这次冒的险够大了，结果……那妇人还是活了下来，这到底是为什么？"

能够横亘在长公主与皇帝中间，把他用了无数气力引爆的那颗炸弹压下去的，当然只有那位久在深宫的老人家，可他还是对这个过程有诸多怀疑和不解。

长公主为什么连一点儿像样的反击都没有使出来，便被皇帝老子如此轻而易举地收拾掉？就算陈萍萍亲自坐镇监察院，可她这般安静地束手就擒，实在是与疯名不合。

"我和你说过，长公主是喜欢陛下的。"范闲撇着嘴说道，"只是没想到居然会痴迷到这种地步。陛下没有真正动手、起杀心之前，她居然都不主动反抗……这是什么世道？"

王启年的脸色越来越古怪，心情越来越难受。身为庆国臣子，就算再如何嚣张有叛心，也没有谁敢在自家院子里说出如此大逆不道的话。偏生范闲就说了，还当着他的面说了，还逼着他听进了耳朵里，而且很明显，这不是他们第一次谈论这种话题。

王启年这辈子的生死富贵早已和范闲紧紧地联系在了一起，范闲根本不担心他会背叛，才会在他面前说话如此放肆。这次揭露皇族丑闻、逼陛下动手的计划，就是范闲与王启年两个人密谋的，启年小组其他成员根本不知道，至于言冰云更是完全被蒙在鼓里。

好在江南离京都远，范闲与王启年布置的先手在两个月后才发作，就算是神仙大概也猜不到这件事情和他们二人有关，除非洪竹忽然有了自杀和杀友的勇气。

"有几处值得注意。"做的是不臣之事，王启年还是不能习惯大谈不臣之语，指着院报强行转了话题，"回春堂的纵火案、宗亲坠马、太医横死，这三个案件有蹊跷。"

院报上面并没有将这三个案件联系起来，宫里也不会允许任何有心人看出里面的瓜葛,问题是他二人对这三个地方太清楚了,当然知道其中的根源是什么。

范闲沉默了一会儿,问道:"难道你不认为这是长公主或者太子在杀人灭口?"

"那只是药,药根本算不得什么证据。"王启年额头上的皱纹更深,"长公主与太子殿下又不是笨人,为什么偏在宫中调查的时候做出这些糊涂事来?"

"我也觉得奇怪,我们留着这些活口就是准备让陛下去审。可陛下并没有审,他怎么就能断定那件事?宫里没查到,长公主应该不会自承其污……这三个案子究竟是谁做的?"

范闲此时复盘,这三处活着确实不如死了好,自己当初的设想确实有些问题……那是谁帮他把这局做成了地地道道的死局,让陛下审无可审,只凭着猜疑做出了最后的决定?还在京都的时候,他和王启年二人便隐隐约约察觉到,有个势力似乎正在做与自己差不多的事情,只是当时他们怕打草惊蛇,一直不敢细查,现在答案差不多出来了。

"应该不是别人了。"王启年叹了一口气。

范闲也叹了口气:"除了咱们那位,也没别人了。"书房里安静了一会儿,他接着说道,"很多人肯定不明白长公主做的事为什么会牵扯到太子,但你我肯定清楚,陛下绝对不会容忍一个让他蒙羞的儿子继承大位。依时间推断太子此时应该已经过了颍州,继续往南了。陛下这个安排是为了什么……承乾还能回来吗?"

王启年不敢回答这个问题。

范闲斜了他一眼,说道:"你我二人不知道做了多少株连九族的事情,议论一下何妨。"

王启年掩面半晌,无可奈何地说道:"我看这一路应该没什么事,陛下就算已经有了废储的想法,也不可能在这时候抛出来。"

"有道理。"范闲轻轻拍了一下桌子,"和我的想法一样,咱们这位陛下，要的就是英明神武的劲儿，青史留名的范儿，千方百计想的就是把这件事情压下去，绝对不愿意落人话柄。此趟太子赴南诏，一则是将他流出京都，慢慢谋划废储一事，二则……"

"瘴气侵体，太子渐渐体弱……"王启年说出这句话之后猛然一惊，心想自己说话的胆子果然越来越大了。

范闲想到南诏那处毒雾弥漫，七八年前燕小乙率兵南讨时，士兵们的伤亡基本上都是因为这个祸害，苦笑道："如果真是你我这般想的，陛下……果然厉害。"

这时，他的眼中闪过一丝复杂的神情，只不过王启年没有注意到，可能是为了掩饰他有些复杂的心情，再次叹道："你说长公主怎么就没死呢？"

这是今天他的第二次惋惜。王启年有些奇怪，长公主已然失势，大人毕竟是对方的女婿，不论是从人伦还是亲道上讲，他都不应该如此说才是。

他不清楚的是，范闲一直很忌惮长公主，因为对付旁的人可以用阴谋、用权术较量，可是对付一个疯子，他很难猜到对方会做出怎样的反应，这种不确定性，让他很是头痛。

尤其是此次京都宫闱之变，他始终觉得有问题——长公主身处死地，为何她的力量没有进行最后的反扑？燕小乙呢？如果说事情发生得太突然，军方没有反应的时间，可是叶流云呢？

范闲比任何人都清楚叶流云在君山会中的供奉地位，在苏州城中被那斩楼一剑吓得魂都险些掉了，即便君山会是个松散的组织，长公主也不会像如今这样不堪一击。

先前与王启年说长公主对皇帝的疯狂畸恋，那只是他用来说服自己的说辞，其实他并不相信，只不过……人世间有些事情，或许越是难以相信的理由才是最真实的原因？

更重要的是，他不是一位忠臣，更不是一位纯臣，他想要长公主垮台，对皇帝也暗自警惕，他所叹息的是皇帝比自己想象的更厉害，而且在整个事件中没有受到丝毫的损失。

皇帝对长公主的处置明显是有所保留，是亲情？范闲不相信。王启年走后，他翻开院报下的那几封书信，沉思片刻开始写回信。信自京都家中来，父亲一封，婉儿一封，主要讲的都是思思及她腹中孩子的事情，一应平安，并不需要太过担心。婉儿的信中，自然提到了长公主，似乎也想让范闲在宫里说些话。

他清楚妻子是个难得的聪明人，当然知道被遮掩的一切背后有着怎样不可调和的矛盾，可她依然来信让自己说话，这只证明她对长公主还是有母女的情分。这是很自然的事情，皇帝冷血，范闲冷血，不代表天下人、皇家的人都是冷血动物。

他认真写着回信，对父亲表示了自己的震惊与疑惑，对婉儿的回信以劝慰为主，同时问候了一下思思那丫头。接着他便开始写给皇帝的密奏，没有直接为长公主求情，但隐约表示了一下身为人子应该有的关切。写完后他细细查看了几遍，确认这种态度既不会让皇帝认为自己虚伪，也不会让皇帝动怒，便封好了火漆，让下属们按一级邮路寄出。

这次他和陈萍萍无意中联手玩了皇帝一次，但说不定皇帝才是那个大玩家。想到此节，他拉开密室的抽屉，取出七叶与自己用一年多时间抄录下的那份内库三大坊工艺流程，发呆了很长时间——这份工艺流程不是内库的全部，却是他能够与皇权对抗的所有。

"王十三郎也闲得有些久了。"范闲这般想道，起身收拾好一切，离开了庄园，去了西湖边。

时暮，湖光山色融入金光中，他来到了湖畔一座山丘上，看着那个手持青幡的年轻人微笑地说道："听说你最近在杭州城里算命，很是得了一些大家小姐的青睐。"

四顾剑关门弟子王十三郎，关于这个人的存在，以及之后包括杀死燕慎独之类对自己的帮助，范闲一直觉得有些荒谬，就像是前世听说过的那些先锋戏剧。

他总觉得这事太没道理，虽则天下没有几个人知道王十三郎和四顾剑之间的关系，可如果他翻脸不认账，四顾剑怎么向长公主或者说燕小乙那边交代？

王十三郎看着西湖，温和地笑道："现如今，整个江南都知道我是大人您私属的高手。官员也会给我几分薄面，这算命的生意当然差不到哪里去。"

湖面的金光落在崖上，把王十三郎整个人都笼罩住了。一阵清风拂来，略略带动了他手中青幡一角，刚好露出了"铁相"二字。

经历了招商钱庄侵占明家股子的风波，江南人都已经猜到，站在招商钱庄掌柜身后的年轻人一定是小范大人用来监视钱庄的高手，钦差大人的心腹，自然在江南混得风生水起。

"好在你没有祸害良家姑娘的习惯。"范闲笑了笑，站到了他的身边，偏着头望了他一眼，想到了很多年之前，在澹州的悬崖上，那个男子似乎也是被一团明亮包围着。

五竹叔似乎一直在对某个地方告别，那王十三郎呢？

范闲不明白自己为什么总习惯将这位仁兄与瞎子叔联系在一起。

可能只是因为很想念自己的叔叔，他不知道五竹叔的伤究竟养好了没有，就连陈萍萍也不知道五竹究竟躲在什么地方养伤，而什么样的伤势居然要养一年多？

王十三郎看了他一眼，问道："范大人，你有心事？"

"是的。"范闲没有犹豫，直接说道，"有件事情需要你帮忙。"

"什么事情？"

"我朝太子正在往南诏方向走，这一路毒雾弥漫，道路艰险，我有些担心他的身体。"范闲平静地说道。

王十三郎眉头微皱，呼吸略沉重了一些，思忖许久后才缓声说道："禁军、监察院，再加庆国虎卫，这种防守何其严密，就算我冒死前去也不见得能近他的身。"

范闲笑了起来："你误会了我的意思。"

王十三郎盯着他问道："你究竟要做什么？"

"替我给他带些解毒丸子去，然后暗中保护他，确保他这一路上的安全。"

范闲微微低头，似是在躲避湖面上越来越浓的金光。

王十三郎有些吃惊，根本不明白范闲为什么要这样做："以我对庆国京都局势的了解，长公主被幽禁，太子明显也要失势，庆国皇帝之下，再无与你抗衡之人。"

范闲不知道该怎样解释，于是也就没有解释。

"京都到底出了什么事？这与你有关？"王十三郎像个孩子一样好奇。

范闲没好气地说道："我在江南，手再长也伸不到京都去。"

王十三郎想了想，认可了他这个解释，挠头道："你要我去保护他，莫不是猜到了什么？可是如果我猜对了……这样岂不是与贵国陛下作对？如今的我早已成了众人皆知的秘密，这样明着与贵国陛下作对，你难道不担心？"

"免了，别瞎猜了。"范闲叹了口气，"这事和陛下无关，纯粹是婉儿来信的要求，无论如何我毕竟也是半个皇族子弟，总要付出一些。"

王十三郎嘿嘿一笑，明知他说的是假话也不揭破。

范闲挑眉说道："别笑得跟蠢货似的，今天看来你也不是啊。"

王十三郎摊手说道："我什么时候蠢过？"

"杀小箭兄的时候。"范闲已从王十三郎口中得知了夜袭元台大营时的具体过程，发过无数声感叹，此时又再次重复了一遍，"猛士……很容易死的。"

王十三郎自嘲道："我大概只习惯这样的对战方式。"

不知怎的，范闲忽然想到了林青霞演的猛将兄，荒唐自失一笑，在王十三郎茫然的目光中轻轻拍了拍他的肩膀："你师父让你跟着我是为了很多年以后的事情……既然如此，还是惜些命吧，南诏那一线上，你暗中跟着就好，能不出手当然最佳。"

看着那道青幡消失在湖畔的金柳里，范闲沉默了会儿，一屁股坐到了青丘上，看着美丽的西湖和那并不存在、似乎也从来没有存在过的断桥发呆。

如果王启年知道他这个安排，一定会以为他患了失心疯。但他清楚自己没有疯，以前要将太子打下来，是因为太子继位后自己没有好日子过，此时要保住太子的小命，则是要给皇帝陛下制造麻烦——如果长公主和太子完全嗝屁，他与皇帝之间再没有任何缓冲，削权立刻就要到来，而更令人担心的是陈萍萍和范建的安全。

范闲清楚皇帝是一个极要名声的人，这次皇宫事变便表现得极为充分，为了遮掩此事，他不惜杀了宫中数百人，还将一直压在案下的东海屠岛、出卖言冰云都抛了出来。

太子的问题也同样如此，他最近这两年表现得如此纯良安分，皇帝如果直接废储，如何向天下臣民解释？如何在史书上留下解释？南诏行中肯定会发生许多事情，所以范闲要派王十三郎过去，他不会愚蠢到重新将太子保起来，只是想给皇帝制造一些小麻烦，让皇帝不那么早就注意到自己、注意到招商钱庄，以及对自己身后那两位老人家动心思。

如果仅仅只是范闲自己，他真的什么也不怕也不担心，纵使和皇帝老子决裂，他也可以很嚣张地对着皇城竖中指。但在庆国这个世界上，有许多他关心的人，为了这些人，他必须停留在此，那么他就要思考怎样在皇帝的注视下继续强大下去。

在二皇子和很多自以为聪明人的眼中，范闲的一切都是些纸面上的力量，根本不堪一击。他也清楚这个世界的子民对皇权都有一种天生的膜拜，不要说监察院，就连他的启年小组、小言公子，或许都会因为一道旨意而站在自己的对立面。但就算他身边的一切全部被皇帝一道旨意夺走，他也不会害怕，不会像二皇子说的那样无助。

因为他有一颗现代人的心脏，对皇权这种东西没有丝毫敬畏；因为他有与七叶互相参讨、整理出一份内库工艺流程的能力；因为他自己本身就是一位擅于杀人的九品高手。

他还有箱子，有419的皇帝姘头，有五竹叔。

范闲坐在西湖边的青丘上，眯眼看着远方的红红暮云，心中遐想联翩……

庆国乃当世第一强国，长公主李云睿在过去这十数年里，隐藏在庆国皇帝的身后，做了许多事情，比如借口北齐与东夷城刺客谋杀范侍郎私生子一事再启战衅，借此夺了北齐大片疆土；比如反手将言冰云卖与北齐，以此换得肖恩北归，却扰得北齐朝廷一阵大乱、帝后两党冲突再起。但很奇妙的是，长公主与北齐皇太后、东夷城四顾剑一直保持着良好的关系，甚至在内库方面还有很多合作，也不知道那些异国的人们究竟是怎样想的？

不管怎样想，长公主忽然被幽禁，给天下各地都带来了剧烈的震撼，让许多人开始想些有的没的事情，范闲却开始将自己的战略重心转到了那位天子身上。在北齐与东夷城两地，那些高高在上的人们，自然也会给出自己的判断。

春意浓，海畔的东夷城满是咸湿的味道，海上暖流带来的风常年这般轻柔地吹着，城中的人们对这股春意自然不会有太多感恩。

东夷城正中是城主的府邸，占地极为宽广。城主负责统领城中的一应具体政务，这座以商业繁盛的大城，所谓政务其实也就是商务，治安之类的问题极少出现，因为没有什么江洋大盗敢在全天下九品高手最多的地方出手，除了当年还年轻的王启年。但真正指引东夷城前行方向、决定东夷城存亡的地方并不是城主府，而是城外那连绵一片的草庐。

草庐绕成了一个凹字形，非常怪异的是，开口没有对着大路，却是在对着庐后的一片大山。如果有人想进草庐,只能绕到山后,沿山路而下。

相传,这是四顾剑考较来访者的方法。在凹字形草庐的正中间,是一个大坑,坑中堆满了曾经前来挑战四顾剑、向四顾剑请教的高手们留下的佩剑,如乱林一般向天刺着。

当年初出庐的大宗师,不是那么好当的。好在这种挑战的风潮在那个大坑渐满之后终于结束了,没有人会傻到再去挑战四顾剑,至于真有那么傻的……已经死在草庐里。

这便是天下习武者崇拜景仰念念不忘、心向往之的圣地——剑庐。也有人称其为剑冢。

很美、很有境界的名字。

四顾剑却只会用一个名字形容这里——剑坑。

"这就是一个坑。"草庐中传出一道嘲讽的声音,声音的主人似乎很年轻,"庆帝那个王八蛋,还有李云睿那个疯婆子,真当我是个白痴?"

一代剑术大家云之澜跪在石阶下,恭敬地听着。

草庐里的声音充满了讽刺与一种近乎狂妄的自大味道,将庆国那对高高在上的兄妹狠狠地批判了一番,说道:"幽禁?白痴才会相信。他们两兄妹一个当神一个当鬼,搞了这么十几年,怎么就忽然翻脸?翻便翻吧,总要寻个理由才是……如今那些理由算理由吗?"

云之澜的膝盖有些痛,他知道师尊自顾自说得高兴,忘了自己还跪着,便揉了揉膝盖,爬了起来,此时脸上全是苦笑,心想师尊大多数时候的人生显得很"荒谬",但在大方向上总是有一种令人折服的耐性,在某些细节处更是偶有神来之笔——比如小师弟。可此时师尊的话又荒唐了起来,难道庆国发生的这件大事,纯粹是庆帝和长公主吃多了没事干,不惜折损皇室颜面,演戏给天下人看?他不相信这一点,表示了自己的意见。

在草庐中的那个人心中,庆国人尤其是庆国的皇室,毫无疑问是天底下最龌龊、最无耻、最肮脏、最下流、最腹黑的一群生物,要让他相

053

信庆国皇室内部出现这么大的裂缝，不是件容易的事情，他下意识里认为，庆国是不是又准备让自己背什么黑锅了。

这个认识让他很愤怒，自然听不进去云之澜的话。

云之澜身为四顾剑首徒，除了受长公主之邀两赴庆国无功，其余时间都代表着师尊维系着这座城池以及周边小国的安宁，对政务比世称白痴的四顾剑要精明许多。自从庆国京都发生那件事情之后，他便敏锐地察觉到，似乎有一个可乘之机出现在了东夷城的面前。如果能够掌握住这个机会，东夷城最大的威胁便可以消除，再也不用在庆国权贵之间周旋牺牲。尤其是长公主没有死，这让他更加坚定自己的判断，认真地复述了一遍。

草庐里那人沉默很久之后缓缓地说道："眼下不能插手，谁知道是不是一个坑呢？"

云之澜苦笑着表示明白，但其实他并不明白，师尊并不是被庆国的阴谋弄得烦了怕了，真正的关键在于，无论是谁，要利用庆国的内部争斗都需要一个极好的时机，而庆国身为天下第一强国，这种时机不可能由外界的人们营造，只能等待庆国内部的人们发出邀请。

四顾剑与苦荷是两株参天大树，这两株树不能轻易表明自己的态度，不能轻易地随着山间的风势舞动，因为他们一旦往一个方向去，再想回来就会是件非常困难的事情。

"继续看看，庆国人究竟在玩什么花样。"草庐里的声音再次响了起来，并没有告诉云之澜，事实上，庆国的某些人一直可以通过某个渠道向他传递某些重要的信息，而他现在便是在衡量这些信息。

"是，师尊。"云之澜忽然想到一件事情，"长公主已经失势，范闲那里应该安全，为防止有人发现小师弟的身份，要不要把他召回来？"

那位手持青幡的王十三郎是个极为神秘的人物。包括云之澜在内的许多人，只知道师尊极为疼爱这个幼徒，却一直没有机会入庐看过小师弟长什么模样。还是到了江南明家招商之争时，云之澜才第一次知道原来师尊把小师弟派到了范闲的身边。

云之澜有些不解，更多的是隐隐的不舒服，毕竟一直以来，那个姓范的年轻人才是东夷城最大的敌人，这几年不知道坏了东夷城多少事，杀了东夷城多少人。就连云之澜自己都险些死在了监察院的暗杀下，东夷城的高手刺客们和监察院六处在江南打了半年的游击，更是死伤惨重，师尊忽然改变了对范闲的态度，他只能接受，心里却还是有些抵触。

"我知道你在想什么。"草庐里的人嘲弄道，"你还是觉得我帮范闲不对……其实你错了，不是范闲需要我们帮，而是我们需要范闲接受我们的帮助。李云睿完了，这几个月里明家已经完了，可并没有影响到东夷城，这说明什么？这说明他已经接受了我们的帮助。"

云之澜低头道："可是如此一来，我们至少有三成的渠道处于范闲的控制之下，这个庆国年轻权贵向来翻脸如翻书，一朝他动了心，不好应付。"

"他为什么要动心？以往冲突，是因为中间有个李云睿，如今李云睿既然被幽，我与范闲之间已经没有利益冲突，他为什么要冒着全面翻脸的危险动心？以前我们可以和李云睿交易，现在就可以和范闲交易。因为庆国朝野上下，从骨子里不怎么害怕庆国皇帝的人，就是这两个……记住，庆国不是范闲的，他不会为了庆国的利益而损失自己的利益。"

云之澜心头一惊，师尊已经承认范闲那个年轻人有和自己平坐而论的资格？他还是没有想通，可如果范闲在场，一定会对草庐伸出大拇指，赞一声白痴兄情商那是相当高啊……

"事发之前，我就让你师弟去投靠范闲，这便是所谓态度。态度要用到位，所以让你师弟自己做事吧……当然，我让他去庆国，自然还有别的原因。"

云之澜精神一振，不知道接下来会听到什么秘辛。

"当年北齐皇室叛乱，为什么北齐那个女人能抱着她的儿子稳坐龙椅，从而将一片哀鸿的北齐收拢成如今的模样？因为苦荷站在她那边。为什么东夷城及诸国夹在当世两大强国之间，左右摇摆、委曲求全、输贡纳银，但总能一直勉强支撑下去，尽管南庆君民野心如此之大，却一直没有尝试着用他们强大的武力将东夷吞入腹中？"

云之澜根本不用思考，崇敬地回道："因为东夷城有您，有您手中的剑。"

"不错，大宗师这种名头虽然没什么意思，但用来吓人还是不错的。"草庐里的声音忽然显得有些落寞，"你想过没有……如果苦荷死了，我死了，这天下会是什么模样？"

云之澜后背发寒，这当然是天下所有人都想过的事情，只是从来没有人敢宣之于口——以庆国的强大军力与根植庆国子民心头的拓边热血，一旦两位不属于庆国的大宗师逝去，整个天下肯定会再次陷入战乱之中。他诚恳而坚定地说道："师尊，您不会死。"

"笑话！这世上哪有不死的人？"草庐里的声音愈发地落寞，"就算不死，人终究是会老的，苦荷年纪那么大了，我年纪也不小了，难道你以为一位油尽灯枯的老人，战抖得连剑都拿不动时……他还是位大宗师吗？"

"可是……这与小师弟入庆有什么关系？"云之澜问道。

"人世间本没有什么大宗师。"草庐里的那位大宗师冷冷说道，"只是三十几年前多了我们这几个怪物，以前没有，以后……不知道还会不会有，至少在眼下看来，年轻一代里有机会接近这个境界的人不过寥寥数人而已。我这剑坑里爬出来不少人，甚至爬出了全天下最多的九品高手，可要说谁有机会成为新一代的怪物……其实只有你小师弟一人。"

云之澜有些吃惊，在苏州城招商钱庄里曾经和王十三郎对过，知道这位小师弟年纪轻轻便已然晋入九品，可境界远不及自己圆融，怎么在师尊嘴里却是最有可能晋入大宗师的人选？

"这是心性的问题。欲极于某事，则须不在意某事。你不行，苦荷门下那个叫狼桃的耍刀客也不行，这些年苦荷和我一样，都被先前说过的那个问题困扰着。一旦老去死去，身后这片国土该如何存续？所以我们必须抢在死之前将这个问题解决掉。

"我选择了你的小师弟，苦荷选择了海棠。

"很巧，都是彼此的关门弟子。更巧的是，苦荷把海棠送到了范闲的身边，既然他能送，我当然也能送，只不过海棠是个丫头，这就占了大便宜。"

云之澜目瞪口呆，完全不知大宗师培养计划怎么又扯到了范闲，为什么苦荷和师尊这两位大宗师都将自己的关门弟子送到范闲的身边。

"天下真的只有四个老怪物吗？对，或许只有四个老怪物，那个怪物好像从不见老……你应该知道他，那个瞎子……"

云之澜知道师尊说的是很多年以前，曾经在东夷城里停留的某位神秘人物。

"你不知道范闲是那个瞎子的徒弟。这不是件很有趣的事情吗？老怪物的关门弟子就应该凑在一起才对，谈谈心，打打架，会让他们三人进益不少，这便是所谓磨砺……当然，想必苦荷和我想的一样，让弟子去范闲身边，也是想沾一点好运气。

"要成为老怪物需要什么样的条件？聪明、慧心、心性、勤奋……但最重要的还是运气。修武者不计其数，最终却只成就了我们四人，就是因为我们的运气比旁人好一些。三十年前的事实证明，要成为大宗师，要拥有这样的运气，那便一定得和瞎子碰一碰……可是谁也找不到瞎子在哪里，既然如此，那便只好去碰一碰瞎子的关门弟子。"

大宗师中叶流云是不收徒的潇洒人，四顾剑却是广收门徒，所以徒弟们的层次良莠不齐，有云之澜这样的九品高手、王十三郎那样的神秘年轻人，可是还有许多泛泛之辈。北齐国师苦荷收徒不多，但个个都是绝顶高手，比如北齐小皇帝的武道老师、九品上的一代强者狼桃，比如那个穿花布衣裳、被世人传为天脉者的海棠朵朵。

瞎子五竹当然也有徒弟，只是他的开山大弟子与关门弟子都是同一个人——范闲。

四顾剑说得并不错，大宗师也是人，他们也要考虑身后的问题，所以这些怪物们对于自己的关门弟子都投注了极大的精力，海棠、范闲、王十三郎，到目前为止还没有同时出现在一个地方，如果有那么一天，想来一定是因为一件很有趣或者很重要的事。

只是四顾剑搞错了一点，或者说忘记了一件事——苦荷去年再次开门收徒，借吉云祥瑞之势收了两位女徒，一位入宫当了皇妃，一位却在山中收拾药圃。

从这个意义上说，海棠不再是天一道的关门弟子，范若若才是。

北齐的春天要来得稍晚一些，由上京城往外走不多远，绕过那座荒凉黄玉般的西山，再往北走数个时辰，便来到了一座青山中。这座山并不如何高大，山上的高树低丛密密麻麻，显得格外原始安静，一层层或淡或深的绿色夹杂着，十分美丽。

如同剑庐在天下剑者心中的地位，这座青山在北齐子民眼中也是一处不容侵犯、高高在上的圣地。因为这座无名青山便是北齐天一道的道门所在、国师苦荷的坐修之所。

从崎岖的山路往清幽的山谷里走，隐约可见万松集聚，松针形状、树之圆阔各不同。有的松针轻柔，像发丝般垂飘着；有的松针直刺刺，坚硬向天；有的松针像一个个细圆的筒子，格外有趣。朝露遍布山中植株，大多数露水稍润松针之后便滑落于地，只有那些拥有密集松针的松树才会在自己的枝叶里贮下一洼洼的晶莹露水，反耀着晨光，如宝石般清亮。顺着露水微光往山里望去，便可以看到天一道道门，这些建筑继承了大魏、北齐一脉的传统美学风格，以青黑二色为主，黑色主肃杀，青色亲近自然，浑然立于天地间，威势藏于清美内。

天一道的道门不像东夷城剑庐那般广纳门徒，但狼桃等人总是要收徒的，几十年下来，道门中人数渐多，到如今已经有了逾百人常年在青山之中修行学习。

当年海棠朵朵在这座山中、这些松下清修多年，多年种菜，种出的菜除了自己平日所需都送到了学堂里。直至今日，还有很多弟子以曾经吃过她亲手种的菜为荣。

这一年海棠在遥远的庆国江南，和范闲待在一起，而她离开没有多久，又有一位姑娘住进了那个田园，然后田园里的青菜渐渐变成了一些可以人工种植的药材。

这位姑娘的身份很不一般，她代替了海棠小师姑的地位，是苦荷祖师新收的关门弟子。她住进了海棠的园子，收好了海棠的菜籽……她她她，她是范闲的妹子。

天一道弟子们无比震惊，不理解苦荷师祖为什么会远赴南庆再收女徒，更不理解为什么偏偏要收范闲的妹妹当徒弟。但事情已经发生了，弟子们也没有办法。

南庆北齐是宿敌，虽说这两年关系修复了很多，但仇恨总是难以忘记，所以范若若最初的日子过得并不怎么顺意，无论走到哪里，迎接她的都是敌视的目光和议论。好在她性情冷淡，不怎么在意别人的态度。数月过去，天一道的弟子们发现这位小小师姑竟是比自己这些人还要态度冷淡，不免觉得有些无趣。

其实范若若的笑容比在京都已经多太多了，只是北齐人不了解这点，毕竟他们不知道她当年在南庆京都有冰山才女的称号。她的快乐来自轻松的环境与紧张的生活，苦荷国师只是教了她一些入门的天一道心法，赠了几卷经书，便不再管她，她一直在跟随二师兄学习医术，平日用自己习得的医术诊治一下山下的穷苦百姓，日子过得很充实。

这位二师兄姓木名蓬。苦荷给自己这些徒儿们取的名字都很有趣，狼桃、海棠、木蓬、白参，都是些植物的名字。人如其名，狼桃就如字面上的感觉一样，浑身上下充斥着杀气与棱角；海棠则是温柔坚强地立于风雨中；至于木蓬，当然就是一味药材。

范若若将松叶上的露水接入滴水瓶中，有些好奇，为什么药方里要用露水呢？她抱着滴水瓶出了院门，沿着石阶向山上行去。路上的年轻天一道弟子见着抱瓶的她，纷纷行礼问安。

几个月下来，天一道弟子们知道这位小师姑性情虽然冷淡，但着实善良，数月不断不辞辛苦地下山为百姓看病，比那个面相温柔、内心恶毒的范闲要好太多。

范若若爬上长长的石阶，站在山顶上，停住脚步望向山下郁郁葱葱的青林，忽然"啊"地大叫了一声，脸蛋儿上浮着两团运动后的红晕，有些兴奋。

她自幼先天营养不足，虽然被兄长调理了一段时间，也没有根本性的好转，脸色总有些苍白，如今在北齐住了一年多，身体也好多了——主要还是心情轻松的关系。

"不用参加无趣的诗会，不用去各王公府上陪那些妇人们说闲话，不用像那些姐妹一样躲在屏风后看男子，不用天天做女红……这样的生活才是我想要的，谢谢你，哥哥。"范若若微微一笑，抱着滴水瓶转身进了道殿。

木蓬隐约看见姑娘眼中的安喜神态，微笑地问道："小范大人又来信了？"

范若若笑着点了点头，说道："虽然还没来，不过数着日子，应该到了。"

木蓬抓了抓有些蓬乱的头发说道："如此快乐，想必你们兄妹感情极好，既然如此，何不就在南庆待着？小师妹，北齐虽好，毕竟是异国。"

不论是行医还是用毒的大人物，似乎头发都有些乱，比如监察院里的老毒物。

范若若应道："在哪里无所谓，哥哥说过，人应该为自己想要的目标做出一些牺牲。"

木蓬诧异地问道："噢？那师妹你的目标是……"

"救人。"范若若应道。

"就这么简单？"

"是的。"

"嗯……"木蓬沉吟片刻后问道，"医者父母心，可是当初你来北齐之前，只是在南朝太医院中旁听过一段时间，为何会有如此大愿心？"

"师兄，不是愿心的原因，而是自己想要什么。哥哥曾经说过一句话，人的一生应当怎样度过？首要便是要让自己心境安乐……治病救人能让我快乐，所以我这样选择。"

人的一生应当怎样度过？木蓬微微皱眉，叹息了一声，没有再说话，心里却在想着，那位能够让海棠师妹方寸竟乱的范家小子，究竟是个怎样的人呢？

范若若抱着空着的滴水瓶走下石阶，回到小院，走回屋中。屋中陈设与她来之前没有丝毫变化，她知道这里毕竟是海棠姑娘的旧居，对北齐人来说有着不一样的意义。

一封信安静地搁在桌上，她眼中闪过一抹喜悦，急忙将信纸打开，细细观看那纸上熟悉的细细字迹，此间神情不停地变幻，时而紧张，时而喜悦，时而淡淡悲伤。

兄妹二人相隔甚远，互通信息相当不便，各自苦于各自的思念，所以在若若安定下来之后，范闲马上重新开始了每月一封家书。

童年时，若若很小就从澹州回了京都。自从若若会认字会写字之后，范闲便开始与她通信，凭借着庆国发达的邮路，兄妹二人的书信在京都与澹州之间风雨无阻地来往，每月一封，从未间断，直至庆历四年范闲入了京都，不知道写了多少年的信。

他们在信中说《红楼》，讲宅事，互述两地风景人物，家长里短琐碎，林林总总，不一而足。正是通过这些信，范闲成了妹妹精神方面的老师，若若自幼被这些信中内容熏陶着，心境态度与这世上绝大多数的女子……不，是与这世上绝大多数的人都不太一样。

她依然孝顺父母，疼爱兄弟，与闺阁中的姐妹相处极好，但相对独立的人格和对自由的向往是那样与这个世界格格不入，偏生她又不能脱离这个世界生活。正因为这种矛盾，让她在京都时成为一位自持有礼、冷漠拒人的冰山姑娘。只有在范闲面前,她才敢吐露真心,所以远赴异国、清苦生活,这种在贵族小姐眼中异常可怕的人生却让她甘之若饴,十分快乐。这一切的发端就是信,就是范闲与她之间的信。

范若若看着信纸叹了一口气。京都那些朝堂上的争斗离她还很遥远,她也相信父亲和兄长的能力,所以并不在意信上写的那些凶险。只是这一次范闲在信中提到了弘成。她脑中浮现出那个温和的世子模样,他要去西边与胡人打仗了,会受伤吗?还能回来吗?

靖王府与范府是世交,她也是自幼与李弘成一道长大,知道对方心有大志,抛却那些花舫上的风流逸事,从本性上来说是个极难得的好人,对自己确实痴心一片。此次弘成自请出京,一方面是要脱离皇子间的争轧,但又何尝不是被她伤了心之后的一种自我放逐。

可是范若若就是无法接受弘成,是的,她那颗被范闲熏染过的玲珑心现在比范闲更加无法接受这个世界上关于男女的态度,这是不是一件很荒谬很有趣的事情?

当然,就算没有那些花舫上的风流账,就算弘成是个十全十美的人,范若若还是不会接受他,正如范闲当年在信中讲的那句——那些都是很好很好的,可我就是不喜欢。

"他又写了什么故事?"门口传来一道懒洋洋的声音。范若若一惊,抬头看见海棠姑娘穿着一身薄花衣站在门口,赶紧站了起来,说道:"原来是师姐送信来的,我还以为是王大人。"

海棠双手揣在衣服里,拖着步子走了进来,说道:"王启年不回来了,范闲没说?现在上京城里是邓子越,你应该见过。"

范若若微微偏头,疑惑地问道:"师姐不是在上京城,怎么回山了?"

海棠当然不可能为了替范闲送信专程回山,看着她微笑地说道:"有人想见你,让我接你去上京。"

范若若好奇地问道:"上京城谁想见我?"

"是陛下。"海棠微笑地回道。

上京城那座世间独一无二美丽的皇宫中，北齐皇帝陛下靠在榻上，身子歪在一位宫装丽人的怀里，唉声叹气地问道："理理，朕一直没想明白……你说去年夏天，我们究竟做了什么呢？"

"去年夏天，好像什么都没做啊。"一听这句问话，司理理也有些头疼。自从范闲在信中提到这句话后，北齐小皇帝和她便陷入了无尽的思索中，怎样也想不起来，去年夏天自己这些人究竟对他做过什么事情。

那封信只有一句话，像是警告，更像是一种威胁，不明白究竟是什么事情让范闲怒成这样。这一切的原因只是因为范闲将年头算差了，本意是想警告对方，自己已经知道了那座破庙的事情。

北齐小皇帝的眉头皱了起来，冷声道："去年朕通过王启年的手送了他一把好剑，就算他看穿此事，不感激朕也罢了，为何还来信恐吓小师姑？"

"大魏天子剑？"司理理掩唇嫣然而笑，丽光四射，"还是大魏添子剑？"

字音相同，北齐小皇帝用了一些时间才听明白了这句玩笑话，但他没有笑，而是脸色一沉。司理理心头一动，知道陛下不喜欢自己太过放肆，安静地住了嘴，跪坐在了一旁。

北齐小皇帝坐起身来，双手顺着额角向后抿去，系好了乌黑的长发，两道英眉挺直，平静地说道："先不说这些，范思辙今天晚上大宴宾客，朕让卫华代朕出席，你觉得如何？"

"陛下英明。"司理理思忖半晌后认真地说道，"把范家老二绑在上京城，范闲在南边肯定也会老实些，就算他有些别的想法，也总要考虑一下自己的弟弟妹妹。"

"说起妹妹，那位师姑今天也应该到了。但你说得不对，不是我们把范家子女绑在上京城，用来要挟范闲，而是范闲将自己的弟弟妹妹送至本邦，要我们当保姆。"

063

北齐小皇帝有些烦闷地说道："范闲何等人物，既然敢送，当然不怕我们将这两个人拿来当人质。"

司理理抿嘴笑道："可是陛下还是应了下来，我说的绑也不是当人质的问题……范若若与范思辙二人在北齐过得好，范闲心情也好，日后说不定哪天就投了过来。"

"哪有这么简单？"北齐皇帝自嘲地笑道，"他在南庆风生水起，如今李云睿又已失势，再也无人敢动他丝毫，他怎么可能弃了手中无上权柄来投朕……至于他的这些安排，只能说明此人像他那个皇帝老子一样敏感多疑，狡兔三窟，他只是把朕的国度当成了他家族的一条后路。偏偏在江南、在南朝内库，朕需要他的地方太多，明知道他在利用朕，也只能应了下来。"

在一年多的时间内，北齐皇帝与范闲各自选出了代言人，通过当年崔家的路线，经由夏明记和范思辙源源不断地往北方走私，双方都捞了大笔好处。为了防止庆帝动疑，事情做得极为隐秘，就算查出来了也不会牵涉到这些高层的人物。可是……双方已然绑在了一起，范闲才会安心地让弟弟妹妹留在北齐。先前那句话不错，北齐小皇帝现如今就是范闲找的一个保姆，更何况范闲如今已经猜到了破庙里发生的事情，用起北齐小皇帝来更是毫不客气。

"范闲为什么要留后路？"司理理疑惑地问道，"难道他一直以为，庆国不是他的久居之地？"

"这就是朕最感兴趣的一点了。范闲他究竟是一个什么样的人？还在往权臣巅峰攀爬的路上就开始寻找后路，难道他认为终有一天会和他家那位皇帝翻脸？实在是……有些说不清，道不明。"

小皇帝顿了顿，继续说道："还记得他送你回京那次吗？"

司理理想到北上时那一路的温柔相处，马车内的无限春光，不禁面庞微热，低下头去没有回话。

皇帝笑了起来，只是笑声中带着些微酸意，用手指抬起司理理的下颔，温柔地说道："理理，朕……不喜欢你在朕的身边，心里还想着别的男人。"

司理理低着头一言不发，红唇含笑。

小皇帝冷哼一声，发现这妮子越来越不怕自己了，便将手收了回来，说道："你不是曾经说过，在北归路上，范闲曾经给你解毒……既然如此，他也是救了你和朕的两条性命。朕不明白，他为了一己私利与朕合作那是后事，在此事之前他似乎就不想朕死掉，再加上先前所言后路……"

司理理抬头看着他，不解地问道："陛下究竟在疑什么？"

小皇帝沉默了很长时间，说道："你说范闲……他有没有可能不把自己当成庆国人？"

如果范闲真不当自己是庆国人，说不定哪天他真的会来北齐……范闲如果来投，自然要带着无数的好处，比如内库的机密，比如监察院的内部情治，还有他的身份——一位庆朝皇子，一位庄墨韩指认的接班人，反庆投齐……这会在天下造成什么样的震惊？这会给北齐带来多大的好处？

司理理不解地问道："就算范闲因为当年叶家的事，对于庆国皇室有怨恨……可是他毕竟是南庆皇帝的私生子，短短三年时间，庆帝就让他成为首屈一指的权臣……他还有什么不满意的？"

小皇帝皱眉说道："朕也觉得不可能，那他为何要做这些事？"

这个世界上的人无法理解范闲的思维。他在山洞里对着肖恩说出那句话之后，就已经接受了这个世界，但没有太多的家国观念。因为自幼的生长环境和身周友朋，他当然对庆国的感情更深，但在他看来，天下纷争只是内部纠葛。像是春秋，像是战国，跳来跳去也没有什么道德上的羞耻感。叛国这种概念，也从来没有在他的脑海之中出现过，这大概便是外来人口的独特心理。

沿着清幽的石径往上方行去，太监宫女小心翼翼地服侍在旁，生怕陛下一不小心摔着了。后面捧着拂尘净水瓶的太监们踮着脚，低着头，一点声音都不敢发出来。

小皇帝有些不悦，他自幼就讨厌这些奴才围在自己的身边，让自己不得放松。只是规矩向来如此，他再如何发怒，也不能改变丝毫，除非将这些奴才全杀了。

走到第三层宫殿旁，一株青树缓缓垂下它的枝丫，轻柔地搭在黑色的檐角上。他怔怔地看着这一幕，心想自己天天在宫里行走漫游，为什么却很少注意到这些景象？因为看得太多，所以习惯性地忘却？他忽而想起海棠转述过的场景，范闲当初在宫里学师姑走路，走得很快活，眼睛转得很快、很贪婪，似乎想将一切美景都收入眼底——难道无比喜欢美好的东西，才能写出那些美好的文字？

他忽然转了方向，向着右方一条山道行去，山道尽头隐约可以听见流瀑声。太监宫女们吓了一跳，心想陛下不是要去山巅植桂吗，怎么又转向了那边？没有人敢出声拦阻，沉默地跟了上去。

山道数转，来到崖畔一处平台，台上有一方凉亭。小皇帝指了指那凉亭，身旁的太监宫女们顿时冲了过去，安置绣墩，点了清香，打扫尘埃。皇帝走入亭中，看着亭下溪水、对崖春花，心头微动，轻声念道："拍栏杆，林花吹鬓山风寒，浩歌惊得浮云散。"

身旁诸人连拍马屁："陛下……"

小皇帝自嘲地一笑，想到当年范闲在这个亭子里对自己只说了三个字"好词句"，不由笑了起来，轻声地说道："拍朕马屁，拍得如此漫不经心……范闲，你还是唯一的那个。你们都退下吧。"

太监宫女面面相觑，心想山石寒冷，如果陛下受了凉，在太后那里怎么交代？但他们清楚，如今的北齐已然是陛下的江山，陛下年纪虽轻，心志却是格外坚毅。在沈重死后，陛下力主放了上杉虎去南边对抗南庆，又主持了朝中几次大的变动，连大臣们都不敢再以看小孩子的目光去看他。

待太监宫女们退下后，小皇帝走到栏边，看着自己的江山，深深地吸了一口气，想到当初范闲的建议，心想这小子说得倒也对。不过此时又想起另一件事，便自言自语地说道："范闲，你究竟是怎样想的呢？"

"先天下之忧而忧，后天下之乐而乐？这天下究竟是南庆的天下，还是……整个天下？"他的眉头渐渐舒展，隐约察觉到了事态的真相，唇角难得地向上翘起，现出笑容，轻声说道："若你来投朕，朕便封你个亲王如何？总比你现在这个小公爷要强些。"

他自幼在皇宫中长大，父皇初丧时便面临了人生最困难的一次考验，虽然在苦荷国师的强力支持下，太后抱着他度过了此番苦厄，可是如此发端注定了他的帝王生涯非常不顺。

不顺有许多的原因，最重要的自然是那个永远不能宣之于口的秘密。

为了这个秘密他付出了太多牺牲，他不能和人亲近，包括姐姐们，十几年来身边的人没有变过，洗澡都像是如临大敌般严密封锁，后宫里那几个侧妃依然幽怨着……还有，为了分散南庆的注意力，为了收服朝中大臣，他与母后演了那么多年母子不合的戏码，真的很辛苦。

他不想承担这些，但既然已经做了，身为战家的后代，便要做好自己的角色。必须承认，这些年他做得很不错，没有人能挑出太多毛病。他纵容甚至是暗中诱使上杉虎雨夜突杀沈重，抄没沈家，将整个锦衣卫牢牢地操控在皇室的手中。软禁上杉虎一年削其锐气，再放虎出柙，于南方压制咄咄逼人的庆国军队。于国境之中打压豪强，于国境之外和范闲勾结，手段连出……这两年北齐朝政在他的打理下井井有条起来，尤其是江南之事更是证明了这位小皇帝的深谋远虑与机心。

就算江南内库的主事者不是范闲，想必他也有能力谋取些好处，但好处的层级也分很多种，小皇帝当年也没有想过，可以通过范闲为自己谋取这么多的利益。

他拍了拍栏杆，看着山涧里的清清流水，轻声地自言自语道："可是你凭什么来？庆帝做过什么？"

在学习成为一位皇帝的岁月里，北齐小皇帝唯一能在现世中找到的对象，当然就是南庆那位强大的君主，他知道那位比自己长一辈的同行是一个雄心野心共存，却又擅于隐忍的厉害角色。

"你终究是会老的,而且已经老了……"他望向遥远的南方,想到最近传来的南庆京都皇室之争,"就算你当年是一头雄狮,打得大魏分崩离析,打得我大齐苟延残喘,可你毕竟老了,整个人都透着股腐朽的味道。朕真的很希望,你能继续这般阴险腐烂下去,将他给朕逼过来。"

只是范闲真的会来北齐吗?哪怕他与范闲的关系很不一般,范闲也不会完全相信他。这和情感无关,和国属无关,和男女无关,要知道世上有三种人——男人、女人、皇帝。

唯皇帝不能信任。

亭下涧中的流水往山下流啊流,流到最下一层宫殿群侧,在山脚下汇成一潭清水,清水的靠西方有一道白石砌成的小缺口,汩汩清水由此缺口而出,却未曾惹得潭水有丝毫动静。

在这一潭清水之后的树林里,此时正有一大群太监、宫女低头敛声地等候着。

苦荷坐在潭石上,手中握着一支钓竿。

北齐皇太后微笑地坐在苦荷大师的身旁,眉眼间尽是安乐恬静。

当年战家从天下乱局中起,继承了大魏天宝,然而连年战乱不断,不知多少猛将都在南庆皇帝凶猛的攻势中纷纷殒命,待战姓皇帝一病归天后,宫内便只剩下她与小皇帝这对孤儿寡母。

其时南庆陈萍萍用间,北朝政局动荡,王公贵族们纷纷叫嚣,宫内情势朝不保夕,但就在这样的情况下,这位妇人依然让自己的儿子稳稳地坐在了龙椅之上。最重要的当然便是她身旁这位国师的强硬表态,同时也证明了,皇太后绝对不像表面上看到的那般平庸。

苦荷眼神恬静地望着波纹不兴的水面。

太后想起了这一年上京城的变化,当年宫廷有变,她让长宁侯冒死出宫求得沈重带人来援,沈重和锦衣卫是立了大功的,但是皇帝一朝长大,却是容不得沈重再继续嚣张下去,便动了念头。

沈重对皇室有恩，可是儿子心意已定，她无法劝说，便默认了这件事情的发生——战家的人似乎永远都是那样执着，不可能被别的人影响改变，比如她的儿子，比如她身边的这位。可是她依然想继续努力一下，昨天夜里皇帝与她长谈了一夜，认为这件事情不似想象中那般美好，请她想想办法。

"我没有见过李云睿，只是和她通过不少的密信。"太后在苦荷面前自然不会自称哀家，面容依然端庄，说话的口气却像个不怎么懂事的小姑娘。

苦荷道："庄墨韩当初决定应邀南下之时，也还没有与她见过面。"

太后叹道："所以庄大家留下了终生之憾。"

苦荷摇摇头："但我是见过那位长公主的，所以我知道这个女子不简单。此次南朝京都之变，发生得如此之快，一点儿动静也没有，实在是出乎我的意料。"

"豆豆的意思是……"太后低声道，"两国交锋终究是国力对决，还是莫要行险的好。"

"他为什么不来亲自和我这个师祖说？"苦荷微笑道，"孩子毕竟还年轻，自然想不明白这些年庆国皇帝表现得一塌糊涂，为什么我们这些老家伙还如此警惕。"

太后叹了口气道："是啊。"

苦荷道："第二代没有出现一位大宗师，却出现了一位用兵如神的帝王，你我都清楚庆帝的强大与可怕……他隐忍得越久，我越觉得不安，所以我不想再等下去了。"

太后不解地问道："可是能有什么法子呢？"

苦荷取下笠帽，露出光头，微笑着说道："叶流云也喜欢戴着帽子满天下跑……连这样一个人都能为李云睿所用，我相信这位长公主会想到法子的。"

话题至此，太后清楚再也无法劝说国师回转心意，轻声说道："叔爷，再多看看吧，南朝的事情，任他们自己闹去，对我们总有好处。"

"时间不多了。"苦荷手中的钓竿没有一丝战抖，"如果我们这些老家伙在世的时候不能解决这个问题，将来又有谁能解决？"

这与那位草庐里的大宗师说得完全一样。

太后的手微微一颤，说道："海棠这丫头呢？再说……南边还有个范闲。"

苦荷笑了起来，说道："范闲如果足够聪明和强大，这次的事情想必会谋得最大的好处，也算是我们送给他的一份礼物。既然承了豆豆这么大的情，将来总会念我北齐一丝好。"

这些大人物都清楚，以国力而论，在短时间内，积弊已久的北齐依然无法赶上或者超越南庆，天下大势，十余年内，依然是南庆主攻，北齐主守，所以才会有承情念好一说。

"我本以为南朝那边，应该是李承乾或老二机会更大一些。"太后说道。

苦荷摇了摇头："范闲这样好杀怕死的人，怎么可能给他们上位的机会。如果真有这种可能性，你以为他就真的舍不得下手杀人……天下能在范闲的杀心下不死的人没有几个。"

太后一怔，没想到国师对范闲的实力评估竟然达到这种地步。

"不要忘了，他的身后还有个瞎子，叶流云却不可能给南朝那些皇子当保镖。"

苦荷提起手中的钓竿，细线系着鱼钩，没有像有些人那般无聊地用绳子垂钓，以谋狗屎境界。

鱼钩出水，滴下几滴清珠，再次坠入水中。潭水似乎被这几滴水珠扰得兴奋了起来，水波大兴，水草舞动，无数尾或金或青的鱼儿跃出水面，欢喜腾跃，啪啪地拍打着水面，似是道谢。

第四章 废储

由江南路通往江北路有三个方便的途径，但不论怎么走，总是要越过那条浩浩荡荡的大江，这世间没有范闲熟知的那些水泥桥梁，却只有靠两岸间源源不断的渡船来支撑水畔繁忙的交通。

内库三大坊在闽北，转运司衙门在苏州，小范大人却在杭州，看似内库的控制很松散，但只有少数官员商人才清楚，监察院与内库联手后，对遍布江南的货仓、专门通路控制得是何其严格。尤其是往北的线路刻意往西边绕了个弯，从沙州那处渡江往北，再越过江北路的荒山、沧州路的草甸，再绕经北海，源源不断地送入北齐国境之内，为庆国带回丰厚的银两，以采购旁的所需。

行北路的货物大部分在夏明记的控制之下。夏栖飞在范闲的帮助下中了几个大标，又暗中整合了江南一带的小商行和帮派，已经成势。选择在沙州渡江，从官员们的角度来看，自然是因为江南水师驻在沙州，但只有范闲和他清楚，选择沙州是因为江南水寨的根基在此，内库货物可以让朝廷水师督送，可里面夹的那些东西，却不放心全部让水师看着。

夏栖飞坐在沙州城门外的茶铺里，一面喝着茶，一面看着平缓的大江上来往运输货物的船只，微微眯眼。北边要的货忽然多了，还不至于让他接不下来——现在内库对他们这些范闲的亲信来说是完全敞开的，只是要在这么短的时间内，把所有的货运到那边，同时还不能让朝廷起疑，这就需要很细致的安排了。好在朝廷惯例，监察内库运作由监察院一手负责。时至今日，当年朝堂之上大臣们的担忧终于成为了事实，范闲自己监察自己，这怎么能不出问题？

夏栖飞将茶杯放下，缓缓品味着嘴中的苦涩滋味，心里却没有丝毫苦涩。回顾这一年半的时间，他有时候觉得自己似乎是在做梦，十余年的家仇一朝得雪，明家重新回到了自己的手中，自己的身份也从见不得光的江南水寨大头目变成了监察院的官员、名震江南的富商。这人世间的事确实有些奇妙。不过他也清楚，如今的明家早已不是当年的明家，虽然朝廷没有直接插手，可如果小范大人发话，自己也只有全盘照做。想到某些事情，他不禁有些不解，心中隐生不安。

向北齐东夷走私内库货物，毫无疑问是最赚钱的买卖，可是以小范大人的身份地位，何至于要如此贪婪？小范大人当年解释过，长公主贪银子，是因为她要在朝中谋求权势，为皇子们铺垫根基，在军中收买人心。可小范大人本身便是皇子，归宗后又不可能继位，要这么多银子做什么呢？陛下当年就是不喜欢长公主将自己的内库差不多搬空了，难道现在就能容许小范大人这样做？

北齐小皇帝想把范闲拉到身边当亲王，可他更清楚，范闲留在南庆对自己好处最大。他希望范闲的权力越大越好，圣宠越深越好，最好能够强大到可以影响庆国皇帝的决定。但他不会愚蠢到将希望全部寄托在一位异国臣子身上，国与国之间的和平只看实力，国家的实力自然就是军力。

开春后，北齐一代雄将上杉虎被解除了软禁，空降南线。他于极短的时间内树立起了自己在军中的绝对权威，开始日日演兵整练，保持着对南朝军队强大的震慑力，压制着南庆人的野心。

与上杉虎正面相冲的是庆国征北大都督燕小乙，两大名将对峙，火花与血腥味渐渐升腾，虽说边境线上无战事，可是一些小的摩擦、一些刻意营造出来的紧张气氛却渐渐弥漫。

夏明记往北方运送内库货物，之所以在沧州南便要往北海方面绕，便是因为沧州局势一直有些紧张。然而这一切在这个月里完全改变了，不知为何，上杉虎忽然收兵回北，似乎毫不在意燕小乙正领着十万精兵在燕京与沧州中间一带，随时可能向北突进。

两国列兵忽然变成了郊游，南庆军方感到了无来由的恼火与愕然，北齐人究竟在想什么？

燕小乙举杯喝了一口北海北草原上产的烈酒，酒水打湿胡须，眼中寒芒渐盛。

北齐人自然听到了长公主失势的消息，以为皇帝必然要拿下自己，所以上杉虎才会后撤，刻意示弱，将施加到他身上的全部压力放下，为的就是保住全部的力量与精神。

保住这些做什么？自然是要对付皇帝陛下。

燕小乙知道北齐人的想法，但没有做什么准备，似乎只是在等着那一天，等着几个老皮深皱的太监骑马而来，疲累而下，声嘶力竭，满脸惶恐，却又强作镇定地对自己宣布陛下的旨意。

长公主倒下了，他身为长公主的亲信心腹、在军中最大的助力，陛下自然不会允许他依然掌管征北军的十万精兵。然而出乎他的意料，陛下的旨意迟迟未到。

陛下究竟想给自己扣上什么样的罪名，居然迟缓了这么久？还是说陛下真的对自己如此信任？可是陛下清楚，当年自己只是山中的一个猎户，如果不是长公主他也许会一生默默无闻。更何况范闲与自己有杀子之仇——他没有证据，但他坚信就是范闲做的——陛下当然不会杀了自己的私生子而为自己的儿子报仇。这便是燕小乙与皇帝之间不可言说的最大矛盾。

燕小乙的性格注定了他不会束手就擒，从此老死京都。但他也不会率兵投往在北方看戏的北齐君臣，因为那是一种屈辱。他再次端起盛着烈酒的酒杯，一饮而尽。

然后他收到了一封信。

他的双手一向稳定如山,控弦如神,此刻捏着信纸,竟然战抖了起来。

庆国尚是春末,遥远的南方国境线上已经是酷热一片,茂密的树林被高空的太阳晒得有气无力,那些山石之上的藤蔓早被石上的高温烘烤得将要枯萎。热还不算可怕,可怕的是密林里的湿度,南方不知怎么有这么多的暴雨,虽然雨势持续的时间并不长,可是雨水落地还未来得及渗入泥土之中,便被高温烘烤成水蒸气,包裹着树林、动物与行走在道路上的人们,让所有生灵都艰于呼吸。

一行浩浩荡荡的队伍慢慢地行走在官道上,礼部与鸿胪寺官员们扯开了衣襟,毫不在乎体统与他们代表的天朝颜面。一向军纪森严、盔亮甲明的数百名禁军也都衣衫不整,就连守卫在中间数辆马车四周的宫廷虎卫,脸上都泛出疲惫的感觉。

中间的马车里坐着庆国的太子殿下。南诏国之行十分顺利,在那位死去的国王灵前扶棺假哭数场,又温柔地与那个小孩子国王说了几句闲话,见证了登基仪式后,太子殿下一行人便启程北归。

之所以选择在这样的大太阳天下行路,是因为日光烈时,林中不易起雾,南诏与庆国交界处的密林中最可怕的就是那些毒雾。

太子李承乾敲了敲车窗,示意队伍停了下来,在太监的搀扶下他走下马车,对礼部的主事官员轻声说了几句什么。一位虎卫恭谨地说道:"殿下,趁着日头走,免得被毒雾所侵。"

太子微笑着说道:"歇歇吧,所有人都累了。"

"怕赶不到前面的驿站。"那位虎卫为难地回道。

"昨日不是说了,那驿站之前还有一家小的?"太子和蔼地吩咐道,"今晚就在那里住也是好的。"

被问话的礼部官员劝阻道:"殿下何等身份,怎么能随便住在荒郊野外?天承县的驿站实在太破,昨夜拟定的大驿已经做好了准备迎接殿下。"

太子坚持说众人已经累得不行，那位礼部官员忍不住担心道："若误了归期……"

"本宫一力承担便是，总不能让将士们累出病来。"太子皱眉说道。

一行数百人奉命就地休息，今夜应该会留在天承县过夜。那些军士虎卫们听着这话，顿时松了一口气，对太子行礼谢恩，便在道路两侧布置防卫，分队休息。

这一个多月里，由京都南下至南诏再北归，道路遥远艰险，但太子殿下全不如人们以往想象的那般娇贵无用，对陛下旨意毫无怨言，对下属们劝慰鼓励，呵护有加，说不出的和蔼可亲。

往南诏观礼，太子被安排这样一个吃苦又没好处的差使，天下人都觉得陛下是在警告他，或者是一种变相的责罚。将士官员们都有些纳闷，这样一位优秀的太子，陛下究竟还有什么不满意的呢？

林间拉起一道青幛，供太子休息，其实众人都清楚主要是为了太子出恭方便，虽说一路上太子与众人甘苦相共，但总不可能让殿下与大家一排蹲在道路旁光屁股拉屎。李承乾对拉青幛的禁军们无奈地笑了笑，掀开青帘一角走了进去，然而他没有解开裤子，只是冷静而略略紧张地等待着。

没有多久，一只手捏着一颗药丸送进了青幛中。

明显这样的事情发生了不止一次，太子直接接了过来嚼碎吞了下去，又用舌尖细细地舔了舔牙齿间的缝隙，确认不会留下药渣，让那些名为服侍、暗为监视的太监发现。

"为什么不能把这药拿出来给大家用？"太子沉默片刻后对青幛外说道，语气里有些难过，"这一路已经死了七个人。"

南诏毒瘴太多，虽说太医院备了极好的药物，可依然有几位禁军和太监误吸毒雾，不治死去。

青幛外那人停顿了片刻后说道："殿下，我越来越喜欢你了。"

那人悄无声息离开，太子微微皱眉，他知道对方是范闲派来的，怎样也想不明白范闲这样小心翼翼地保护自己是为什么。不过那人替范闲传的话很清楚，他不需要领对方什么情。他不喜欢范闲派高手远远缀着自己的感觉，也曾经试探过让那个人将药物全给自己，可是他日日就寝都有太监服侍，如果让人发现身上带着来路不明的药物，确实是个大麻烦。想到那些沿途死去的人，他忍不住叹息了一声。

这段日子他表现得非常好，好到不能再好，因为他清楚父皇是个什么样的人。父皇在寻找一个理由废了自己，如果找不到那个理由，便暂时不会动手，所以他还可以再坚持一段时间。

父皇太爱面子了。

李承乾站起身来，将用过的纸扔在了地上，心想面子这种东西和揩屁股的纸有什么区别？他拉开青幛走了出去，看着天上刺目的阳光，忽然想到南诏国王棺木旁的那个小孩子，有些微微失神，心想都是做太子的，当爹的死得早，其实是一件幸福的事情。

经过了数月跋涉，太子李承乾一行人终于从遥远的南诏国回到了京都。京都外的官道没有铺黄土，只是洒了些清水，道路两旁的茂密杨柳随着酷热的风微微点头，欢迎储君的归来。

迎接太子归来的是朝中文武百官，还有那三位留在京中的皇子。见礼完毕，太子神情温和地扶起两位兄长和那位幼弟，执手相看，有语不凝噎，温柔地说着别后的情状。

大皇子看着太子，确认了这趟艰难的旅程没有让这个弟弟受太大的折磨，方始放下心来。他和其他人一样，都在猜忖父皇为何将这个差使交给太子做，但他的身份地位和别人不同，所以也不愿做太深层次的思考，反正怎么搞来搞去和他也没有关系，只要人没事就好。

在王府里沉默了近半年的二皇子，则用他招牌般的微笑迎接着太子归来，只是笑容里夹了一些别的内容，一丝一丝地沁进了太子的心里。太子点了点头，没有说什么，牵起老三的手，看着小男孩恬静乖巧的脸，忽然又想到南诏国新任的国主似乎与老三一般大，心忽然战抖了一下，手下意识里松了松，只是食指还没有完全翘起便反应了过来，又赶紧反手握紧了那只小手。

三皇子望向太子的眼神远超出小孩子应有的镇定，一点多余的情绪也没有。

几位皇子站在城门洞外，各有心思，太子看着阳光下那几个有些寂寞的影子，难过地想到，父子相残看来不可避免，难道手足也必须互相砍来砍去？

太子入宫，行礼，回书，叩皇，归宫。

一应程序就如同礼部与二寺规定的那般正常流畅，没有任何问题，至少没人发现皇帝陛下和太子殿下的神情有什么异常，只是陛下似乎有些倦，没有留太子在太极殿内说话，便让太子回了东宫。

在姚太监的带领下，太子回到了东宫，看着被修葺一新的东宫，不禁很是吃惊，那日这座宫殿被他一把火烧了，不过数月便又修复如初……看来父皇真的不想把事情闹得众人皆知。

他怔了怔，忽然回头对着姚太监问道："本宫待会儿想去给太后叩安，不知道可不可以？"

姚太监负责送殿下回东宫，自然是秉承陛下的意志暗中监视，要保证太子回宫便只能留在宫中，等于变相的软禁。可太子忽然发问，用的又是这种理由，他能说些什么呢？他苦笑一声，佝下身去低声回道："殿下吓着奴才了，您是主子，要去拜见太后，怎么来问奴才？"

太子没有再说什么，往广信宫那边看了一眼。他知道姑母已经被幽禁在皇家别院，那座他熟悉、向往的广信宫已经空无一人，可他还是忍不住想多看看那边。

姚太监在一旁小心而不引人注意地注视着太子的神情。太子却根本当他不存在，怔怔地望着那处，心想人活在世上总是有这么多的魔障，却不知道是谁着了魔，是谁发了疯。

他想到姑母说的那句话，心脏开始咚咚地跳了起来。是的，人都是疯狂的，天下是疯狂的，皇家里的每个人都有疯狂的因子，如果自己想要拥有这个天下，就必须疯狂到底。

——因疯狂而自持，他转过身来，对姚太监温和地笑了笑，然后走进了东宫，转身将门关上。

依常理，关门这种事情自然有宫女太监来做。只是数月前，皇宫里有数百名太监宫女无故失踪，没有人知道他们去了哪里……现在的东宫补充了许多新的太监宫女，明显有些紧张，对着太子叩地请安，却没有人敢上前侍候。太子自嘲地一笑，进了正殿，然后抽了抽鼻子，因为他闻到了一股很浓重的酒味，一股浓得令人作呕的酒味飘浮在这座尊贵的宫殿中。

殿内的光线有些昏暗，只点了几只高脚灯，李承乾看见榻上躺着一个熟悉的妇人，屏风一侧，内库出产的大叶扇正在一下一下地摇着，扇动着微风，试图驱散殿内令人窒息的气味。

那妇人穿着华贵的宫装，只是装饰十分糟糕，头发有些蓬松，手里提着一个酒壶，正在往嘴里灌着酒，眉眼间尽是憔悴与绝望——拉着大叶扇的是一个看不清模样的太监。

李承乾皱了皱眉头，旋即叹了口气，现出温柔与怜惜走向前去。他知道母后为什么变成了如今这个模样，有些厌憎于对方平日故作神秘，一旦有事却是慌乱不堪，但她毕竟是自己的母亲。

"母亲，孩儿回来了。"

半醉的皇后揉着眼睛看了半晌，才看清了面前的年轻人是自己的儿子，她挣扎着坐了起来，扑到太子的面前，一把将他抱住，号哭道："回来了就好，回来了就好！"

太子抱着母亲的身体，和声道："一去数月，让母亲担心了。"

皇后极为喜悦，口齿不清地说道："活着就好，就好……我以为……再也见不到你……了。"

她和皇帝做了二十年夫妻，当然知道龙椅上的那个男人是何等样的绝情恐怖。她本以为太子此番南去，再回来便难，此时见着活生生的儿子，不由喜出望外，似在绝望中觅到了一丝飘忽的希望。

太子自嘲地笑了笑，轻轻地拍了拍母亲的后背，安慰了几句。皇后直到此时还不知道皇帝为何会忽然放弃太子，当然太子也没有告诉她实情。他也不打算告诉母亲自己这一路上遇到了多少危险，如果不是范闲暗中帮忙，自己就算能活着回来，只怕也会就此缠绵病榻，再难复起。

半醉的皇后在太子的怀里渐渐沉睡，太子将她抱到榻上，拉上一床极薄的绣巾，挥手止住了那个拉大叶扇的太监，自己取了一个圆宫扇，开始细心地替皇后扇风。不知道扇了多久，确认母亲睡熟后，太子扔下圆宫扇，坐在榻旁发呆。他将头深深地埋入双膝之间，许久也未曾抬起来。

天色渐变，夜色将至，太子终于抬起头来。只见他脸色有些苍白，目光飘到了一旁，看着这座空旷冷清的宫殿内唯一的太监，问道："娘娘这些日子时常饮酒？"

"是。"那个小太监从阴影处走了出来，跪下行礼。看着那太监的脸，太子吃了一惊，旋即皱起眉头，微嘲道："一座东宫百余人，如今就你一个人还活着。"

这太监正是当初的东宫首领太监洪竹。洪竹流露出愧疚之色，低下头去，没有说什么。整个东宫的下人全部被皇帝下旨灭口，就他一个人活着，已经说明了所有的真相。

在东宫的日子，皇后与太子对他都不错，尤其是皇后待他格外好。这些日子他奉旨暗中监视皇后，看着这位国母由失望而趋绝望，日夜用酒精麻醉自己，他心中难免生起几丝不忍来——虽然他没有向皇帝告过密，但他向范闲告过密，而发生的所有变故似乎都是因此而起。

太子疲惫地摇摇头，自言自语地说道："当初以为你得罪了范闲，父皇才赶你过来，本宫忘了你终究是御书房出来的人。那你和澹泊公之间的仇是真的吗？"

"是真的。"洪竹低头回道，"只是奴才是庆国子民，自然以陛下之令为先。"

太子不知为何忽然大怒，抓起身边一件东西猛砸过去，骂道："你个阉货，也自称子民！"

扔出去的东西是他先前替皇后扇风的圆扇，轻飘飘的浑不着力，没有砸着洪竹，而是飘落在地。

太子怕惊醒了母亲，强自镇静下来，用幽冷的目光看着洪竹："看来陛下真的很喜欢你……知道了这么大的事情，居然还把你这条狗命留了下来。"

洪竹惊惧不安，困惑地问道："殿下，什么事情？"

太子醒过神来，沉默半晌后说道："东宫已不是当初，你还留在这里做什么？难道还要我与父皇说吗？"

洪竹犹豫着，片响后咬牙说道："奴才……想留在东宫。"

"留在东宫监视？"太子嘲讽道，"整座宫里都是眼线，还在乎多你这一个？"

他知道父皇终究是要废了自己，既然如此，哪里还需要遮掩什么？

"奴才想服侍皇后。"洪竹认真地说道。

太子沉默了一阵之后，忽然叹了口气，望着他怜悯地问道："秀儿也死了？"

跪在地上的洪竹身子战抖了一下，有些悲伤地点了点头。

"这几个月宫里有什么动静？"太子望着洪竹，问出一个没有答案的问题。

洪竹沉默了一会儿，回道："陛下去了几次含光殿，每次出来的时候都不怎么高兴。"

太子心情稍微轻松了一些，对洪竹道："谢谢。"

洪竹低声道："奴才不敢。"

太子坐在榻边开始思考，父皇显然没有将这件事情的真相告诉太后——他虽然纵横天下，却依然被某些事情约束着，比如像草纸一样的面子，比如那个"孝"字。

庆国讲究以孝治天下，这是皇帝给自己套上的笼子。

太子微微握紧拳头，知道自己还有时间。

"秀儿死了，不知道洪竹是什么样的感觉。如果是个一般的太监或许不会考虑太多，但是我清楚洪竹从来就不是一个简单的太监，他读过书、开过窍，所以他讲恩怨、重情义……说来说去，秀儿被杀死是我的问题，也是他的问题，是我们两个人一手造成了宫里数百人的死亡。

"对陛下的冷酷一面，似乎我们的想象力还是有所缺乏。好吧，就算洪竹不恨我，但他肯定恨他自己，这样会不会有什么麻烦？……是的，我是一个淡薄无情的人，可终究不是五竹叔那样的怪物。以前我和海棠说过，杀几十人、几百人可能眼睛都不会眨一下，可我不能当皇帝，是因为我做不到几万人死在我面前还可以保持平静。太子被废是我之所愿，也是我一手推动的，可是现在我又要让皇帝不要这么快废掉太子，为什么？这岂不是很无聊和荒唐？我究竟是在怕什么呢？

"烈火烹油之后，便是冷锅剩饭……如果太子、老二、长公主都完蛋了，我就是那剩饭剩菜，就算陛下真的疼爱我，愿意带着我去打下一个大大的天下……可是你知道我也是个和平主义者，嗯，很虚伪的和平主义者。我不喜欢打仗，我这两年做了这么多事情，不就是为了保持现在的状态吗？"

范闲说话的对象是一张信纸，更准确地说是当年写信的那个女子。

他收好信纸，将其重新放回箱子中，然后开始叹气。

此时他在杭州华园。那个大箱子敞开着，雪花银闪耀着美丽的光芒。

如同父亲一样，他也学会或者说习惯了对着一张纸说话。

只是范建是对着自己画的像，他没有那个能力，只好隔段时间把那封信拿出来看一遍。

有很多话不能对人讲，所以范闲憋得很苦，此前有段时间他甚至把王启年当成了最好的听众，可是为了让王老头不被吓成心肌梗死，他终于还是停止了对老王的精神折磨。

五竹叔不在,若若不在,婉儿不在,海棠不在,纵有千言万语,又去向谁倾诉?大逆不道、不容于这个世间的心思,能从哪里获得支持?范闲开始逐渐感受到了那种寂寞感,那句"老娘很孤单"的意思,而他对于自己的第二次生命也产生了前所未有的猜疑。

每一个人在某些特定的时候都会回看自己的一生,追溯一番过往,展望一下将来,这便是所谓的昨天、今天和明天。只不过在一般的情况下,这往往是人们对生活已经感觉到厌倦,或者已经达到了某个既定目标之后才开始的,最常见的模型自然是一个老头儿一边钓鱼一边喟叹流水东去而不回。

范闲不是苦荷,没有钓鱼的爱好,他的年纪尚小,只是他的生命比世上所有人都多了一次重复。仔细算来,他其实已经是个三十几岁的中年男人,确实到了该回顾的时候。

不是抱着俏佳人感叹当年没有为人类美好、正义的事业努力,而是在一片混沌中寻找清明、试图再次寻回自己坚定和明确的目标,因为现在的他有些茫然。

重生之后他一直是个有坚定目标的人,在悬崖上曾经对五竹叔以"三个代表"为基础发讨三大愿,时至今日这三大愿基本上实现,只是不好色如范闲者鲜矣,他身旁的女人始终多不起来。

三大愿的基础自然是活下去,为了这个目标他一直在努力,在强硬,在冷血,渐渐走向他曾经对父亲范建说过的人生理想——权臣。

如今在庆国,范闲真真担得起"权臣"二字了,无人不敬,无人不畏,然而这便真是自己要的生活吗?

他走在华园往江南总督府的路上,低着头,像哲学家一样惺惺作态,身后跟着几名虎卫,街道两侧还有许多监察院的密探暗中保护。

"小范大人。"

"小公爷。"

"钦差大人。"

"提司大人。"

一连串饱含着热情、奉承并有些惧怕的声音响了起来，范闲愕然抬头，发现自己已经走入了江南总督府。江南道官员们分列两侧，用"脉脉含情"的目光看着他，说不出的炽热与温柔，整座官衙似乎随着他的到来，倏忽间多了无数匹吃了不良豆料的骏马，屁声不断。

范闲自嘲地一笑，把那些环绕在脑中的形而上的东西全数驱除，是的，人生确实需要目标，但自己现在就开始质疑人生或许太早了些。牛顿直到老了才变成真正的神棍，小爱同学的后半辈子都在和大一统咬牙切齿，但这二位牛人毕竟算是洗尽铅华后的返璞，自己又算是什么东西？

他终究是个俗人，喜欢虚荣、权力、金钱、名声。

范闲与官员们点头致意，往总督府书房里走去，心想自己和叶轻眉不一样，还是不要往身上洒理想主义的光辉了。在这个世界里，不，是在所有的世界里，理想主义者都是孤独寂寞的，都是容易横死的，他可不愿意有这样的下场，那么还是老老实实做个权臣好了。

然而当他走进书房，与薛清聊了许久后，又开始自嘲起来，权臣是想做就能做的吗？那得看陛下允不允许你做，一个昏庸无能的皇帝可能会被权臣架空，可皇帝陛下怎么会给自己这种机会？

"查账这种事情让户部做就行了，内库一向是监察院管着的，怎么又忽然让都察院来凑一手？几个月前那些御史不都下了狱，都察院里哪里来这么多人手查账？就算人手够，但那些只知道死啃经书的家伙看着账上的数字只怕就要昏过去。薛大人，这事您得上折子……"他看着薛清微笑地说着，心里却不知道暗骂了多少句脏话。

薛清也在暗骂，心想户部是你老子的，监察院是你的，内库也是你的，这还查个屁？朝廷对这件事早就有意见，这番操作还不就是怕你小子把内库里的东西全偷出去卖了。

不过二人在江南配合默契，薛清不知从他身上捞了多少油水，自然要站在他这边，同意地说道："来人查也不是不行，不过你和都察院有积怨在身，让他们来查，谁知道会不会公报私仇。"

"就不能再拦拦？舒芜那老头和胡大学士是不是闲得没事干了？"书房里没外人，范闲恼火地说道。但他心里明白，名义上是门下中书发的函，实际上是皇帝老子的意思，内库监察院这块儿让自己一手抓着终究不妥当，贺宗纬在京都监察院里被压得不敢喘气，只好往江南来试试水。

范闲警惕的是，皇帝是不是不相信他对招商钱庄的解释——走私他并不怎么在乎，长公主走了十来年，自己才挣一年的油水，反手给国库送了那么多雪花银，皇帝老子断不至于如此小气。

薛清笑了两声，安慰道："还不是做给朝中人看，你担心什么？就算派个钦差领头三司来查，你这只手一翻，谁还能查到什么？不要忘了，你也是位钦差大人。"

总督大人将手一翻，趁势握住了桌上那杯茶，喝了一口。范闲看着这一幕，心里闪过一个念头，正准备再加把火，却发现薛清把茶杯放下后换了一副极为认真的脸色。

官场交往，尤其是像薛清这种土皇帝和范闲这种皇子身份的人，讲究的是谈笑间便把事情决定了，免得彼此生分。薛清如此认真的脸色，范闲还是头一遭看到，不由皱起了眉头。

薛清缓声说道："京都的事情，小范大人你自然比我清楚，不知道你是个什么样的看法？"

看法？屁看法，这种大事情，老子一点看法也没有。

范闲一声不吭，含笑望着薛清颔下的胡子，像是在欣赏一盆花。因为天下除了那几位大宗师加上皇帝老子他谁都不怕，自然敢摆出这副模样。

薛清咳了两声，知道自己这话问得太没有水平，而对方的无赖比自己更有水平，于是自嘲地笑了笑，直接地道："明说了吧，陛下……要废储了。"

范闲怔了怔，片刻后才回过神来，盯着薛清的眼睛许久没有说话。

他震惊的不是废储，也不是震惊于薛清与自己商量，而是震惊于薛清敢当着自己的面说，那肯定不是他猜出来的，而是皇帝给自己的死忠透了风声，同时开始通过他向四处吹风，也许舆论就要开始了？

"小范大人为什么如此吃惊？这难道不是你意料中的事？"薛清忽然叹了口气，眉间闪过一丝可惜之色，"也不怕你知晓，我上过折子劝说陛下放弃这个念头，可是没有效果。"

"您让我也上折子？"范闲看着他问道。

"您和太子爷是什么关系谁都清楚，我不至于如此愚蠢。"薛清自嘲一笑道，"陛下心意已定，我们这些做臣子只好依章办事。"薛清是真的很疑惑，太子这两年渐渐成长，各方面都进益不少，为何陛下却要忽然废储？他隐约猜到肯定是皇族内部出了问题，当着范闲这个皇族私生子的面，他断不会将疑惑宣之于口。

范闲想了一会儿之后问道："这件事情有多少人知道？"

"江南肯定就你我两人。不过我相信七路总督都已经接到了密旨，就看大家什么时候上书了。"

范闲心想皇帝也真够狠的，太子最近表现优良，此次远赴南诏不仅没有出差错，反而赢得朝中上下交口称赞，想废储要找借口太难，可他竟用起了地方包围中央的战术。

七路总督说话极有力量，但毕竟是臣子，谁敢领头去做这件事情？就算接到了陛下的密旨，可是如此主动地参与到皇位之争中，将来还能有什么好下场？

薛清看出他心中的想法，面无表情地说道："我会是第一个上书进谏陛下废储的官员。"

范闲沉默了一会儿，问道："理由？"

薛清静静地看着他说："这便是今日请大人来的原因……陛下的意思很清楚，八处该动起来了。"

范闲微微出神，当年太子有不少把柄落在了监察院手中，再加上江南明家官司关于嫡长子天然继承权的战斗，不论从哪个方面看，如果要废储，肯定是监察院先出手。他面色平静，看不出内心的激荡，半晌后说道："地方是地方，京都是京都，如果只是这些动作，朝中反噬会极大，那几位大学士可不会眼睁睁看着太子被废。"

他说的是事实，太子没有任何过错，文臣们当然会反对废储，朝堂上不知又要响起多少杖声。"尤其是监察院不能出面，我和太子向来不和，有些话从我的嘴里说出来只会起反效果。"

"有道理，我会向陛下禀报。还有件事情陛下让我通知你，再过些时日，陛下会去祭天。"

范闲今日再觉惊讶，皱眉许久才渐渐品出味道，庆国的宗教信仰不像北齐的天一道那般深入人心，但对虚无缥缈的神庙依然无比敬畏，如果皇帝老子真搞出什么天启来……

对太子的舆论攻势在前，七路总督上书在后，再觅些臣子出来指责太子失德，不堪继国，最后皇帝左右为难，亲赴大庙祭天，承天之命，废储……嗯，好荒诞的戏码，好无聊的把戏。

"什么时候？"

"一个月后。"

太子与范闲从血缘上来说是兄弟，二者之间并没有不可化解的仇恨，已发生的那些终究是长辈们的事情。太子也曾经向范闲表示过和解的意愿，只是范闲不接受而已。太子没有足够的力量和强大的心神来打倒他，所以范闲这半年来的所有行动，真正的目标都是长公主，没想到皇帝最后只是将其幽禁，却要将太子废掉。范闲总觉得这个顺序有问题，以皇帝陛下的智慧应该不会犯这种错误才是。

不管顺序有没有错误，废储之事终究是轰轰烈烈地展开了。"轰轰烈烈"这个词也许用得并不准确，所谓风起于青蘋之末，历史上任何一件大事在开头的时候或许都只是一些不起眼的风声。

数月之前东宫失火，太子往南诏，这就是风声。

而当监察院八处扔出一些陈年故事，大理寺忽然动了兴趣对当年征北军冬衣的事情重新调查，户部开始配合研究那些银子究竟去了哪里……风声便渐渐地大了起来。

去年春和景明之时，太子为了打击范闲曾经调查过户部，找到的最大漏洞便是征北军冬衣的问题，却没有想到查来查去，最后竟是查到了自己的头上。幸亏陛下出手，太子才避免了颜面无光的下场。

如今朝廷将这件旧事重提，臣子们都嗅出了不一样的味道，东宫在朝中近乎无人，陛下这是准备让太子扔谁出来赎罪呢？到了这个时候，依然没有大臣想到陛下会直接让太子承担这个罪责，所以当大理寺与监察院将辛其物索拿入狱后，都以为这件事情暂时就这样了。

没有想到辛其物入狱不过三天便又被放了出来，这位东宫的心腹、太子的近臣，因为与范闲关系好的缘故，在监察院里并没有受什么折磨，也没有将太子供出来。饶是如此，监察院与大理寺依然咬住了太子，将密奏呈入御书房中，又在一次御书房会议上，呈现在门下中书、六部尚书的眼前。舒芜与胡大学士替太子求情，甚至作保，才让皇帝消了伪装出来的怒气。

散朝后，两位大学士再次聚在一起饮酒时，忍不住长吁短叹了起来。陛下是真的决心废储了，他们身为门下中书大学士必须顶着，这和派别无关，只是身为纯臣必须表现出来的态度，太子一天是储君，他们就要当半个帝王看待。

最关键的是，以胡、舒二人为代表的朝中大臣们，都认为太子当年或许荒唐糊涂，但这两年着实进益不少，他们真的很希望陛下能够将心定下来——不论从哪个角度看，如今的太子都是庆国最好的选择，既避免了因夺嫡而产生的内耗，又防止了监察院里那个年轻人的独大。

庆国皇帝不是昏君，知道君臣之间制衡给庆国带来的好处，也料到了废储之事一定会引起极大的反对声浪，所以他暂时选择了沉默，似乎在第一次风波后，他废储的念头被打消了。

但胡、舒大学士以及所有大臣们都清楚地知道，自家这位陛下是个不轻易下决断的人，可一旦他做出了选择，那不论面对怎样的困难，他都会坚持到底。果不其然，没过几天，江南路总督薛清大人的明折送到了宫中，于大朝会之上当廷念出，字字句句隐指东宫，其间暗藏之意众人皆知。

舒芜勃然大怒，出列破口大骂薛清有不臣之心，满口的不臣之语。

皇帝怜舒芜年老体弱，令其回府休养三月，未予丝毫责罚。

另六路总督明折又至，语气或重或轻，或明或暗，都隐讳地表达了自己的态度。

情况渐渐明了，皇帝有心废储，七路总督迫书相应，朝臣们被夹在中间，非常难受，但依然一步不退。胆子大的在朝会上掛酌词语表示着反对的意见，胆子小的保持着沉默，却没有一位大臣在皇帝的暗示下上书请陛下易储。是的，就算再喜欢拍马屁的人也很难做出这种事情，满朝文武，满京都的百姓都在看着他们，更何况无过而废储……这种事情是要上史书的！

朝会散后，几位文臣代表来到舒府，征求舒大学士的意见。

舒芜平静地说道："天下万事万物总要讲一个道理，储君之事上涉天意，下涉万民，若理不通，则断不能奉……范闲曾经说过，先天下之忧而忧，后天下之乐而乐，此乃国事，天下事，并不是天子家事，我们身为臣子要替陛下解忧，更要替庆国着想。圣心无须揣摩，但问己心便是。"

"陛下心意已定，怎奈何？"

"先生说过，君有乱命，臣不能受。"

舒芜说的先生，自然就是那位已经辞世近两年的庄墨韩庄大家。

此次废储风波之中，有两个置身事外的年轻人最吸引群臣的目光。这两位年轻权贵的模样、气质有些相近，与太子的关系很复杂，这次的表现相当出乎人们的意料。

第一个自然是范闲，天下皆知他是三皇子派，而且自己又是陛下的私生子。七路总督上书前后，他在江南保持着死一般的沉默，日常的奏章帖子没有一个字提到此事。监察院虽然在查东宫，力度也没有想象的那般强烈，而且很清楚的是，监察院在京都的行动和范闲没有任何关系。人们不明白，与太子关系非常糟糕的他为什么没有抓住这个机会痛打落水狗？

第二个便是二皇子。在范闲入京之前，二皇子一直深受陛下宠爱，在诸皇子中第一个封王，隐隐与太子分庭抗礼，所谓夺储，其实最先前指的就是他。后来众人又知长公主明里保的太子，暗里保的是他……可是长公主被幽禁后，二皇子一点事没有，反而是太子形势危殆。

如果太子被废，按理讲二皇子受益最大，理所应当有所行动才是。就算他为了讨陛下欢心，谨持"孝悌"二字，保持沉默也便罢了，可是他居然……亲自上书替太子辩解征北军冬袄一案。

太子的两个兄弟、两个最大的敌人，在他最危险的时候，用不同的方式表示了支持，这真是一个很奇妙的局面，想必庆国皇帝这时候的心情一定也很复杂。

废储之事尚未进入高潮，边境上就出事了。

极北之地连续三年暴雪，冻得北蛮牛死马毙，只好全族绕天脉迁移，历经万里苦征，终于从北齐的北方绕到了南庆的西方，为此付出了全族人口十去七八的悲惨代价。

这是历史上的一件大事，对当世更是产生了极深远的影响。北齐人再也不用担心背后那些野蛮高大的荒原蛮人，终于可以腾出手来应付一下南庆——那只手自然就是一代名将上杉虎。

而西胡用了两年时间消化掉北蛮来投部落之后，实力陡然急增。北蛮活下来的人虽然少，但可以熬住万里奔波、无食无药之苦的族人，都是千里挑一的精锐青年男女了。

庆国腹背受敌，压力剧增，定州叶家急援西线，靖王世子李弘成此时就在西方的草原上。北方燕小乙也提前回营，用强大的军力，压制着上杉虎的谋略与北齐人的坏主意。

这次边境线的大事就爆发在北线。

上杉虎领军后撤，给燕小乙留下空间、时间去思考去准备。燕小乙却是根本没有思考自己在庆国的后路，直接挥兵北上，挟两万精锐，沿沧州燕京中缝一线突击北营！

兵不厌诈，兵势疾如飓风，燕小乙完美地贯彻了这一宗旨，根本没有向枢密院请示，也没有等皇帝的旨意，亲率大军杀将过去。

算无遗策的上杉虎，完全没有料到燕小乙在自身难保之际居然还有心思出兵来伐，其时北齐军队正缓撤五十余里，扎营未稳，骤遇夜袭，损伤惨重，征北军则只付出了五千条人命。

是为沧州大捷。

在人们的印象中，这应该是上杉虎第一次吃败仗。

当消息传回京都后，不论是被命令休养的舒大学士，还是在街上卖酒水的百姓都激动了起来，一直飘荡在京都上空的那片乌云也不再那么刺眼。

随着战报一道来临的还有北齐国书，那位小皇帝大怒痛骂了整整七页纸。

庆国皇帝将这件事情交给鸿胪寺与礼部去处理。此时的天下，国境的划分模模糊糊，谁进了谁的国土，是一个很难解决的难题，如果真的是误会，过些日子再说好了。他对洪公公说道："燕小乙不错，知道用正确的方式来向朕阐明他存在的意义。"

是的，没有存在意义的人，那就不应该再存在下去。比如太子。

所以大理寺继续审问冬袄一案，监察院继续挖掘太子做过的所有错事，最无耻的是八处，似乎准备要将太子小时候调戏宫女的事情都写成回忆录。废储之事并没有因为燕小乙获得的大胜而中断，只是稍微休息了一会儿，又在群臣失望的注视下，缓慢而不容置疑地推行起来。

这一切与范闲都没有关系。他这个时候正在一艘民船上看着手里的院报发呆，心想皇帝老子果然比自己还不要脸，再过些时日，薛清曾经提过的祭天便要开始了，不知道到时候京都那座庆庙会是什么模样。

找到太子有可废之理，然后祭天求谕——皇帝乃天子，太子自然是天的孙子，如果老天爷认为这个孙子不乖，那老天爷的儿子也只好照办。故事这样写，在史书上会漂亮许多。真真无耻之极。

他摇了摇头，将院报放下。自从薛清开始上书，他便逃离了苏州，未回杭州，未至梧州，只是乔装打扮，化成民众上了民船，下意识里想离这个漩涡越远越好。

他也知道二皇子上书保太子的事情，心想老二的心也真够狠的。他又想到沧州大捷一事，有些疑惑不解。他对兵事向来一窍不通，只是觉得上杉虎那种角色，怎么会在燕小乙手上吃这么大个亏？最关键的是，轻启战事乃大罪，百姓可以像看戏一样高兴，皇帝又在高兴什么？

是的，他现在是个落跑钦差。

他清楚，不论局势怎样发展，皇帝心意已定，谁都不能阻止废储。既然如此，他再做任何动作都多余，而且他很担心皇帝祭天的时候会不会把自己揪回京都，立在面前当人形盾牌——太子被废，朝堂上肯定会有许多乱流，皇帝肯定会让他去与那些乱流对冲，重新稳定朝廷的平衡。

每每想到皇帝要在那座清美的庆庙中做出这个决定，范闲就有些不舒服——那座庙是他与林婉儿初遇的地方，是定情的地方，如今却要变成这种地方，实在有些讨厌，所以他选择了逃跑。

当燕小乙率领数万精兵夜袭北营的时候，他也在一个很寻常的夜晚里坐上了大船，从杭州直奔出海口，准备绕着庆国东方起起伏伏的海岸线，享受一次悠长的假期。

皇帝或许会生气，却无法怪罪他，因为他是行江南路钦差，本就不需要坐衙。他此次乔装出行，用的就是视察内库行东路的名义，只不过目的地是澹州，因为听说奶奶病了。

第五章 君临东海

大船出了海口，迎着东面初升的朝阳奋力前行。

范闲此时孤悬海上，并不知道废储进行到了哪一步，因为不想接圣旨，他甚至让船只与监察院的情报系统暂时脱离了联络，就像一只黑色的、有反雷达功能的飞机，在大海上孤独地飘荡。

这天船到了江北路的一座小城。他坐的船是用监察院兵船改装而成，一般人瞧不出来问题，他本以为这一路回澹州，应该会毫不引人注目才是。不料这座小城里的官员竟是恭恭敬敬地送来了厚礼。范闲有些不解，心想这些小官怎么猜到自己在船上？

王启年笑道："大人气势太足。"

这马屁拍得太差劲儿，范闲不满意，将目光投到另一位姓王的仁兄身上。

王十三郎看了他一眼，耸了耸肩说道："谁知道呢？我看你似乎挺高兴收礼的。"

范闲被他说穿了爱慕虚荣的那一面，有些不乐。王十三郎则走到船边，手握青幡，如小型风帆，看上去有些滑稽又有些可爱。

官场中最要紧的便是互通风声，那座小城里的官员知道钦差大人在船上，于是沿海一带的州郡都知道了这个消息。从那天起，船只沿着海岸线往北走，只要经停某地，便会有当地的官员前来送礼，似乎也猜到范闲不想见人，所以都没有要求见面。

范闲坐在船头，看着不远处海边的那块"大青玉"——那座仿佛被斩成两半的大东山，兀自出神，自己的行踪怎么全被人察觉了？不过无所谓，反正离京都越来越远，离皇帝越来越远，他的心情也越发轻松起来，渐渐沉醉于沿途风光以及沿途官员的逢迎中。

在另一个世界的另一个世界里，曾经有位令狐醉鬼乘船于黄河之上，糊里糊涂收了无数大礼，受了无数言语上的好处、肢体上的痛处，虚荣心得到了极大的满足。今日之范闲乘船泛于东海，也是糊里糊涂收了无数大礼，虽虚荣心也得到了一定满足，尤其是在京都风雨正盛之时，自己却能乘桴浮于海，大道此风快哉，这真的很令人愉悦，哪怕只是暂时的。

大船停泊在澹州港，没有官员前来迎接，范闲松了一口气，带着高达等虎卫和六处剑手，在澹州百姓们炽热的目光与无休止的请安声中，回到了澹州老宅的门口。

一年前不是才回来过，怎么澹州民众还是如此热情，如此激动？他想着这些事情，伸手叩响了老宅那扇熟悉的木门。忽然，他的眉头皱了起来，感觉到宅落四周有无数道警惕的目光投在自己身上，这些目光的主人很懂得隐藏行踪，就连他都没办法在短时间内确定这些人的具体位置。

或明或暗的无数道气息带来一种令人窒息的压迫感，他微微低头，膝盖微弯，左手扣住了袖弩的扳机，右手自然下垂，随时准备握住靴中的那把细长的黑色匕首。跟在他身边的王启年面色不变，平端大魏天子剑，剑身半露，寒光微现，剑柄便在范闲最方便伸手抽出的地方。

王十三郎握着那方青幡，面无表情。

高达等虎卫也感应到了异常，双手握住了长刀的刀柄。

监察院六处的剑手们察觉到异样要稍慢些，反应却是最快，将身体往街边的商铺靠去，借着建筑的阴暗，随时准备潜入黑暗之中，和那些潜伏着的敌人进行最直接的冲突。

范闲是个很怕死的人，所以他带的人手虽然不多，但都是极厉害的角色，以前有影子有海棠做锋将，如今有王十三郎当猛士，再配以自己、虎卫、剑手，如此强大的防御力量，就算一位大宗师来了，他自信也可以支撑几个回合。事实上他一直都在准备迎接某位大宗师的刺杀。

今天在澹州老宅外，他感觉到的那股压迫感，明显来自很多地方，表明来人并非一位大宗师，那么究竟是谁，居然能够集合如此多的强者？他忽然想到一种可能，脸色瞬变。

澹州老宅木门被缓缓拉开，随着咯吱一声，场间紧张对峙的气氛立刻消失不见。

门内出现了一张范闲很熟悉的脸，问题是无论怎么想这人都不应该出现在澹州。

"任大人。"范闲看着宅内的太常寺正卿任少安苦笑地问道，"为什么是你在家里等着我？"

任少安笑了笑，却没有与他打招呼，比画了一个请的手势。范闲微微一顿，回头看了王十三郎一眼。王十三郎笑了笑，和监察院六处的剑手留在了宅外。

范闲带着王启年与高达等人向老宅里走去，一路行进并未发现有何异常，却可以感觉到这座往年平静喜乐的院落今天却充满了紧张感，那些树后墙外不知隐藏了多少高手。

走到后院门口，任少安停下了脚步，一位太监满脸含笑将范闲一人接了进去。

范闲的笑容愈发苦了，看着姚太监半天说不出话来。

后院那座小楼有几位官员正在安静地等候，看见他进来，纷纷起身行礼。范闲一一回礼，认出了礼部尚书和钦天监几人，而姚太监也就送到了一楼，便停下了脚步。

范闲拎着前襟，脚步沉重地向二楼行去——奶奶住在二楼。

掀开二楼外的那道珠帘，他走了进去，看着榻上略带病容的奶奶，不禁有些心疼，看着坐在榻旁拉着奶奶的手说话的那个中年男子，又有些心悸。

他跪了下去，给二人磕了个头，苦笑道："陛下，您怎么……来了？"

"朕莫非来不得？"皇帝脸上带着一丝难以琢磨的笑容看着范闲，"你堂堂一路钦差，竟然办差办到澹州来了。朕记得只是让你权行江南路，可没让你管东山路的事情。"

范闲苦着脸说道："主要是查看内库行东路，过了江北路后，想着离澹州不远，便来看看奶奶，听说奶奶身体不好，自己这个当孙儿的……"

皇帝微怒截话道："孝心不是用来当借口的……逃啊，朕看你还能往哪儿逃！"

范闲瞠目结舌，心想您要废太子，自己只不过不想掺和，也不至于愤怒成这样吧？但他也不会傻到和皇帝打嘴仗，只好哭丧着脸说道："臣是陛下手中的蝼蚁，无论如何也逃不出您的手掌心。"

这记马屁显然没有让皇帝的心情有所改善，不过皇帝似乎也不想追究此事，只听他淡淡说道："既然是来尽孝的，就赶紧上来看看，如果治不好，仔细你的皮！"

说完这句话，皇帝站起身来，在老夫人耳边轻声说道："姆妈，您好好将养，晚上朕再来看您。"

然后他走出了二楼的房间，扔下了一头雾水的范闲。范闲揉了揉腿站了起来，坐到奶奶的身边，把手指头搭在奶奶的脉门上，额上出了好些冷汗。

老夫人微笑着说道："你这猴子，也不怕这样吓着我？我的身体没事，你害怕的是另有其事才对。"

范闲确实怕的是其他事，皇帝居然神不知鬼不觉来了澹州，京都那边岂不是一座空宫？正在废太子的关键时刻，皇帝为什么敢远离京都！

诊过脉后，他确定奶奶只是偶感风寒，身体并无大碍，但毕竟年岁大了，一想到这点，他的心情便低落了下去，再加上皇帝带来的震惊，一时陷入沉默，很长时间没有说话。

老夫人叹了口气问道:"你究竟在担心什么呢?"

"我不知道以后的路要怎么走。"范闲低声回道。

"这几年你走得很好啊。"老夫人的声音压得有些低,虽然楼下肯定听不到祖孙二人的对话。她和蔼地笑着揉了揉范闲的脑袋,语气和神情里都透着一股欣慰。

以范闲现在的地位和名声,一手教出他来的老夫人当然有足够的理由得意。

"行百里路者半九十。"范闲自嘲地拍拍脑袋,"就怕走到一半时脑袋忽然掉了下来。"

老夫人静静地看着眼前的孙子问道:"是不是陛下来到澹州,让你产生了一些不吉利的想法?"

范闲点了点头。

"你也大了,但有些话我必须要提醒你。"

"奶奶请讲。"

"我们范家从来不需要站队,而你,更不需要站队,因为我们从来都是站在陛下的身前。"

这句话里隐藏着无数意思,却都是建立在对皇帝陛下无比信任的基础上。

范闲有些不解地看了奶奶一眼,却不敢发声相问。

"这是用三十年证明了的事情,不需要再去怀疑。"

范闲不如此想,他认为历史证明了的东西,往往到最后都会由将来推翻。

"可是在如此情势下,陛下离开京都,实在是太过冒险。"

"你待会儿准备进谏?"

"这时候赶回去应该还来得及。"

其实范闲清楚,皇帝既然在这时候来澹州,必然是有很重要的安排,不是自己几句话就能劝回去的,只是身为一名臣子,尤其是要伪装一名忠臣孝子，有些话他必须当面说出来。

老夫人笑道："那你去吧，不然陛下会等急了。"

范闲却没有立刻离开，又用天一道真气仔细查看了一下老人家的身体状况，写了几个方子，又陪着奶奶说了会儿闲话，直到老人家开始犯午困，才替她拉好薄巾，蹑手蹑脚地下了楼。

下到一楼，礼部尚书、钦天监监正等人看着范闲的眼神很是怪异，他们没想到范闲居然在二楼上停留了如此之久，将皇帝陛下晾了半天。世上敢让皇帝陛下等这么久的人大概也只有这位了，众人心里都在琢磨着，陛下对私生子的宠爱果然到了一种很夸张的地步。

范闲对这几人行了一礼，微笑着问道："陛下呢？"

礼部尚书悄悄往窗外瞥了瞥。姚太监忍着笑将范闲领出门去，说道："在园子里看桂花。"

澹州最出名的便是花茶，范尚书和范闲都喜欢这一口，每年老宅都会往京都里送，其中一部分送进宫中。老宅的园子不大，也有一角当年被范闲隔了起来，种了些桂花，以备混茶之用。

走到那角园子外，姚太监佝着身子退下，范闲有些奇怪，御书房首领太监不在陛下身边服侍着，怎么却跑了？一面想着，一面踏入了园中，他看见那株树下的皇帝，还有皇帝身边的那个老太监。

他暗吸一口冷气，向皇帝行了一礼，又礼貌地对那位老太监说道："洪老公公安好。"

在皇帝面前对太监示好，这本来是绝对不应该发生的事情。但范闲清楚洪老公公不是一般人，皇帝也会给予他三分尊重，自己问声好不算什么。

洪四庠看了范闲一眼，没有说什么，退到了皇帝的身后。皇帝将目光从园子里的桂树上挪了下来，拍了拍手，回头对范闲说道："听说这些树是你搬进来种的？"

范闲应道："老宅园子不大，以前没种什么树，看着有些乏味，尤其是春夏之时，外面高树花丛，里面却太过清静，所以移了几棵。"

"不承想你这孩子还有几分情趣。"皇帝笑道，"当年朕住在这里的时候，院子里是有树的，只不过都被朕这些人练武给打折了。"

范闲暗自咋舌，他在这宅子里住了十六年，却不知道皇帝当年也曾经寄居于此，老太太的嘴真够严实。他忽然想到父亲和靖王爷都曾经提过的那件往事——当年陛下还是不出名的诚王世子，带着陈萍萍和父亲到澹州游玩，就是在这里他们遇见了母亲和五竹叔。如此说来，当时皇帝住在老宅的时候，也就是……嗯，历史车轮开始转动的那瞬间？

在园子里散着步，和皇帝有一搭没一搭地说着闲话，他渐渐有些着急，不知道应该找个什么机会开口，劝皇帝赶紧回京。他心里这样想着，脸上的表情也显得有些不自然起来。

猜到范闲在想什么，皇帝嘲笑道："朕离开京都三日后便已昭告天下，你不要操太多心。"

范闲吃惊地问道："所有人都知道您来了澹州？"

"错，是所有人都知道朕要去祭天。"皇帝双手负在身后，走出了园子。范闲有些疑惑地看了洪公公一眼，赶紧跟了上去，在皇帝身后追问道："陛下，为什么臣不知道这个安排？"

皇帝冷笑道："钦差大人您在海上玩得愉快，又如何能收到朕的旨意？"

范闲大窘，不敢接话。皇帝恼怒道："你毕竟是堂堂一路钦差，怎能擅离职守？朕已经下旨让你与祭天队伍会合，回杭州后你把这些规程走上一走。"

范闲更加窘迫，心想难怪沿海那些官员会猜到船上的人是自己。

皇帝出了老宅，隐在暗处的护卫和官员都跟了出来，场间无比热闹，范闲再也忍不住，赶上几步，压低声音说道："陛下……京都局势未定，既然要祭天，那臣便护送陛下回京吧。"

皇帝停下脚步，回头好笑地看了他一眼："祭天为何又要回京？"

范闲一怔，问道："祭天难道不要去庆庙吗？"

皇帝笑道："世间又不止一座庆庙，大东山上也有。"

范闲心头大震，半晌说不出话来，皇帝居然千里迢迢来大东山祭天！难怪随侍的词臣学士极少，倒是礼部尚书、太常寺正卿、钦天监监正跟着……只是为什么不在京都里办，却要跑到东海之滨来？

"朕知道你在担心什么。"皇帝的表情有些柔和，似乎觉得他孝心可嘉，笑道，"既然你无法控制自己的担心，那好，朕此行的安全全部交由你负责。"

范闲再惊，心想怎么给自己揽了这么个苦差使，却也无法拒绝，只好谢恩应下。

"待会儿来码头上见朕。"皇帝知道他接下来要做什么，说了一句话，便和洪公公走出府门，上了马车，姚太监带着一干侍从大臣也纷纷跟了出去。

范闲看着四周微微变化的光线，知道虎卫和随驾的监察院剑手们已经跟了上去，略放下心来，紧接着招了招手。王启年从街对面跑了过来，满脸惊愕地对范闲说道："大人，先前去的是……"

范闲点了点头。王启年艰难地吞了口唾沫，颤声道："这位主子怎么跑这儿来了？"

范闲苦笑道："谁也不知道为什么，我只知道如果他出了什么事，我可就完了。"

如果皇帝在祭天的过程中出现意外，身为监察院提司、如今又领了侍卫重任的范闲自然会死得很难看，至少京都里的那些人一定会把这个黑锅扣到他的头上，然后自己开心地坐上那把椅子。

"我可不想当四顾剑……传院令下去，院中驻东山路的人手全部发动起来，都给我警醒些，谁要是靠近大东山五十里之内，一级通报。传令给江北，让荆戈带着五百黑骑连夜驰援东山路，沿西北一线布防，与当地州军配合，务必要保证没有问题，若有异动，格杀勿论。"

王启年抬头看了大人一眼，东山路西北方直指燕京沧州，正是征北军大营所在。只是两地相隔甚远，燕小乙若真有胆量造反弑君，也没有法子将军队调动如此之远，还不惊动朝廷。

此时一位穿着布衣的汉子走到了范闲身前，躬身行礼道："奉陛下旨意，请大人吩咐。"

庆国皇宫的安全由禁军和大内侍卫负责，基本上是一套班子，几年前的大内侍卫统领是燕小乙，副统领则是宫典。而在庆历五年范闲夜探皇宫之后，燕小乙调任征北大都督，禁军和侍卫也分割成了两片，如今大皇子负责禁军，宫内的侍卫则由姚太监一手抓着。此时与范闲说话的人正是大皇子的副手——禁军副统领。范闲不及寒暄，直接问道："禁军来了多少人？"

"两千。"禁军副统领回道，"都在澹州城外应命。"

范闲点了点头，心想两千禁军，再加上皇帝身边那些如林高手，安全问题应该可以保障。他回头看了一眼老宅里隐现一角的二层小楼，微微出神，莫名地想起了一些往事。

第一次离开澹州的时候，奶奶曾经对他说过要心狠一些，奶奶还曾经说过，自己的母亲便是因为太过温柔，才会死于非命。在婴幼儿时期，奶奶更是抱着他说过很多话，隐隐扯出了很多真相。

他的心动了一下。

只是洪公公深不可测，影子和海棠也不在，自己加上王十三郎不够强，而且……而且他必须承认，直至今日皇帝老子对自己还算不错，最关键的是五竹叔不在，可是想这些有什么用呢？

澹州码头上，围观百姓早已经被逐走，来往渔船也早已各自归港，因为那位身穿淡黄轻袍的中年男子到来，整座城的气氛都变得压抑起来。只有天上的浮云、海中的泡沫、飞翔于天海之间的海鸥感受不到这种压力，依然自在地飘着，浮着，飞着。鸟儿在海上觅食，发出尖锐的叫声，惊醒了在码头上沉思的皇帝。他向后招了招手，说道："到朕身边来。"

一直在码头下方盯着皇帝的范闲，听着这话跳上了木板，走到皇帝身边，站得略靠后一些。

"再往前一步。"皇帝负着双手，没有回头。

范闲怔了怔，依旨再进一步，与皇帝并排而立。

海风吹得皇帝颊边的发丝向后掠倒，却没有透露出柔媚之意，反而生出几分令人心动的坚毅。他脚下的海浪拍打着木板下的礁石，化作一朵雪，两朵雪，无数朵雪。

"把胸挺起来。"皇帝看着大海尽头，面无表情地说道，"朕不喜欢你扮出一副窝囊的样子。"

范闲明白了陛下此时的心境，依言微笑放松，但没有开口说话。

"朕上次来澹州的时候，连太子都不是。当日陈萍萍就像洪四庠一样站在身后，你父……范建就像你此时一样，与朕并排站着，感受着澹州这里格外清明的海风。可是自从当上太子后，范建便再也不敢和朕并排站着了。"

范闲微微偏头，看见陛下的唇角闪过一丝自嘲。

皇帝接着继续说道："等朕坐上那把椅子，不说站，便是敢直着身子和朕说话的人都没有了。"

范闲恰到好处地叹了一口气。

"当日我们三人来澹州是为了散心，其时京都一片混乱，两位亲王为了皇位大打出手，那时父皇不过是位不起眼的诚王爷，我们这些晚辈更是没有办法插手，只好躲得离是非之地越远越好。"皇帝偏头看了范闲一眼，"其实和你现在的想法差不多，只不过你如今比当年的朕要强多了。"

范闲认真地说道："关键是心……不够强大，有些事情，不知该如何面对。"

"想不到你对承乾还有几分怜惜。"皇帝回过头说道，"不过这样很好……当年我们三人想的只是如何自保，如何活下去，或许是在期盼海上忽然出现一个神仙。"

范闲知道他准备说些什么，暗自开始调动情绪。

"但那天海上什么都没有，就像今天一般。"皇帝微微一笑说道，"然而当我们回头时，却发现码头上多了一位女子，还有她那个奇怪的仆人。"

范闲带着悠悠向往的神情问道："其实儿臣一直在想，当年您是如何结识母亲的？"

皇帝微微一震，被这神来一声"儿臣"感动了，但他没有继续这个话题，而是转移了话题："先前与你说过，从没有人敢和朕并排站着，只有你母亲，不论是做太子还是做皇帝，她都敢与朕并排站着，看看大海，吹吹海风，根本不把朕当什么特殊人看待，甚至……有时候会毫不客气地鄙视我。朕不指望你能承袭她几分，但你不要太过窝囊，折损了朕和你母亲的威风。"

范闲心想你这是难得感慨，才允许自己在身边站会儿，他摇头道："陛下，还是回京吧……"

见他欲言又止，皇帝神情漠然地说道："你想说，怕有人趁朕不在京都，心怀不轨。朕此行临海祭天，正大光明废储，便是要看看，今日庆国之江山究竟是谁的。"

海边鸟声阵阵，码头下水花轻柔拍打，远处悬崖下的大浪头拍石巨响，轰隆隆的声音时响时息。

范闲不为所动，说道："万乘之尊，不临不测之地，臣再请陛下回京。"

"京都有太后坐镇，有陈萍萍和两位大学士，谁敢擅动？"皇帝不耐烦地挥了挥手，"要夺那把椅子，首先便是要把坐在椅子上的朕杀了，杀不了朕，任他们闹去，废物造反，十年不成！"

范闲心想陛下真是个怪胎，无比强大的自信与无比强烈的多疑混合在一起，才造就了这等诡异的行事风格……问题是你想玩引蛇出洞，说不准哪天就死在这上面，自己可不想做陪葬品。

"安之，你要知道，要看清楚一个人的心是很难的。"

皇帝忽然感慨起来，不知道是在说自己的儿子还是自己的妹妹，神色间蒙上了一层疲惫——这不是他在朝堂上刻意给臣子们看的疲惫，而是真正的疲惫，一种从内心深处生起的厌乏之意。

这是范闲第一次在皇帝的脸上看到如此真实而近人的表情，他有些吃惊。然而这种真实的情感流露，就如同澹州海港斜上方的云朵一般，只是偶尔一绽，便遮住了那些刺眼的阳光，马上飘散，幻化于瓷蓝的天空之上，瞬间之后，在皇帝的脸上再也找不到丝毫痕迹。

看着这一幕变幻的画面，范闲也不禁有些感慨，叹道："所谓画人画虎难画骨，知人知面不知心，平日里温柔相应也罢了，谁知哪一日会不会拿着两把直刀戳进彼此的胸口。"

皇帝没有在意范闲感慨的对象是谁，只是在情绪的围绕中回思过往，望着大海出神地说道："世人或许都以为朕是个无心无情之人，但其实他们都错了。朕给过他们太多次机会，希望他们能够幡然悔悟，甚至直到此时，朕都还在给他们机会，若不是有情，朕何须奔波如此？"

范闲默然想着，勾引以及逼迫他人犯错来考验对方的心，这也算是给机会吗？细观太子和二皇子这数年里的苦熬，皇帝如此行事究竟是有情还是有病？

"便如你母亲……"皇帝的眼睛眯了起来，似乎觉得飘出云朵的太阳太过刺眼。

范闲的心微微收紧，更加认真地听着。

皇帝淡淡地说道："她于庆国有不世之功，于朕，更是谈得上恩情比天。然则一朝异变，她以及她的叶家就此成为过往。朕一直隐而不发，后有少许弥补，但较诸她的恩义做得实在很少。"

范闲明白他说的什么意思，母亲逝世之后，皇帝忍了两年才将牵涉此事的王公贵族一网打尽……却还是留下了几个重要人物没有杀。如果说这是复仇，那这个复仇未免也太不彻底了些。

"朕没有说过，他们两人也没有问过。但朕知道他们的心里都有些不甘，对朕都有怨怼之心……"皇帝自嘲道，"可朕能如何做？将叶家收归国库，将叶氏打成谋逆，是为无情。可要替叶家翻案，太后将如何自处？还是说朕非得把皇后废了、杀了，才算是真的有情有义？"

很奇妙的是，就算说到此节，皇帝依然是那般平静，没有一丝激动，让旁听的范闲好生佩服。至于所谓有怨怼之心的"他们"，说的当然是父亲范建以及院长陈萍萍。

"身为帝王，也不可能虚游四海无所绊。若朕真的那般做了，一样是个无情之人，而且天下会变成什么模样？朕想，如果她活着，也一定会赞成朕的做法。"皇帝神色坚毅地继续说道，"她要一个强大而富庶的庆国，朕做到了。环顾宇内，庆国乃当世第一强国，庆国的子民比史上任何一个年头都要活得快活，朕想，这一点足慰她心。"

范闲沉默不语。重生后的这些年他时常问自己，庆国究竟是一个什么样的国度，皇帝究竟是一个什么样的人？入京后，他对于这个世界有了更深切的了解，也终于触碰到皇帝那颗自信、自恋、自大、自虐的心。他不得不承认，就算前年大水，今年雪灾，庆国官僚机构效率之高，民间之富，政治之清明，较诸前世看过的史书而言不知要强上多少倍。今日的庆国毫无疑问是治世，甚至是盛世，皇帝陛下毫无疑问是明君，甚至是圣君——如果皇帝的标准只是让百姓吃饱肚子的话。

"她说朝廷官员需要监督，好，朕还是太子的时候，就进谏父皇设了监察院。她说阉人可怜又可恨，所以朕谨守开国以来的规矩，严禁宦官干政，同时又令内廷太常寺核定宦官数目，尽量让宫中少些畸余之人。"

范闲连连点头，庆国皇宫内的太监数量比北齐要少多了，这毫无疑问是一件德政。

"她说一位明君应该能听得进谏言，好，朕便允了都察院御史风闻议事的权力。"

皇帝越说越快，越出神，范闲却不得不咬着嘴唇里的嫩肉，提醒自己不要因为想到朝堂上御史们被廷杖打得开花的屁股而笑出声来。

"她说要改革，要根治弊端，好，朕都依她，朕改元，改制，推行新政……"

范闲终于忍不住苦笑了起来。

庆历元年改元，那时的改制其实已经是第三次新政，兵部改成军部，又改成如今的枢密院；太学里分出同文阁，后来改成教育院，又改了回去。从古到今的六部险些都被这位陛下换了名字。

庆国皇帝一生功绩光彩夺目，然则就是前后三次新政却是他这一生中极难避开的荒唐事。直至今日，京都百姓说起这些衙门来都还是一头雾水，每每要去某地往往要报上好几个名字。如此混乱不堪的新政，如果不是皇权的强大威慑力，以及庆国官吏强悍的执行力将朝堂扭回了最初的模样，只剩下那些不和谐的名字……只怕庆国早就乱了。

皇帝看他的神情，自嘲地笑了起来："你也不用掩饰，朕知道，这是朕一生中难得的几次糊涂……只是那时候你母亲已经不在了，朕也只知道个大概，所以犯些错误也是难免。"

范闲心想母亲死后，皇帝还依言而行，从这份心意上来讲确实算是个有情之人，于是叹了口气说道："母亲如果还活着，一定对陛下的恩情感佩莫名。"

"你母亲去之前，朕听了她许多，后来却不能为她做些什么……她去之后，朕把当年她曾经和朕提过的事情都记在心上，想替她实现，也算是实现对她的承诺或是愧疚的弥补，哪是恩情？"皇帝忽然笑了起来，"她当年曾经用很可惜的语气说到报纸这个东西，说没有八卦可看，没有花边新闻可读……朕便让内廷办了份报纸，描些花边在上面。此时想来，朕也是胡闹得厉害。"

范闲瞠目结舌，内廷报纸号称庆国最无用之物，是由大学士、大书法家潘龄老先生亲笔题写，发往各路各州各县，只由官衙及权贵保管，在市面上一张内廷报纸往往要卖不少银子。当年他在澹州时便曾经偷了老宅里的报纸去换银子花，对这报纸自然是无比熟悉。他曾经对这所谓"报纸"上的八卦内容十分不屑，对报纸边上绘着的花边十分疑惑，而这一切的答案竟然是……

老妈当年想看八卦报纸，想听花边新闻！

他表情有些古怪地看着皇帝，强行压下了将要脱口而出的话语——他本想提醒陛下，所谓花边新闻，指的并不是在报纸的边上描上几道花边。

皇帝没有注意到他的神情，说得越来越高兴："你母亲最好奇萍萍当年的故事，所以庆历四年的时候，朕趁着那老狗回乡省亲，让内廷报纸好生地写了写。若你母亲能看到，想必会很开心。"

范闲笑了起来，他也记得这个故事，庆历四年春，自己由澹州赴京都，而当时京都最大的两件事情，一是宰相林若甫私生女曝光，同时与范家联姻；第二件便是内廷编修不惧监察院之威，大曝监察院院长陈萍萍少年时的青涩故事。

海边的日头渐渐升高，从面前移到了身后，将皇帝与范闲的影子打到了不时起伏的海面上。偏偏海水也来凑趣，让波浪清减少许，渐如平镜，映得两人模糊的影子越来越清楚。

大概也只有在澹州的码头上，皇帝才会说出这么多的话来。正是这番非君臣间的对话，让范闲对于皇帝老子多出了少许的好感，多出了更深刻的认识，同时也多出了更多的烦恼。他叹了口气，将目光投向海上，心想那些烦恼终究是将来的事情，而眼前的烦恼已经足够可怕了。

"你在担忧什么？"皇帝的心情比较轻松，随意问道。

范闲沉默了会儿，回道："胶州水师提督……是秦家子弟。"

皇帝正式出巡，不知道需要多大的仪仗，即便庆国皇帝向来以朴素著称，可在防卫上朝廷也下了很大的功夫。州军在外，禁军在内，外加一干高手和洪公公那个老怪物，可称钢铁堡垒。而在水路上，胶州水师的几艘战舰也领旨而至，负责看防海上来的危险。

范闲说这句话的时候，眼睛一直看着海面，盯着那些胶州水师派来护驾的船只。

皇帝似乎没有将范闲的提醒放在心上，说道："朕终有一日会为山谷之事替你讨个公道,然秦老将军乃国之柱石,不用怀疑。你也不用担心,那些狼子野心之辈靠不近朕的身边。"

范闲这才想到陛下另一个很久没用的身份乃是一代名将,便不再多言。

第二日天蒙蒙亮,皇帝陛下一行便离开了澹州港,即便各式仪仗未出,车队也前后拖了近三里地。密密麻麻的人群拱卫着中间那辆贵气十足的大型马车,声势颇为惊人。澹州城的百姓们跪在地上磕头,或许这是他们这一世第一次也是唯一一次见到皇帝,谁也不愿意错过。

范闲骑着马拖在队伍的后方,心中充满了不安与惘然。昨天夜里,他与任少安私下碰了个头,才知道原来陛下之所以选择大东山祭天,并不仅仅是因为想念自由的空气、当年的相逢、澹州的海风,而是因为一个很荒谬的理由——京都庆庙没人有资格主持祭天。

庆庙几个德高望重的大祭祀在这几年里接连出了问题。首先是大祭祀自南荒传道归京后,不足一月便因为年老体衰感染风疾死亡。而二祭祀三石大师,却是秘密惨死在京都郊外的树林里。

他隐约能够猜到,庆庙大祭祀的死亡是陛下暗中所为,只是这样一来,如果要祭天确实只能去大东山了,那里毕竟是号称最像神庙的世间地,天下香火最盛的地方,可……就是因为这个原因吗?

御驾护卫极严,禁军中更有百名长刀虎卫,七名虎卫可敌海棠朵朵,一百名虎卫是什么概念?他应该放心,可他依然不放心。在很多人的概念中他是个玩弄阴谋诡计的好手,但自家人知自家事,他明白自己的算计实在谈不上厉害,以往之所以在南庆北齐战无不胜,那是因为他有言冰云帮衬,有陈萍萍照拂,最关键的是他最大的后台是皇帝。以此为靠山,遇山开山,哪里会真正害怕什么。可如果一个阴谋针对的对象就是自己的靠山,他自问并没有足够的智慧去应付这种大场面。

更重要的是,他觉得事情有些诡异,皇上出巡是何等样的大事,就算自己当时在海上漂浮,断了与监察院之间的情报网络,可启年小组的内部线路一直保持着畅通,主持京都院务的言冰云一定有办法通知自己,为什么事先没有消息过来？他招来王启年问了几句什么，得到院报一应如常的回报，便没有再说什么，摇了摇头，心想难道自己真像皇帝一样有些病态的多疑？

走的是陆路，只花了几天的时间便看见孤悬海边、挡住万年海风、遮住东方日出、孤零零狠倔无比地像半片玉石般刺进天空里的那座大山，范闲骑着马跟在皇帝车驾旁，震撼无语。这已经是他第三次看见大东山了，每次见到都忍不住心生感慨，感叹天地造化之奇妙。

感慨之余他也有些可惜，在澹州一住十六年，却根本不知道并不遥远的地方便有这样一处绝景，不然当年一定会拉着五竹叔经常来玩——朝廷封了大东山的玉石挖掘，但并不严禁百姓入庙祈神。

不过如果当年的他想进今天的大东山，就没有那么容易了。山脚下旗帜招展，数千人分行而列，将进山的道路全部封锁了起来。三天前圣旨便已上了大东山，庙宇祭祀们此时都在山门前恭谨等候着圣驾，那些上山进香火的百姓则早已被当地州军驱逐下山。

数千人敛声静气，一种压抑的、森严的气氛笼罩四野。

姚太监从车内将一身正装、明黄逼人的皇帝陛下扶了出来。

皇帝站到了车前的平台上，没有人指挥，山脚下数千人齐刷刷地跪了下去，山呼万岁。皇帝面色平静地挥挥手，示意众人平身，被姚太监扶下车后，很自然地松手，负于身后，向着修葺一新、白玉映光的山门走去。洪老太监跟在陛下的身后。范闲又拖后了几步，平静地留意着场间的局势。

走到山门之下，那几位穿着袍子的祭祀恭敬地向皇帝再次行礼，然后极其谄媚地佝着身子，请陛下移步登山，聆听天旨。范闲看着这幕，心想庆国僧侣果然不如北齐那边的有地位。

皇帝没有移步，看着华美的山门，温和地笑道："第一道旨意是月前来的，朕来的确切时间是三日前定的，庙里的反应倒是挺快。只是不要太扰民生，一座山门便如此华丽，当心东山路没银子。"

东山庙主祭颤着声音解释道："陛下，峰上庙宇还如二十几年前那般，丝毫没有变过。"

皇帝微微一笑道："如此便好。"

匆匆赶来侍驾的东山路总督何咏志擦了擦额头的汗水，心想自己拍马屁别拍到了马腿上。

皇帝看了他一眼，皱眉说道："朕给你信中不是说过，让你不要来？"

何咏志总督乃天下七路总督之一，也是超品大臣，在皇帝面前却没有丝毫大人物的风范，苦笑道："陛下难得出京，又是来的东山路，臣及路州官员俱觉荣彩，怎能不前来侍候。"

七路总督都是皇帝最信得过的亲信，他笑骂道："滚回洙州去，做好分内事便罢，朕身边何时少过侍候的人……"他看了身后的范闲一眼，又说道，"有范提司跟着，你就回吧。"

何咏志知道陛下看似温和，但向来说一不二，不敢反对，也不敢再耽搁，复又跪下叩了个头，与范闲点了点头算是打过招呼，便匆匆领着人回总督府所在的洙州去了。

大东山极高，如果以范闲习惯的计量单位来算，至少有两千米，而四周除了大海便是平原，两相一衬，愈发显得这座山峰突兀而起，高耸入天，想要登临，望之生畏。

好在大东山临海一面是光滑无比的玉石壁，而朝着陆地的这边却是积存了亿万年来的泥土与生命。石阶两侧青草丛生，高树参天而起，枝叶如绿色的小扇遮住了夏日里初起的阳光，随着山风轻舞，就像无数把小扇子，给行走其间的人们带去丝丝凉意。或许正是如此清幽美景，才给那些上山添香火的百姓们勇气，让他们能够走完这似乎永远没有尽头的石阶。

数千禁军布防于山下，随皇帝登山祭天的是洪老太监、范闲、礼部尚书等一干大臣，还有数名太监随侍，百名虎卫警惕地散布在四周，走的不是石阶而是山间的小路。

万级石阶着实很考验人的精力与毅力，百姓们都把这条长长的石阶称为登天梯，只有登上去了才显得心诚，才能得到神庙的祝福，治疗病患。

行走在石间的虎卫们没有问题，连那些太监似乎都犹有余力，可礼部尚书和任少安这些文臣却快挺不住了，顾不得在陛下跟前丢脸，一个个扶着腰，喘着气，毫无仪态可言。

范闲自幼爬山跳崖，万级石阶当然不在话下，重气都没有喘一声，他注意到皇帝身边的太监居然如此举重若轻，不由暗自咋舌——洪老太监当然是怪物，姚太监身负武学他也知道，可就连端茶递水的太监都是好手，不得不让他感叹皇帝的身边果然是卧虎藏龙。

不知道过了多久，一行人终于登上了峰顶，祭祀和文臣都无力地瘫软在地，半晌回不过神来。

皇帝略带嘲讽地看了这些人一眼，没有责怪什么，负手走到了东山峰顶悬崖边上，看着崖前的浮云和斜上方的那个日头，脸色无比平静喜乐，似乎终于达成或者即将达成一个目标。

范闲在皇帝身后，注意到他的胸膛微微起伏，面色微红有潮汗，心想陛下身体虽然强健，毕竟也不是当年马上征战的年轻人了，只是为了天子颜面在强行忍着。

休息片刻后，随行人员开始安排起居以及最重要的祭天仪式，只有皇帝和范闲还站在悬崖边，父子二人似乎被大东山下的奇妙景象给吸引住了，一言不发，怔怔地看着。

他们的眼前是一望无际的大海。

只是由此间看到的大海和在澹州码头上看到的大海并不一样。

澹州处的海是亲近的，近在脚下，声在耳边，白沫打湿了裤脚。大东山下的海却是那般遥远而冷漠。站在悬崖边根本听不到海浪的咆哮，视线顺着玉石一般光滑的山壁望去，只能看到海上一道一道的白线前仆后继，冲打着东山的石壁，打湿东山的脚，做着永世的无用功。

悬崖前面还有一层层极薄极淡的云，像白色的纸张，或高或低地在崖间缓缓流淌。海面上的红日早已升起来了，却似乎没有比大东山高多少，站在山上，太阳仿佛特别近，光芒从那些白云里穿透过去，焕发出扭曲而美丽的线条，渐渐将那些纯白的云变得更淡，淡得快要消失到空气中。

看云消云散，观潮起潮落？范闲醒过神来，自嘲地一笑，心想自己为什么要站在这里，站在皇帝的身边？正这般想着，他忽然看见皇帝的身子晃了一晃，心头大惊，闪电般伸出手去，左手如蒲，指一张，手指微屈用力，刹那间大劈棺小手段齐出，于电光火石间抓住陛下的手，把他往后拉了一步。

二人的脚下便是万丈深渊，若从这里掉下去了，哪里还有活路？范闲一阵心悸之后，注意到身后的洪老太监用一种很怪异的目光看了自己一眼，才觉得自己有些冒失，赶紧道歉请安。

皇帝自然不怒，捂额自嘲道："看来朕果然老了，看久了竟有些晕眩。"

范闲不好接话。

片刻后，皇帝缓缓放下手，问道："你相信世间真有神庙吗？"

范闲怔了怔，低头半晌后回道："信。"

"你相信世间真有神吗？"皇帝静静地望着他。

范闲没有犹豫，直接回答道："信。"

他不知道皇帝为什么要问这个问题，但他范闲能够转世重生于庆国这片土地，对神迹这种事情自然深信不疑，此世的他可不是前世的范慎，是最地道的唯心主义者。

"你随朕来。"皇帝转身朝隐于峰顶树木中的庙宇行去。

范闲满头雾水地跟上。大东山之名盛传天下，初始是玉石之名，其后是神妙之名，不知有多少无钱医治的百姓在此地祭神后，病情得到了极大的好转，更被天下的苦修士们奉为圣地……以前他总以为这是庆庙在故弄玄虚，愚妇痴人们将心理安慰当成了真正的疗效，可此时皇帝的脸色如此慎重，难道说大东山庆庙真的可以上闻天意，能够与传说中虚无缥缈的神庙取得联系？

怀着无数疑惑与微微兴奋，范闲跟着皇帝绕过清幽的石径，来到一间格外古旧的小庙之前。此间山风颇劲，吹拂得庙檐下铃铛微动，发着清脆静心的响声。看来那些祭祀没有说谎，山顶这些庙宇明显多年没有修过，无数年的山风吹着，却没有把这古旧的小庙吹成废墟。

看着这间小庙建筑的样式，看着那些乌黑肃杀的颜色，范闲心中自然生出一股敬畏的感觉，就像当年他在京都第一次进庆庙时那般。

只是那时皇帝在庆庙里，今天却是他跟着皇帝来到了这里。

范闲发现陛下似乎对这条道路，或者是对大东山的一切都很熟悉。

站在小庙外面，皇帝说道："不要好奇，也不要听着厌烦……其实原因很简单，当年和你母亲在澹州遇见后，我们当然不会错过大东山的景致，曾经在这里待过一段时间。"

虽不知皇帝是如何猜到自己在想什么，但范闲的心情顿时变得不一样起来，再看四周的古旧建筑，目光里便带着一股亲切与向往。但是皇帝接下来的话，马上粉碎了他轻松愉悦的心情。

"万乘之尊不入不测之地。"皇帝重复了昨日范闲在澹州进谏时的话语，冷笑道，"朕知道这两日你在担心什么，朕来问你，若是你此时在京都，你是那个女子，又会如何做？"

范闲没有故作姿态地连道惶恐。这个问题他已经思来想去无数次，最后发现，长公主或许会做很多事情，但所有事情的中心正如昨日陛下所言，只有一个——杀死皇帝。

"首先我要脱离监察院的监视，与自己的力量取得联系。"他有些不确定地说道，"但这件事情必须是几个月前就开始，我不认为长公主有这个能力。"

皇帝面无表情地回道："你相信两个人将一座宫殿点燃吗？还是在一个雷雨交加的凌晨。"

范闲摇摇头，不敢有太多情绪表现。他通过自己的渠道了解到数月前皇宫之变的内幕,当时只顾着佩服太子兄弟的行动力,此时听皇帝一说才发现这件事情另有蹊跷。

"朕杀了那么多人,她一点反抗都没有,却还有多余的心思放在东宫,助太子一臂之力。朕这个妹妹,行事总是这样地让人看不明白。若说她能够躲开监察院的监视,朕一点都不会觉得奇怪。"

由这段对话可以听出,皇帝在经历了妹妹与儿子的背叛……可能的背叛后,性情有了细微的变化,已经将范闲这个自幼不在身边的私生子当成最可信任的对象。

这种信任让范闲的压力倍增,他揉了揉有些发涩的喉咙,说道:"如果说数月之前长公主便已经联系到了她的人,那她只需要等待一个时机,臣以为……陛下此时远离京都,便是最好的时机。"

"你只需说她会怎样做,而无须时时刻刻提醒朕。"

"是。臣以为长公主殿下会倾尽她二十年来经营的所有力量,务求在大东山或是回京途中雷霆一击,不论成败,封锁陛下的消息,向天下妄称陛下……已遭不幸,由太子或二皇子继位。"

范闲的分析很粗浅、很直接,但长公主李云睿如果真能逃走,一定会这样选择。所谓阴谋最后还是一个生死的问题,只要生死已定,胜负便分,她在京都有皇子们与叶、秦两家的支持,再把皇帝遇刺的事情往范闲的身上一推……那把龙椅有谁能坐?除非陈萍萍领着黑骑再造反去。

"不用说不论成败这种废话。"皇帝看了他一眼,"云睿能有什么力量?君山会?朕现在想来去年应该听陈院长及你一言,将那个劳什子破会扫荡干净才是。"

"君山会只是一个疏散的组织,关键是长公主能够调动怎样的力量。"

范闲重复了一遍岳父大人的推论。

"大东山孤悬海边,深在国境之内,根本无法用大军来攻。"皇帝冷笑道,"万里登天梯,若有人敢来刺杀朕,首先要有登天的本领才行。"

范闲明白皇帝说的是什么意思。以大东山的位置,难以发动大军来攻,澹州北方的深山密林挡住了外面的危险，既然如此就只能动用刺客，但要刺杀天下第一强国的君主，一般的强者根本无法靠近，连最外层禁军的防御圈都突破不了，更何况山峰顶上那逾百名虎卫高手。

若长公主真有心刺驾，刺客的水准可想而知。范闲沉声说道："叶流云是君山会的供奉……长公主的高手不多，但臣经历山谷狙杀一事后，总以为朝中有些人，现如今是愈发地放肆了。放肆之人，无论做出什么事情，都不出奇。"

这说的自然是庆国军方的大佬们，如果这些人集体站到皇帝的对立面，会是什么样的状况？

皇帝沉声说道："朕此次亲驾东山，不只你疑惑，两位大学士也极力反对，可朕依然要来，因为朕在宫中待得久了，想出来走走，看看当年之地。而且承乾伤了朕心，朕要废他，便要光明正大地废。最重要的原因是，朕要给云睿一次机会，看看那个君山会是不是真的能把朕这个君王给除了。"

范闲想了起来，身旁的这位陛下大概算是有史以来最勤勉也最古怪的皇帝，很少离开京都，更没有进行什么全国旅游活动，就连皇宫都很少出，他只知道在太平别院外的那一次，便摇头说道："还是臣说过的那些话，何需行险？何需来此？陛下一道旨意，君山会便会土崩瓦碎，根本不值一提。"

"是吗？那叶流云呢？"皇帝看着他微笑问道，眉头渐展。

一时间，范闲震惊得无语。

原来陛下以自身为饵，所谋不是旁人，正是大宗师叶流云！

叶流云在野，皇帝陛下在朝，二人互相制衡妥协，才造就了叶家与皇室之间亦忠亦疏的关系。如果皇帝能够将叶流云斩于剑下，那庆国内部再也没有一丝力量能够动摇他统治的根基。换句话说，叶流云一直是皇帝心头的一颗毒瘤，他今日来大东山，就是借大东山之神妙割瘤来了！

可范闲还是觉得无比荒谬，就算您有逾百虎卫，有洪公公这个神秘的老怪物，可是长公主若动，肯定有无数力量配合叶流云。叶流云即便刺驾不成，以大宗师超凡脱俗的境界，你又怎么留下他？

他曾经在杭州城里亲身经历过叶流云半剑斩楼，知道叶流云的实力恐怖到了什么程度——除非用庆国铁骑连营，弩箭不断齐射，或许有可能将他狙杀于原野之上。可此时皇帝身在孤峰之中，叶流云飘然而至，飘然再去，根本不会给虎卫合围的机会，山下的禁军碍于地势也无法结阵冲锋。

怎样才能够杀死一位大宗师？范闲思考了整整一年，想过很多方法，比如隔着五百米用重狙狙了他——可这种局面不好营造，大宗师们神龙见首不见尾，气机感应太过强大，不大可能站在那里给自己太多瞄准的时间。

直到最后他才想到一个完美的方法——用两位大宗师就好了。

这是很无聊而且很无意义的思维，两个小孩肯定能打赢一个小孩，两块石头当然比一个石头重，问题在于大宗师不是量产的产品，而是不世出的天才，谁能找到两位大宗师？

"所以朕必须要来大东山，因为朕需要一个人，而这个人永远不可能离开大东山。"

皇帝说完这句话，推开了那座古旧小庙的木门。

木门吱呀一声，范闲望了过去，心脏猛地一缩，眼中闪过无数的惊讶与久别重逢的喜悦。

第六章 月儿弯弯照东山

言冰云坐在监察院的房间内发呆,今日他没有坐在那间密室之中,因为院长大人坐着轮椅回到了自己的房间,他暂时获得的权力自然交还了回去。

他现在是四处的主办,房间也在临街那一面,窗户上没有蒙着黑布,外面的阳光直接透了进来,照得房内明亮一片,站在窗口可以很清楚地看到皇宫金黄色的檐角。

皇宫里没有主人,御驾这个时候已经到东山路了吧?自从陛下离京之后,京都的人们都老实了起来,没有给监察院太多的难题,此时此刻谁都怕远离京都的陛下怀疑自己。

人们都知道陛下此行祭天的目的是什么,自然不可能让太子监国,于是太后再次垂帘,大皇子掌控的禁军与京都守备师同时加强了巡查。陛下留下最关键的一手,当然是传召陈萍萍入京,这位常在陈园的老跛子终于回到了监察院,冷漠地注视着京都的所有细节,警告着那些心怀不轨的人。

言冰云关好窗子,坐回椅上,从怀中掏出一个绣得十分漂亮的荷包,从里面掏出几粒瓜子送到唇里,细细地嗑着,显得十分无聊,只有目光落在荷包上时,才会变得温柔与多情起来。他这几天格外悠闲,不需要再总领院务,也不需要监察朝官,除了日常的四处事务外,没有太多事情做。——燕京与沧州中间的那片荒野上，上杉虎吃了燕小乙的一个大亏后便安静了下来。北齐人递了国书斥责，调查还在进行，上京城没有异动，东夷城那边也极为安静。而且他不得不悠闲。依理讲，陛下出巡这种大事他应该提前通知范闲，可让人想不明白的是，陈院长将他这个想法强行压了下来。这是范闲在澹州时百思不得其解的问题，也是他此时茫然与不安的原因。

京都看似平静，禁军、京都守备加上那位浑身透着黑暗恐怖气息的陈院长，没有可能会发生什么大事，如果要发生大事，应该是远离京都的陛下身边……他隐约猜到了一丝真相，却开始惊恐于这个真相——难道陈院长算定陛下会出大事？所以才想顺水推舟，让范闲离御驾越远越好？可是院长对陛下如此忠诚，再如何疼爱范闲，又怎么可能把范闲的安危看得比陛下的生死还重？

铜铃响了，京都各衙门的归家信号响起，监察院方方正正的楼里走出无数行色匆匆的官员。他们没有任务，只是急着回家——特务也是公务，监察院官员也都是公务员。

言冰云没什么好收拾的，径直出了楼子，坐上自家的马车，回到爵府中，没有去和沈家妹子谈情说爱，而是直接去了父亲的书房。进了书房，他直接问道："秦家那边有没有什么消息？"

言若海看了儿子一眼，摇头道："你在院里管着四处，崤山冲那边有没有什么动静？"

崤山位置特殊，恰恰卡在东山路的进口处，此地在庆国东北，与东夷距离不远，但由于澹州与东夷之间无人敢穿越的原始密林，所以两地间的交通主要是凭借海上，或者是绕过崤山。

本来东山路里没有可以威胁到御驾的力量，但崤山却刚好在由东山路回京的路上，最关键的……言家父子都清楚，年关时在京都郊外狙杀范闲的秦家亲兵，便是从崤山调过来的。

"那件事情之后，院里一直盯着那边，如果有异动，瞒不过我们。"

言冰云稍微放松了一些。

言若海道："我们知道的事情便是院长大人知道的事情，便是陛下知道的事情。陛下带着两千禁军就去大东山祭天，如果不是没将崤山冲里那点儿人放在眼里，便是相信秦老爷子的忠诚。"

"忠诚？"言冰云叹了一口气，"暗中狙杀朝廷重臣，也算得上是忠？"

"忠诚分很多层，臣子与陛下总有差别，定州那边有没有什么问题？"

"年初斩了六百个胡人首级，本来应该此时回京报功，但明显叶重也是担心宫里疑他，所以将队伍留在了定州，不敢在陛下不在的时候归京。"

言冰云轻轻握了握袖中的拳头，欲言又止。

言若海好奇地看了儿子一眼，说道："你往常不是这般模样，有话便说吧。"

言冰云沉默了一会儿说道："我担心陛下的安全。"

"有什么危险？"言若海皱眉说道，"你也确认了，秦家、叶家都不可能。"

"燕小乙呢？"言冰云盯着父亲的双眼，似乎想从他那里看到别的东西。

言若海很自然地转过头去，避开他的目光，问道："燕大都督又怎么了？"

"沧州大捷有问题！"言冰云压低声音说道，"我说过这次沧州大捷有问题！四处查军功的密探已经回报，那些首级虽然经过伪装，但有些问题……"

言若海沉声道："你是四处头目，应该知道，杀民冒功虽是大罪，但向来没有办法完全杜绝，尤其是这种边将，需要朝廷额外的赏赐来平衡边寒之地的凄苦。再说就算燕小乙谎报军功，和陛下有什么关系？不要忘记北齐国书已经到了，难不成北齐人会和燕大都督一起演戏？"

"我怕的就是这点。"言冰云冷冷地说道，"如果只是杀民冒功倒也罢了，但若这事和北齐有关联，那就没有这么简单。"

言若海寒声说道："你清楚自己在说什么吗？莫非你以为院长和提司大人让你暂摄院务，你就是天底下最了不起的人物？就能看穿世间的所有诡诈？就算燕大都督在演戏，又有什么问题？"

"什么问题？征北军死了五千人！这是大捷？斩首八千，只怕一大半是假的！那五千人究竟死了没有？如果没死，这销声匿迹的五千人又去了哪里？"言冰云胸中燃起怒火，一指桌面，指着那并不存在的庆国边域地图，喊道，"父亲，征北营虽在沧州与燕京之间，但若画一条直线，离大东山不过五百里地！若这本应死了的五千人忽然出现在大东山脚下，怎么办？"

言若海冷声问道："愚蠢！从沧州到东山路虽近，却要绕道崤山，不知要经过多少州郡，距离也在千里以上，你以为五千人能够这样悄无声息地深入境内？"

"如果不绕呢？"言冰云寸步不让，将这些天盘桓于心的担心全盘说出，"如果东夷城开了国门，让那五千死人借道诸侯国……怎么办？"

连着两个怎么办，却没有让言若海紧张起来，他望着儿子冷笑道："就算那五千人真是如你所言化作死士，就算四顾剑像你一样愚蠢到大敞国门，对我庆军毫不忌惮……可你想过没有，从东夷城到大东山中间要过澹州，而澹州北的那些高山陡崖根本没人能爬得过去！"

这是事实，是地图与人眼和人力都已经证明的事实，澹州之北的那些原始密林和山峰，根本不是凡人能够攀越而过，更何况是五千人的部队。

"以前没有人能翻过去，不见得以后永远没有人能翻过去。"言冰云想到那处的地理环境，气势稍弱，可依然不肯罢休，"再说，谁知道那些丛山里有没有什么密道。"

"密道？你以为是澹泊书局出的小说！"言若海冷笑一声，准备走出书房。

看着父亲毫不在意的神态，言冰云终于忍不住了，一掌拍到桌子上，发出啪的一声巨响："不知道我担心的是不是小说，只知道监察院现在做的都是笑话……不管这些会不会发生，可是既然已经有了疑点，我依院里的章程向上报去，为什么院长大人会把这件事情压了下来！"

言若海闻得此言，身子一震，缓缓转过身来，用一种很复杂的眼神看着自己的儿子。

言冰云以为父亲终于被自己说服，心中生起一阵宽慰。不料言若海一拂袖子，出了书房，召来自己的亲信护卫，冷漠地说道："少爷身子不适，让他留在府中休息，不得出门一步。"

几名护卫沉声领命。言冰云一怔之后，心里泛起一股寒冷之意，盯着父亲的背影，忽然想到很久以前父子之间的那番对话，半晌说不出话来。

那一日他问父亲："如果……我是说如果，让你在宫里与院里选择，你会怎么选择？"

当时言若海用一种好笑的目光看着他，叹息道："傻孩子，我自然是会选择院里……如果老院长大人对我没有这个信心，又怎么会对你说这么多话？"

"叶家确实太安静，叶重确实太乖巧，献俘……这么好借机入京的机会，他就这么放了过去。"陈萍萍坐在轮椅上摇头说道，"当然他也是怕宫里忌他……只是二皇子一定在犯嘀咕，心想太子马上就要被废了，如果太子这时候瞎来，他可就美了，只盼着他的岳父早日归来。"

他微笑地推着轮椅从那块黑布边转过来，笑着说道："现在谁都想动手，但谁都没有能力和勇气第一个动手。欲使自己灭亡，必使自己疯狂……只有长公主算个疯的。"

言若海笑了起来，道："可您在京中，她即便有想法，也要等着那边的消息。"

陈萍萍微笑着说道："陛下一定会给长公主一个惊喜，她要等的消息可能永远都等不到了。"

言若海想着书房里的对话，担心地说道："可是燕小乙的五千精兵怎么办？我一直不明白这点，就算拼了老命存了这五千兵入了国境……可他怎么运到大东山脚下去？"

"燕小乙这次沧州之捷的手脚做得极好，想不到还是被你家小子看出了马脚。"陈萍萍赞赏道。

言若海苦笑道："平日里故作冰霜一片，真的大事临头，还是有所不安。"

"他不是你我，不知道陛下的安排，所以对你我有所怀疑，也是正常的。"

"事后……怎么向宫里交代？"

"陛下本来就不愿意打草惊蛇，院里当然不能对燕小乙的动作提前做出反应……"

陈萍萍默然想着，有没有事后才是需要考虑的问题。

言若海走后，陈萍萍又习惯性地推着轮椅回到了窗边，隔着那层黑布看着外面，沉默不语。

从东夷城的诸侯国直穿群山，经澹州而至大东山确实有条密道。他知道，陛下也知道，看样子现在长公主那边也知道了。只是就算五千人去了，也只能将整座山峰包围，控制祭天一行人的消息传送，整个事件的关键处还是在峰顶。陛下给长公主和叶流云准备了一个大大的惊喜，那长公主难道就不给陛下准备一些惊喜？

陈萍萍用干枯的右手挠了挠花白的头发，心想自己漏算了一点，没想到范闲也去了峰顶，只希望小家伙命大些，不要在这场惊天之变中无辜送了小命。

他歪着脑袋，有些无力地斜倚在轮椅上，感受着生命的味道从自己的体内缓缓流失，却因为脑中展现出来的画面而激动起来，似乎找到了一些当年为之兴奋为之激动为之神往的元素。心神的激荡让他咳了起来，咳得虽是痛快无比，却让胸间一阵阵地撕痛。他下意识里按响了书案上的暗铃，却发现开门进来的并不是费介，这才想到费介已经遵照自己的想法离开了庆国这片是非之地，此时应该已经到了泉州，准备开始向往已久的海外生活。

"有些咳嗽，找些药吃。"陈萍萍微笑着望着进门来的下属和蔼地说道。

那个下属受宠若惊，领命而去。

眼看着美好的事情就要发生了，当然要争取多看一些，能够多活两年，就要多活两年。

如同皇帝陛下猜测的那样，长公主李云睿只要没有物理死亡，她在京都总能找到隐藏着的力量，此时她被幽禁在皇家别院中，在监察院的监控下，生活依然极为奢华。更令人意想不到的是，那位逃离京都数月的信阳谋士袁宏道此时竟坐在她的面前，真不知道她是怎样办到的。

一个侍卫站在窗外，似乎眼睛瞎了，耳朵也聋了。

"陛下想的什么，其实瞎子都看得出来……本宫真不知道他的信心究竟从哪里来。"

李云睿的容貌依然美丽，眼睛依然妩媚多情，只有真正细心的人才可以看出她与过往已然不同，多情的底下是一抹刻在内心深处的冷漠。

"他太多疑，所以不需要设计什么，他自己就会跳出来主动设计。而且他很自大，自大到可以将计就计……什么狗屁东西！哪里有什么计，根本就是他自己一个人在那里玩。只是……本宫怕哥哥寂寞，也只好陪他玩一玩，大东山的刺杀似乎已经很荒唐地变成了明面上的事情。他知道我要杀他，等着我去杀他，我明知道他等着我去杀他，却还是要去杀他，这真的很有趣。"

袁宏道听着这段绕口令，看着长公主唇角的那抹笑容，并不觉得有趣，反而生出淡淡寒意。明知道大东山是个局，长公主却义无反顾地跳了进去，难道真以为叶流云这位大宗师可以改变整个天下？

黄毅死后，他已经成为李云睿最亲近的谋士，可这位殿下两年来似乎一直被陛下和范闲逼得步步后退，从无妙手释出，可在计谋方面实在是没有太多需要自己的地方。也正因为如此，对于长公主最后的计划细节他一直没有摸清楚，自然也就无从去禀告院长和皇帝陛下。

身为谋士，在这种关键时刻，不论是为了伪装还是更取信于人，都必须说出一些该说的建议，所以他望着长公主的眼睛，低声说道："有趣，在某些时刻，是荒谬与愚蠢的结合……我不知道究竟是哪一方更荒谬，哪一方更愚蠢。但既然最开始动的是陛下，那么您便应该选择另一条道路。不然再如何动作，我们走的棋子总会比棋坪对面的那个人慢一步。"

李云睿缓缓闭上眼睛，说道："你想劝我暂时不要动。"

"正是。"

她忽然睁开眼笑了，笑得极其纯真无邪："不动又有什么用？如果大东山祭天顺利结束，谁还能反对他？母后总有离开的那一天，难道我要永远被幽禁在这座别院里？"

袁宏道心知自己可以轻松地进入别院，那么长公主一定可以轻松地离开这里，但她要的并不是这么简单，他没有得到院里的指示，自然想拖延一些时间，便试着说道："范闲是您的机会。"

李云睿微笑道："就算陛下将来要削范闲的权，也不会是本宫的机会。"

袁宏道摇头说道："不止削权这般简单。范闲与北边的关系太密切，陛下将朝廷内部矛盾解决后，刀锋定然要指向北齐，到时候范闲怎么做谁也不知，说不定那时就是您的机会。"

"所以我得活着？"李云睿自嘲地笑道。

"您一定要活着。"袁宏道认真地说道。

李云睿笑了笑，不予置评，如兰花般的手指轻点茶杯。袁宏道起身替她倒茶，她看着他的背影，心想这推论不为错，只是没人明白皇帝究竟是一个什么样性格的人。

在这个天底下，只有她最清楚皇帝哥哥是什么样的人，也只有她清楚眼下是皇帝给自己的机会，如果自己没有抓住这个机会，什么后事都不需要再提。皇帝哥哥随时可以杀死自己，但他偏偏不杀，自然是希望通过自己引出一些人来，比如君山会那些一直隐在朝野中的人，比如某位老怪物……

　　她心想如果自己赢了那自然极好，就算输了，皇帝哥哥能够达成他的目标也是好的。想到这里她再次露出自嘲的笑容，忽然问道："宏道兄，你说杀人这种事情最后比拼的是什么？"

　　袁宏道把茶杯放到她的手边，想了想后说道："时间，机会，大势。"

　　"不错，但又是错了。其实到最后比的就是最粗显、最无趣、最直接的那些东西，看看谁的刀更多更快，争夺龙椅其实和江湖上的帮派争夺地盘没有本质上的区别……陛下自以为算计得天下，却忘了不是所有的刀都在他的手上。因其多疑，他必败无疑。至于范闲……"李云睿沉默了一会儿，又说道，"听说婉儿一直在照顾那个将要生产的小妾，你安排一下。"

　　大东山峰顶，范闲在庙门外看着坐在蒲团上的那个人，震惊无语。

　　那个人的脸上蒙着一块黑布，身材并不高大，神情永远平静。

　　皇帝转身离去，将这个地方留给他们。

　　范闲走进小庙，确认无人偷听，才纵容喜悦的神色在脸上洋溢，一把抱住对方。五竹看着还是那般冷漠——这种冷漠和小言公子不同，不是自我保护的情绪控制，而是一种外物不系于心、内心绝对平静带来的观感——此刻却是唇角微绽，露出了十分难见的温柔笑容，只可惜范闲没有看到。

　　确认了瞎子叔的伤好得差不多了，范闲很是欢喜，一时间又不知道应该说些什么，从何说起。一年半前二人分开，他南下江南斗明家，于山谷遇狙杀，在京都中连夜杀人，不知经过多少险风恶浪，但这些五竹肯定不会关心。至于在山谷中遭到狙杀时的险象环生，五竹只会认为范闲表现得非常差劲。范闲忽然想到一件事值得一提，赶紧说道："叔，我要当爸爸了。"

　　大东山压顶也面不改色的五竹，听到这句话后仍沉默了很长时间，似乎在慢慢消化这个消息。不知道过了多久，他偏了偏脑袋，有些迟缓地问道："你……也要生孩子？"

这个"也"字不知包含了多少信息。

对于五竹来说，这个世界只有两个人。

是的，虽万千人，于他只有两人，别的人与事都不重要。

二十年前，那个女子生孩子；二十年后，她生的孩子要生孩子。两件事情相隔二十载，但在他的感觉里，就像是接连发生的两件事情，所以才有那个"也"字。然后他的唇角再次绽放出温柔的笑容，很认真地对范闲说道："恭喜。"

因为这个笑容和"恭喜"两个字，范闲陷入无穷的震惊与欢愉中——上一次看见五竹叔的笑容，是什么时候？大概是还在澹州城那个杂货铺里提起母亲吧。他不知为何内心一片温润，似乎觉着五竹终于肯为自己笑一下，而不再仅仅是因为叶轻眉，这是件很值得铭记的事情。

五竹的笑容马上收敛，恢复到往常的模样，说道："要生孩子了，就要说恭喜，这是小姐教过的。"

范闲苦笑道："这应该是发自内心的情绪，不需要我们去记。"

五竹的脸朝着庙内的那幅壁画，那层薄薄而绝不透光的黑布绑在他的眼上，显得鼻梁格外挺直。他接下来所说的话也是那般直接："对我，这是很难的事情。对你，你开心得太早。时间不对。"

这句话的意思简单又玄妙，一般人肯定听不懂，范闲自幼和五竹在一起生活，却很轻易地明白了这四个字里蕴藏着的意思。他苦笑一声，承认这个判断。

皇帝在大东山祭天，如果真有人造反，大东山便是天下第一险地，与之相对应的，京都自然是天下第二险地。长公主和皇子们会对范家施出怎样的手段？范闲远在海畔，根本无法顾及京都局势。婉儿是长公主的亲生女儿，他并不担心，可是思思和她肚子里的孩子怎么办？父亲和家人怎么办？

"院长和父亲在京里,应该不会有大问题……"他似乎想说服五竹叔,又似乎是在安慰自己。

"皇帝一直不让陈萍萍和范建掌兵,这是问题。"五竹的话依然没有推论只有结果,"你这时候马上赶回京都,或许还来得及,你在这里,没用。"

是的,造反总需要一个名目,皇帝遇刺身亡肯定要找个替罪羊来背黑锅,所以京都那边发动的时间一定要在大东山之事后的十五天左右,现在范闲赶回京都应该还来得及。

范闲沉默了一会儿,说道:"我的作用,在见到你的那一刻就完成了。"

上了大东山,进入旧庙看见五竹的那一刻,他就明白了皇帝陛下为什么要下旨召自己随侍祭天,为什么要在澹州去堵自己,把自己带上大东山。

如皇帝先前所言,既然这个局是针对叶流云的,他就需要五竹的参与,可问题在于皇帝可以命令天下所有人,却不能命令五竹——所以皇帝需要范闲的帮助,帮助他说服五竹参与到这件事中。

范闲又说道:"入京三年半,做了很多事情,我清楚都是某人在利用我……现在那人又利用我来利用你。我便罢了,因为自己有所求,可你对世间无所求,所以这对你不公平。"

"世上没有公平不公平。"五竹面无表情地接道,"关键是这件事情对你有没有好处。"

范闲注意到如今五竹叔的话比以前多了很多,表情也丰富了少许,也没有多想,便说道:"陛下把自己扔到这个危局里,是用自己的性命和天下的动荡逼我们。这两点就算我们不在意,但我必须在意京都里的家人。叶流云出手,长公主、太子肯定和二皇子达成了协议,我们不能让他们成功。"

五竹道:"直接说。"

范闲诚挚地说道:"请叔叔尽量保陛下一条命,不行就走,至于叶流云那边不用在意。"

五竹没有犹豫，点了点头。

范闲松了口气。此次事件一定是这片大陆二十年里最大的一次震荡，五竹叔就算有大宗师的修为，也不见得能讨得好去。但他不用太担心，因为这座庙在高山悬崖之上，就算最后五竹叔败了，往海里一跳便是，叶流云和那些刺客又有什么办法？至于他自己……

"对方如果有动作，一定会赶在祭天礼完成之前，待会儿我试着说服陛下放我下山。说实话，在这里办祭天礼有什么意义，你又为什么一直在这里养伤？都说大东山有神妙，难道是真的？"

五竹回道："我不知道对那些人的病有没有用，但对我养伤有用。"

范闲的心头微微一颤，问道："为什么？"

"大东山元气之浓厚超过了世间别的任何地方。"

范闲茫然地说道："我感觉不到。"

"你只能感觉到体内的真元。而天地间的元气不是那么容易被捕捉到的。"五竹顿了顿，"苦荷修行过西方的法术，他应该能感受到。"

范闲想到多年前偶尔见到的两个的鸡肋法师，默然无语，法术……这是一个多么遥远陌生的词语，他幼时曾经动过修行法术的念头，但这片大陆没有人懂，就算苦荷也只做过些理论研究。

夜渐渐深了，山顶的气温缓缓下降，草丛里的昆虫被冻得停止了鸣叫，庙宇间渐渐凝成一片肃杀的气场。范闲看着庙宇四壁绘着的壁画，那些与京都庆庙基本相仿的图画让他有些失神。

对于神庙以及沿袭其风的庆庙，他很好奇，本想问一下五竹叔，可如今紧迫的局面让他无法待太久的时间。他起身对五竹行了一礼，认真说道："这山顶上谁死都不要紧，你不能死。"

五竹没有回答，偏了偏头，右手自半截袖子里伸出来，按到地面片刻，面无表情地说道："你下不成山了。"

"你说服他了？"皇帝负着双手站在黑漆漆的悬崖边上，月亮掩在厚厚的云层后面，悬崖下方极深远处的那片蓝海泛着墨一般的深色，隐隐可以看见极微弱的一两个光点，应该是胶州水师的船只。

范闲走到皇帝身后，微微皱眉——下午的时候就险些跌下去了，陛下的胆子究竟是怎么练出来的。事态紧急，他没有回答皇帝的质询，直接说道："陛下，山下有骑兵来袭。"

皇帝没有质疑范闲如何在高山之上知道山脚下的动静，转身淡然地说道："是吗？有多少人？"

"不清楚。"范闲应道，"臣以为，既然敌人来袭，应该马上派出虎卫突围，向地方求援。"

皇帝静静地看着他，没有答应他的提议，而是轻声地说道："朕另有事情交给你做。"

便在此时，山脚下一支火箭嗖的一声划破夜空——通报了紧急敌情。此时山下只怕早已是杀声震天、血肉横飞的场景，庆国历史上最胆大妄为的一次弑君行动就此拉开了帷幕。

"报！"禁军副统领从山顶营地里奔出，跪在皇帝面前快速禀报山下发生的事情，只是山顶山脚相隔极远，仅凭借几支令箭根本无法完全了解具体的情况。副统领面色惨白，在夜里的冷风中大汗淋漓，山下有敌来袭，这个局面已经能让他丢脑袋了。他只是想不通，这些来袭的军队怎么没有惊动地方官府便来到了大东山的脚下，紧接着就在夜色的掩护下向两千禁军发起了凶猛惨烈的攻势。

范闲看着禁军副统领上下翻动的嘴唇，耳朵里却听不到一个字，此情景有如一个荒诞可笑的无声画面——确实可笑，堂堂一国之君，竟然在国境深处的大东山上被包围了！

杀声根本传不到高高的山顶，血水的腥味也无法飘上来，大东山峰顶依然一片清明，离得极近的那片夜空上的那层厚云忽然消散，露出一轮明月来。

月光银辉照在皇帝与范闲的身上。范闲微微眯眼，看着皇帝笼罩在月光中如神祇般的身影，开始紧张兴奋起来，然后透过皇帝铁一般的肩膀，看到了远处海上漂来的一艘小船。

小船在海浪中起起伏伏，在月光中悠游前行，向着大东山来。

山顶与海上相隔极远，但范闲依然看到了那只小船。

因为，船上站着叶流云。

月凉如水。

范闲眯着眼睛看着遥远的山下，遥远的海边，墨一般海水里轻轻沉下浮起的小船。虽然他目力惊人，却看不清楚那只船上的情形，奇怪的是好像能够看见船上那位老者、那顶笠帽。

天下四大宗师中，他只见过叶流云。少年时一次，苏州城中一次，次次惊艳。叶流云是一个潇洒人，极其潇洒之人，今夜乘舟破浪执剑而来，气势未至，风采已令人无比心折。

此时范闲见着汪洋里的那艘船，想着那个飘然独立舟上，直冲大东山，虽万千人吾往矣的大宗师，不由感慨万分，无来由地在心中生出一丝敬仰。

山下猛然出现了星星点点的火光，但足以于山顶望见，可以想见那里，像鬼魂一样冒出来的强大叛军，正在奋死冲击着两千禁军的防线，烧营时的火势已经大到了无法控制的地步。好在夏时雨水多，加上海风吹拂，山间湿气浓重，不用担心这把火会直接将大东山烧成一根焦柱，将山上的所有人都烧死。又有几支响声凄厉的号箭冲天而起，却只冲到了半山腰的位置，便惨惨然、颓颓然地无力坠下，就有如此时山脚下的禁军防御线已经后力难继，快要支持不住了。

皇帝一行人站在山前的观景石栏之前，静默地看着山下那些时燃时熄的火，听着那些隐约可闻的厮杀声。只是隔得太远，厮杀声传到山巅时，被风一吹，林梢一弄，就变成了扭曲的节奏拍响。

没有杀意，至少山顶的人们感觉不到这种氛围，相较而言，在大东山背后那面海上正缓缓漂来的小舟，带给人们的紧张情绪更多一些。

礼部尚书、太常寺正卿一应祭天的官员随侍在陛下身后，心中无比震惊、无比恐惧，却没有一个人敢说什么。那位禁军副统领早已向山下冲去，准备战死在第一线上，然而恐怕他尚未到时，那两千名禁军儿郎都已化作了黑夜中的游魂、山林间的死尸。

范闲感觉嘴里有些发苦，心头震惊——山脚下的这支叛军究竟是从哪里冒出来的？为什么监察院没有提前侦知任何风声？为何摆在崤山一带的五百黑骑没有起到任何作用？对方如何能神不知鬼不觉地潜到大东山脚下？最令他震惊的是此时山脚下的情势，看着火头的退后，听着厮杀声的起伏，从那些令箭中判断，禁军已经抵挡不住了——两千禁军居然这么快就要溃败！

庆国以武力问鼎天下，虽然禁军常驻京都，从野战能力上来讲肯定不如定州军、征北大营那七路大军，可是自从大皇子调任禁军大统领后，从当初的征西军里抽调了许多骨干将领，禁军的实力得到了有效的补充，即便不是那些大军的对手，总不至于这么快便溃败了。

范闲震惊不解，来袭的军队究竟是谁家的子弟？

"是燕小乙的亲兵大营。"皇帝看了范闲一眼，面无表情地答道，"禁军不是他们的对手。"

范闲马上联想到一月前沧州与燕京间那场古怪的沧州大捷，虽然他还是不清楚燕小乙是用什么办法将这些兵士送到大东山脚下，但既然敌人已经到了，此时再想这些纯粹是浪费时间。

"你是监察院提司，一支军队千里奔袭，深入国境之内，该当何罪？"皇帝问道。

范闲知道陛下是在开玩笑。此时情势如此凶险，他哪里又有开玩笑的心思，于是应道："即便澹州北有密道，监察院也应该收到风声，臣以为……院中有人在帮他。"

皇帝笑了笑，没有说什么。

范闲说院中有问题，是坦诚更是试探，他想试探燕小乙的亲兵大营是不是皇帝刻意放过来的，可是皇帝陛下的笑容明显有些无奈与自嘲的意味。

皇帝忽然问道："谁知道山下的具体情况？朕不想做个瞎子。"

当年皇帝亲自领军南征北战，立下赫赫不世战功，堪称大陆第一名将，只是近二十年未曾亲征，才让上杉虎渐渐夺了这个名头。皇帝如果能够亲自指挥，想必山下的禁军也不至于败得如此之惨，但是大东山极高，命令传递需要很长时间，更遑论亲自指挥。

就在此时，一个灰衣人从万级登天梯上飘然而起，此人轻功绝佳，姿势却极为怪异，就像膝关节上安装了机簧，每一触地便轻轻弹起，虽身姿不及绝代强者那般清妙，却胜在快速安静。

夜空中忽然绽起无数雪一般的刀花，潜伏在四周的虎卫们擎长刀斩出，一瞬间竟是遮住了月光。灰衣人举起一块令牌，在月光与刀光的照耀下十分清楚，正是监察院的腰牌。

姚太监一挥手，虎卫们回刀，却依然显出身形，将灰衣人围在正中，十几柄长刀所向，气势逼人。

范闲朝着那个灰衣人走去，问道："如何？"

灰衣人正是他的绝对心腹、监察院双翼之一王启年，他在山下率领监察院众人布防，忽遇叛军偷袭，震惊万分，跪在了皇帝与范闲的面前，颤声说道："叛军五千，持弩，全员皆是箭手……"

山顶众人同时间因为这个消息而安静了下来。首先这条消息证明了皇帝的判断，叛军是燕小乙的亲兵大营。只有燕小乙这种箭神才能将自己的亲兵都训练成千里挑一的神箭手。箭程虽不比弩远，却比弩机的速度更快，五千名神箭手趁夜来袭，难怪山下的禁军与监察院抵抗得如此吃力。

皇帝看着跪在面前的王启年，沉声问道："战况如何？"

王启年语气一窒，应道："遇袭之时，臣便上山，未知眼下战况。"

皇帝冷哼一声，没有继续表现心中的不满。遇袭至今时间极短，山上山下距离极远，除了那几支令箭报警，王启年是第一个冲到山顶报信的官员，看他惨白的脸色，便知道这极短时间内的上山冲刺，已经消耗了他绝大部分的精神内力。

王启年忽然想到一件要紧事，赶紧说道："上山途中回看了一眼，对方……似乎退兵了。"

听得此言，众人震惊不解，官员们包括范闲在内都想不明白，为何叛军忽然在势盛之时忽而暂退，给禁军喘息之机，只有皇帝清楚地判断出了叛军的意图。

"五千长弓手便想全歼两千禁军，小乙可没有这样的野望和手段。真好奇此时在山脚下指挥的高人是谁，竟敢意图将整座山封住，一个人也不放出去？"

叛军主动后撤，给禁军重新收拢布阵的机会，怕的就是两边交战最后进入乱局，让一些活口跑出这张大网。叛军竟是准备不让任何一个人逃出大东山，去向四野的州郡报信！

范闲觉得不可能，按照监察院的流程，与禁军混编在一起的六处剑手应该在第一时间内觅机突出重围去通知东山路官府，急调州军及最近处的军队来援。以六处剑手在黑暗中行走的能力，纵使万骑齐至，在这样的夜里也能冲出去，至少可以冲出去一部分。

他望向王启年直接问道："出去了几个？"

王启年面色微变，禀道："六处十七员，全死。"

范闲面色不变，再问道："确认？"

"确认……西南方与西北方有遭遇战，对方有高手潜伏。"

范闲心头一痛。六处剑手是行走于黑暗中的杀神，燕小乙的亲兵大营哪里有这么多高手？对方能在夜色中将自己的属下全数杀死，证明本身品级要高上很多！他深深看了王启年一眼。

王启年没有点头或是摇头，只是撑在地上的右手微微挪动了一下。范闲知道王十三郎还算安分，稍微放下了些心，回身望着皇帝，没有斟酌，直接平静地说道："陛下，东夷城的人也来了。"

听到这句话，皇帝没有反应，似乎在等待着什么。片刻后，姚太监从石阶处走了回来，在皇帝耳边轻声说了几句什么，皇帝的脸色阴沉了下来。范闲才知道，第一支警箭升起时，姚太监便已经安排虎卫着手突围传讯，直到此时得到回报，确认此次突围已经失败。

监察院六处的剑手与强悍的虎卫，两次趁夜突围，均以失败告终。东夷城究竟借给长公主多少高手？难道剑庐里那些九品高手，今天全部都聚到了大东山的脚下？

四顾剑来了没？

山顶夜风又起，远处海上那只小舟依然若远若近，山脚下厮杀之声渐息。月光照耀着山林，却拂不去山林间的黑暗，不知道有多少隐藏着的杀意，正等待着山巅上的这些人。

皇帝忽然问道："你去年的旧疾可有复发？"

范闲不明白为什么在此时皇帝会问这个问题，赶紧应道："没有复发过。"

"很好。那这件事情朕就安心交给你去做了。"

皇帝看着眼前幽暗的江山，面无表情地喝道："都滚开！"

除了皇帝与范闲、洪老太监，还有隐在黑暗中的虎卫，其他人都遵旨滚回了庙宇与住所中，很快将山顶空了出来，留给陛下与提司大人这对可怜的父子。

第七章 投奔怒海

"朕此行祭天，本就是一场赌，祭的是天，赌的……也是天。"皇帝眉间带着一丝沉重，说道，"朕不想再等，所以朕要赌命，朕在赌天命所归……若成，我大庆朝从此再无内忧，三年之内，剑指天下，再也无人敢拖缓朕之脚步。"

然而他没有说若是败了又该如何，继而又说道："朕或许算错了一点。今夜诱流云世叔上山，本以为那两人不会插手……毕竟这是我大庆自折柱石的举动，若换作以往，他们应该袖手旁观才是。不过就算那白痴来了又如何？只是……朕必须考量后面的事情，所以，你下山吧。"

范闲不知如何应答，他想了许久如何说服皇帝让自己下山，却料不到是皇帝自己提了出来——可是此时山下的道路全部被封住，五千长弓加东夷城那些恐怖的九品剑客，自己怎么下山？

皇帝微带嘲笑地说道："是不是以为朕会把你拖在身边，逼老五出手？"

范闲苦笑无语。

"不论朕能否成功，但京都那边一定会说朕死了……所以朕要你下山，朕要你回去。"皇帝深吸了一口气，似是要将山顶上的月光尽数吸入胸中，然后静静地看着范闲的眼睛说道，"朕的几个儿子出了两个猪狗不如的东西，你代朕回京教训一下，不要让朕失望……如果事情的结局不是朕所想象的那样，随便你去做，谁要坐那把椅子，你自己拿主意。"

范闲震惊得无法言语。首先是皇帝让他下山里面隐藏的怜惜，其次是皇帝似乎已经没有了往常的那种自信，其三是皇帝最后的那句话——谁坐那把椅子让他拿主意？这是遗言还是什么？可就算自己命大，能够赶在长公主谋反之前赶回京都，可又有什么实力能将自己的主意变成现实？那不是江南明家，不是崔家，不是京都里的朝官，不是钦天监里的可怜人，而是皇宫，是天下！就算他是监察院权臣，手中一兵一卒都没有，拿什么替陛下稳住京都？又凭什么可以决定那张椅子的归属？

皇帝面无表情地说道："朕即便输，有叶流云与四顾剑给朕陪葬，又怕什么？你也莫要担心，陈院长与太后在，那些人兴不起多大的风浪。你拿着朕的旨意，若有人敢阻你，尽数杀了！"

范闲额上沁出冷汗，心想若叶、秦两家也反了，就算自己是大宗师，顶多也只能打打游击，又怎么能尽数杀了？他已经看出皇帝内心的不确定，心情不禁有些黯淡，皇帝如果真的死在大东山之上，这天下会变成什么模样？不论是太子还是老二继位，庆国只怕都再也没有自己的容身之地。难道真要抱着那个聚宝盆，走上第二条道路？

不过局面并没有到最危险的那一刻。山上有洪老太监和五竹叔，外加百余虎卫，不论碰上怎样的强敌都能支持许久。强登大东山只有一条路，山下五千长弓手的任务明显是断绝大东山与天下的联系，真正要弑君却起不了任何作用，因为皇帝不会傻乎乎地下山，然后叶流云会登山。

这确实是一场赌博，如果天下三国大势依然像以往那样——庆国的君主设局狙杀叶流云，一定是北齐、东夷都很愿意乐观其成的事情，苦荷和四顾剑都不会抛却身份前来插手。可是在梧州时，岳父林若甫便提醒过他，为了一个足够诱惑乃至有些绚丽的目标，大宗师们也许会很自然地走到一起。

如果事态真的这么发展下去，这大东山上哪里还能有活人？难道皇帝最开始的时候没有预计到这种局面？他小心翼翼瞥了一眼，发现皇帝的脸色有些阴沉,夜色中的眸子闪着火苗……

他不敢再继续思考这些问题,在脑中极快地分析了一下眼前的局势。大东山之局胜负未知,但自己必须将陛下还活着的消息带到京都,带到太后的身边。就算陛下死了,他也必须让太后相信陛下还活着。不然太后这种政治人物,一旦得知陛下死亡,她肯定会选择让秦家拱卫太子登基,从而稳定庆国朝政。皇帝是她的儿子,如果有人想要伤害皇帝,太后一定不会允许。但如果皇帝的死亡成为既定事实,太后便必须要考虑整个皇族的存续和天下的存亡。所以皇帝的安排很正确,他必须带着陛下的亲笔书信与行玺回到京都,稳定局势,以应对后宗师的时代。是的,后宗师的时代。大东山一役,不论谁胜谁负,肯定会有某位大宗师就此退出历史的舞台。

系好腰带,确认装备齐全,范闲收敛气息,宛若要与大东山山巅的景致融为一体,此时唯有那些令人恼怒的银色月光,不那么和谐地照耀着他的身体。

他怀中揣着皇帝的行玺和给太后的亲笔书信,觉得十分沉重。

他清楚,大东山被围的消息不久后就会传到京都,紧接着传到京都的消息便是陛下遇刺。长公主有一个完美的时间差,在京都甚至什么都不需要准备,只要确认皇帝死亡,太后就必须要从帝后悲痛地走出来,在四位皇子中选择一位继位。此时祭天未毕,圣旨未降,虽然天下皆知太子即将被废,可太子依旧还是太子,所以不论从朝政稳定还是什么角度上来看,太后都会选择太子继位。

这不是阴谋,只是借势,借水到渠成之势。就算皇帝在京都留有无数后手,陈萍萍与禁军忠诚无二,可当皇帝死亡的消息传遍天下后,谁又敢违抗太后的旨意,除非……他们想第二次造反。

如此说来,他等于是将庆国的龙椅背到了自己的身上。

"他们毕竟是你的亲兄弟,能不杀便不杀,尤其是承泽,若不得不杀,便统统杀了。"皇帝走到他身边,面无表情地望向遥远海面上那只小船,缓声说道，"白日朕和你说过为何会选择大东山祭天，首先当然是为了请老五出山。第二个原因是大东山乃海畔孤峰，是最佳的死地，云睿让燕小乙围山，再请流云世叔施施然上山刺朕，朕却根本无处可去。朕选择大东山这个死地，便是要给云睿一种错觉，以为可以封锁大东山所有消息，让她在京都搞三搞四，却不知道朕选择这个死地，自然是因为朕身边有能从死地之中飞出去的活人。"

大东山孤悬海边，往山下去只有一条绝路，背山临海一面更是如玉石一般绝对光滑的石壁，便是大宗师也无法在上面施展轻身功夫登临，皇帝若在此地遇刺，真正是插翅难飞。

范闲苦笑无语，心想自己的绝门本事果然没有逃脱陛下的眼睛——世间大概只有他能靠奇特的运功法门从光滑如镜的大东山上滑下去，皇帝将他带来大东山竟是备的这个用处——他再不复先前那般担心，陛下准备如此之多，又怎么会对眼下这种最危险的局面没做出应对的计划？

皇帝淡然道："朕曾经对宫典说过，你爬墙的本事，很有朕……比朕要强很多。"

范闲望着脚下深渊一般的悬崖："只可惜今晚月光太亮了些。"

"月有阴晴圆缺，这是你曾经说过的。"皇帝举头望天，"朕不能料定所有将要发生的事情，但朕知道，月亮不可能永远一直这么亮下去。"

话音落处，天上一层乌云飘来，将那轮圆月遮在了云后，银光忽敛，黑夜重临大地，大东山的山顶一片漆黑。皇帝的身边，已经没有了范闲的踪影。

山下的夜林里到处充溢着血水的味道，腥过海风，偶有月光透下，隐隐可见山林里到处是死尸，有的趴在地上，有的无力斜倚在树干上，大部分都穿着禁军的服饰，身上都穿透了数支羽箭，羽箭透过他们的身体，又狠狠地扎在树上，看着十分凄惨。

官道被夜色和林子同时遮掩着，已经看不出大致的模样。靠近山门的林子里还有一些树木在燃烧，照亮了黑夜一角，焦煳味将血腥味与海风的腥味都压了下去，让两边的军队紧张了起来。

"嗖！"一声尖锐的破空声响，一支长长的羽箭如闪电般射出，射中夜林最外围的一个禁军。那个禁军握着胸口的长箭想要拔出来，可是剧痛之下已然没了气力，无奈地缓缓坐了下去。又有三支羽箭破空而至，狠狠地扎在了他的身上！那个禁军脑袋一歪，唇中血水一喷，就此死去。

来袭叛军是燕小乙的亲兵大营，逾五千人的长弓兵神射手，在沧州与燕京境内佯攻而遁，在四顾剑的默许和刻意遮掩下，横贯东夷城十六诸侯国，从澹州北边一条密道里穿了出来，用了近二十天的时间，像五千只幽魂一般封住了大东山。

大东山沿线的斥候，被叛军中的高手们纷纷狙杀，没有来得及发出任何消息——两千没有穿重甲的禁军，被五千长弓手突袭，可想而知，会付出怎样惨重的代价。最令禁军愤怒和痛苦的是，叛军箭手的第一波攻势，竟然用的是火箭！

在那一瞬间，大东山下仿佛同时点亮了数千盏天灯，向禁军营地飞去，落地即燃，营地燃烧了起来，林子燃烧了起来，所有的东西都燃烧了起来——正是山顶庆国皇帝一行人所看到的点点火光。

燃烧的大火，忽然明亮的夜林，将禁军的身形都暴露在对方箭手的视野中。虽然禁军们训练有素，马上在第一时间寻找合适的地形掩护，可依然在紧跟其后的一轮箭雨中付出了两百多条生命！

其后便是血腥而乏味的反攻，突营，失败，围歼。

一地尸首，满山鲜血。没用几个回合，叛军就获得了初步的胜利，将禁军的队伍封锁在大东山山门左近半里方圆的地带。而就在此时，叛军的攻势忽然戛然而止，只是偶有冷箭射出，将那些意图突围报信的禁军冷酷杀死。

那些偶尔响起的箭声，让大东山下的夜林变得更加安静，死一般的安静。

忽然,一个浑身血淋淋的人从死尸堆里站了起来!十箭立即射了过去,将那个血人浑身上下全部笼罩住,让他根本无法避开。

叛军们心想你还不死?然而谁也想不到,那个血人顺手捞起身边两具尸体,当作盾牌一样地舞了起来。噗噗噗噗一连串闷声响起,十余支箭支射在了那两具尸体上,溅出更多血水,将那个人染得更红、更加恐怖。尸体比盾牌更重,这个血人却能舞动着尸体,挡住极快速的箭支,可见其人臂力十分惊人,眼光与境界更是令人瞠目结舌。

叛军营中似乎有人发令,所以接下来没有万箭齐发的情况发生。

那个血人缓缓放下手中的两具尸体,咧了咧嘴,似乎是在悲哀什么、同情什么、感慨什么,然后他转身慢慢地向着山门的方向走去——没有箭支的打扰,他走得很安静。

当那人走到山门下时,禁军中发出一阵雷霆般的欢呼。他们不知道这个血人是谁,只知道是位监察院的官员,是跟着范提司的亲信,而且是个绝对的高手……在叛军的第三波攻势中,这位监察院官员仅一人就杀了四十几个长弓手,直到最后被人浪扑倒,被埋没在尸体堆中。所有的人都以为他死了,却没想到他还活着。

在这个恐怖的夜晚,在随时可能全军覆灭的境况下,忽然发现己方有这样一位强者,禁军残存不多的士气终于再次提振了些,所以才有那一阵雷霆般的欢呼。

王十三郎走到被烧得焦黑的山门下,缓缓坐到石阶上,接过身旁启年小组一名成员递过来的毛巾,擦拭了一下脸上的血水,露出那张明朗、英俊的脸庞,只见他面无表情地望向叛军那边。

嘚嘚马蹄响起,叛军阵营一分,行出几匹马来。当先一匹马上坐着一个黑衣人,此人身材高大,坐在马上更显威武,只可惜面容被黑衣遮住,看不到真正的面容。

燕小乙的亲兵们不知这位黑衣人是谁,只知道燕大都督严令,此行战事皆由此人指挥。亲兵们虽严守军令,心中依然有些不服,直到穿山越水来到大东山山脚下,这位黑衣人军令数出,分割包围,将禁军打得落花流水……都是很简单的一些命令,都是很直接的一些布置,却极精妙地契合了大东山山脚的地势与黑夜的环境,这位黑衣人真真用兵如神。

事实证明一切,此时场间五千长弓兵望向那位黑衣人的眼神,除了敬佩还有畏服,就算先前那道让人不解的收兵军令,也没有人敢质疑。

黑衣人远远地看着山门下那个浑身是血的年轻人,感慨道:"壮哉……杀了三次都没有杀死他,真乃猛士。若此人投军,不出一年,天下便又多一员猛将。不过大势已成,匹夫之力,何以逆天?只是有些可惜,再过些时,这位壮士便要死了。"

忽然有人叹息了一声,黑衣人转头望去,温和地询问道:"云大家可是惜才?"

叹息的那人正是东夷城四顾剑首徒、一代剑法大家云之澜。范闲没有料错,东夷城果然派出了他们最精锐的高手来帮助长公主的叛军,而且竟是云之澜亲自领队!

云之澜看了身边的黑衣人一眼,有些勉强地笑了笑,却没有回答他的话。场间所有人,只有他知道那个浑身血水,却依然坚强地保持着笑容的年轻人是谁。那个人不是监察院的官员,甚至不是庆国的子民!他是王十三郎,是师尊最疼爱的幼徒,是自己最成材的小师弟。他万分不解,既然师弟知道师门派了人来,为什么还拼死守着大东山?师尊派你去跟随范闲,却不是让你成为范闲的助力。行一事便忠一事,甚至连师门的利益也不顾?这究竟是疯狂,还是师尊最欣赏的明杀心性?

"不疯魔,何以成活?"黑衣人不知道云之澜在想什么,却回得恰到好处。

云之澜摇了摇头,没有说什么。他不清楚小师弟为什么会如此做,但身为剑庐传人,他尊重小师弟,自不会在这位黑衣人的面前泄露小师弟的底细。

他也不知道这位黑衣人究竟是谁,只知道对方用兵确实了得,绝无行险妙手，全是一步步稳扎稳打，却是将叛军调配到了一种接近完美的境界，没有给庆国禁军丝毫反击突围的机会。

云之澜带着剑庐高手倾巢而出，配合燕小乙亲兵大营行事，本就不是容易的事，如果监察院六处剑手或是虎卫突围，很难完全封住。可这位黑衣人却似乎拥有一双可以看清战场上一切细节的神眼，在突袭之初，便强行命令东夷城的高手去往一个个看似不起眼的地方设伏。当一次次狙击在黑暗中发生，当一次次突围被这位黑衣人的手腕狠狠地压了下去，云之澜终于明白了，这位黑衣人绝对不是普通人，绝对是当世名将，难怪燕小乙居然愿意把指挥权拱手相让，那他到底是谁？

黑衣人没有解释此时停攻的意图，只是冷漠地看着面前突兀而起的这座大山。此行率领叛军来袭，只是协议中的一部分，不将叛军暂时拿在己方的手中，陛下很难下那个决定。

天上忽有一朵乌云飘过，将那轮明亮的月亮尽数遮掩。山门附近一片黑暗，黑衣人骑在马上纹丝不动，只有他身边两个亲随手中捧着的布囊里的短兵器在闪耀着幽幽的光芒。

范闲不知道这片云会将月亮遮住多久，他沉默地向着山下滑动，白天如玉石一般的大东山临海一壁，在深夜里散发着幽幽的深光，与穿着夜行衣的他完美地融合在了一起。

大东山两侧如刀一般的分界线，直直地插入海边的地面，那处有东夷城高手埋伏，所以他不可能选择那条路线，只能从临海的那面下行。世上没人能从这样的绝境中滑下，除了范闲——所以他并不担心海上的人、陆上的叛兵会发现自己的痕迹，但他依然无比紧张，因为他总觉得身后有一双眼睛正穿透黑夜与呼啸的海风，平静地注视着自己。

其实没有人看着他。范闲知道这是自己的错觉，就如上一次在北齐上京城外、西山绝壁时，他总觉得身后的山林里有一双眼睛在看着自己——这大概是一个人在面临艰难绝境、经历情感震荡后的应激反应。尤其是他这种唯心主义者，更容易产生这种错觉。

一年前，当他坐着白帆船回澹州探亲时，经过这座宛如被天神一剑劈开的大东山，当时他看着大东山上光滑的石壁，便曾经自嘲地想过，不会有朝一日自己要爬这座山吧。

没想到这一切居然成了事实。加减乘除，上有苍穹，难道老天爷真的一直在看着自己？

大东山比西山绝壁更险更滑更高，范闲战抖起来，内力消耗已经开始影响到了身体。他像只蝙蝠一样柔顺地贴在石壁上，手指抠进难得遇到的一条裂缝略做休息。抬头望去，早已看不见山顶的灯火，回首一望，已能看到越来越近的墨一般的海水，还有海水中荡着的几只兵船。

是胶州水师的船。他们对山那边叛军的突袭没办法，不过可以驶离此地，通知地方官府。但这些船只一直没有移动地方，就此事范闲未曾与皇帝议论过，但二人清楚秦家自然也出了问题。

月亮出来了一角，范闲没有移动，将脸贴在冰冷的石壁上，感受着丝丝凉气，心想如果将秦家也算上……真真是天下所有力量都集中起来，参与到大东山这件事。一个人可以让天下所有的势力抛开分歧，紧密地团结起来，这是什么样的境界？这就是庆国皇帝的境界。

北齐没有出手的迹象，但燕小乙的五千亲兵能来到大东山下，明显是长公主与上杉虎那边的安排。范闲将脸蹭了蹭冰冷的石头，心想这件事海棠知道吗？

不论是长公主还是秦家和叶家，都是陈萍萍这个老跛子和他用了好几年的时间才推到与皇帝不可两立的对立面上。换句话说，他们现在面临的危险局面，很大程度上是自己的原因，陈萍萍如果知道事情是这样发展的，会不会和此时在悬崖上的自己一样，觉得人世间的事情真的很奇妙？

悬崖上的风很大，他的手与光滑石面间的吸附力很强，霸道真气沿循着粗大的经脉温柔地张合，以防内力不继，天一道那些温柔的自然气息缓缓地滋润着脉壁。

临海的风极大，吹得他有些冷，他借着淡淡的月光看着头顶笔直的石岩线条，身体更冷了，如果自己粘不住石壁就这么摔下去，落到满是礁石险浪的海中，只怕会粉身碎骨。

　　"为什么皇帝知道五竹叔在大东山？"那个没有机会问出口的疑问涌上了他的心头，看来皇帝暗中和神庙有联系，可是去年大祭祀的非正常死亡……这些事情有些说不明白了。

　　云层再一次掩住了月亮，他开始向悬崖下移动，不知道滑了多久，离那墨水般的海水越来越近，他也越来越警惕，将功力提到了最巅峰的状态，时刻准备迎接未知的危险。

　　离海越近，越容易被水师船上的叛军们发现；离海越近，也就离海上那艘小船越近。水师船上的叛军或许无法在这漆黑夜里看清悬崖上缓缓爬动的小点，可是叶流云或许会发现自己。

　　忽然，他瞳孔微缩，感觉到了身后一道凄厉的杀气！

　　是谁发现了自己？应该不是还在远处的叶流云，那人在海上！他根本来不及思考，下意识里将沿大周天的真气强横断绝，双掌与石壁间的真气粘结忽而失效，整个人直直地向下滑了下去。

　　噗！一支黑幽幽的箭羽，射中他原本伏着的地方，金属簇头深深扎进大东山的石壁中，激出数十块碎石。如果范闲反应稍慢一些，绝对会被这天外一箭钉在石壁上。

　　此时他依然处于危险之中，沿着石壁快速落下，越来越快。他闷哼一声，刚刚断绝的真气流动复又强行催动到极致，双掌轻柔地拍在石壁上，勉强稳住了自己的身形。

　　嗖！第二支黑箭射中他脚下的石壁，距离他的脚跟只有半寸。情况实在是险之又险，发箭之人算准了范闲跌落的速度，如果范闲先前意图自然坠落避过箭羽，一定难逃此厄。

　　范闲右掌一震，将半边身体震得离壁而起，在空中画了一个半圆，重新又贴回到石壁上，换成了正面对着大海。接着来不及思考，纯粹是下意识里沿着石壁向下滑动了三尺，紧接着右掌再拍，身体很古怪地折弯，向下一扭……海面上一艘兵船内，十几支黑色的箭羽冷酷无情地向他射来，擦过他的身体，刺穿他的衣裳，狠狠地扎进石壁中，咄！咄！咄！咄！

他体内的真气沿着两个周天强烈地运行着，勉强保证两只手掌总有一个会停留在石壁上。每每看着要跌落时，贴在石壁上的一只手掌却带动着他，扭曲着身体弹起落下，似乎永远不可能离开石壁的引力。他就像是一个黑色材质做成的木偶，四肢被大东山石壁里的神秘力量牵引着，在悬崖上做着僵硬而滑稽的舞蹈。而那些紧随而至的黑箭，擦着他的身体射进石岩，在石壁上构成了几道潦草的线条，线条的前端追着他，杀气凌厉，随时可能会将这木偶钉死，乱箭穿心而死。

水师兵船因为担心大东山山脚下的暗礁，不敢靠得太近。能够隔着这么远还能将箭射入石壁的强者，天下只有一人，也只有那人才能在如此漆黑的夜晚，还能发现潜伏在石壁上的范闲。

庆军征北大都督燕小乙。

不知道过了多久，海面上的黑箭停了，悬崖上没有了范闲的踪影，海上崖下恢复平静，只听得到一阵阵的海浪拍岸之声——范闲终于成功地避过了连环神箭，落到了礁石上。

刺！最后那支黑箭似乎也射空了，狠狠射进石壁之中，入石三寸有余，箭尾不停战抖，发着嗡嗡的声音。杆上带着几丝黑布碎片。

涛声震天，脸色苍白的范闲半跪在湿滑的礁石上，咳了起来。好在水师船只隔得太远，海浪拍石的响声太大，将他一连串咳声掩了下去，没有暴露出行踪。

爬下这样一座人类止步的绝壁，又在绝壁上避开燕小乙恐怖的连环夺命箭，耗损了他太多的真气与精神。最后那段在悬崖上的木偶舞，看似轻松，但已经是他最高境界的展现，每一秒、每一刻的神经都是紧绷的，真气舒放的转换速度实在太快，即使以他如此强悍的经脉宽度，也有些禁受不住……

真气逆回时，伤了他膈下的一道经脉，让他咳起来胸前撕裂般的疼痛。与此相较，右肩上那道凄惨的伤口，没有让他太在意，虽然这道伤口被锋利的箭镞划得筋肉绽裂，鲜血横流，甚至连黑色的监察院秘制官衣都被绞碎，混在了伤口里，十分疼痛，但毕竟没有伤到要害。

黑夜对燕小乙不利，范闲身在悬崖，更处劣势，他再如何强，终究还是没有躲过最后那一箭。不过能够在如此险恶的条件下，从燕小乙的连环箭下保住自己性命的人，又能有几个呢？

他不担心燕小乙的箭上会不会淬毒，一方面是他知道燕小乙此人心高气傲，一向不屑用毒，二来——他从怀中摸索出一粒药丸干嚼两下，混着口水吞了下去——用毒这种事情，没几个人比他强。

忽然间，他心头警讯一闪，右掌在礁石上一拍，霸道的真气汹涌喷出，极为狂暴的力量将礁石拍碎了一角。他的身体也随着强大的反作用力，画出一道斜弧线，用最快的速度堕进了海里！

他被迫露出了踪迹。可是他必须跳海，必须以最快的速度、最决绝的姿态，离开那个暂时保护自己安全的礁石，哪怕海洋此时如此愤怒，可他依然要忘情地投奔。因为他宁肯面对怒海，宁肯在海中被燕小乙的箭射死，也不愿意站在礁石上面对心头的那种战栗。

一道线自海上掠来，是一道白线。

海浪如此之大，那道白线却像有一种超乎天地的力量，不为浪花所扰，静静默默地、清清楚楚地向着大东山绝壁下画了过来，就像是一只天神的手拿着一只神奇的笔，在海上画了道线。

那道白线是一道破开的浪花，一柄古剑正在线头上方两尺处疾掠。

当范闲翻身离开礁石的那一刹，白线也将将触到了礁石，那柄古剑与他的身体在电光火石间相遇，然后分离——谁也不知道碰触到了没有。礁石大乱，剑势未至，剑意透体而出，将先前范闲落脚的那方湿黑礁石轻松劈开。在这柄剑的面前，礁石就像是黑色的豆腐一样。

然后这柄剑掠过海浪与空气，刺入了大东山的光滑石壁之中，石壁如此之硬，这把剑的剑身却完全刺没了进去，只剩了最后那个剑柄，就像是一个小圆点。

片刻后，剑柄尽碎，圆点消失，这把剑从此与大东山的石壁融为一体，再也无法分开。

四面八方都是海水，向口鼻耳里灌注，令他无法呼吸，身体随着暗流的冲击而不停地摆动，就像一个被摔晕了的鱼儿，随时有可能被暗流裹挟着击打到暗礁上。

猛然间，他睁开双眼，右手一探，在海水中激起一道线条，倏地抓住了海底一块礁石的角，将自己的身体稳定在了海底，才发现自己距离水面足有四五丈的距离。

那一剑没有刺中他的身体，但剑意已经侵袭了他的心脉，受伤更重。他体内的霸道真气极速运行着，抵抗着大自然的威力，天一道真气则沿着体内周天温柔地行走，开始治伤。

两股性质截然不同的真气快速运行，给他的身体带来了极大的负担。两道血水从他的鼻孔流了出来，被海水暗流一扰，迅即散成一片血雾，包裹住了他的脸庞。肩上的那记箭伤也开始快速地流血，此时整个人就像一个装着红油漆的皮袋，被人扎了两个小口子，看上去十分恐怖。

范闲的双颊鼓着，双眼瞪得浑圆，脸已经变了形，抠着暗礁向海面上看着，就像只井底望天的蛤蟆……这画面很好笑，但他笑不出来，因为他看不到，而且也没有笑的心情。海水将他的头发弄散，像海草一样乱飘，海草之中，他惨白的脸上那双瞳子里闪过一丝很复杂的情绪。

想到先前惊险的那一幕，他心里不禁一阵寒冷。那位乘舟破浪而来的大宗师，一剑无功后，想必应该没有兴趣再对自己出手，但燕小乙还在海面，肯定不会让他活下去。

不知道在海水里泡了多久，他却没有什么脱离险境的办法，终于有了一丝悔意，昨天……应该把那箱子带上的，如果有那箱子在身边，又何至于被燕小乙的箭压制得难以脱身。

这只能证明范闲在重生之后最警惕的对象，依然还是庆国的皇帝陛下，这或许是历史的一些残留阴影，或许只是他直觉中的一些潜意识，让他不愿意在皇帝面前现出自己的底牌。

哪怕在当前的情况下，他与皇帝紧密地绑在了一起，要迎接来自全天下最强大的那些敌人，可他依然不愿意让皇帝知晓箱子就在自己的身边。因为他和陈萍萍一样，不知道皇帝的底牌，也不知道皇帝一旦知晓自己拥有一个在这个世界上可以弑神杀君的大杀器后，会做出什么样的反应。

体内的霸道真气十分强悍地提供着他身体所需要的养分，然而呼吸不到空气终究支撑不了太久，口鼻处已经没有溢血，肩上的伤口被海水泡得泛白，像死鱼的肚子一样。他苍白的脸上闪过一丝坚毅之色，右手再下，从海底的泥沙中抱起一块大石头。暂时不敢浮上去，所以他选择了一个前世看《霍元甲》学来的笨法子。

只不过当年霍元甲是在河底行走，此时他是在海底行走。凭石头的重量稳定住身形，在海底暗流的冲击下没有东倒西歪。范闲踩着海沙前行——大东山两侧有高手阻截，他不能保证残存的真气能支撑自己在海底走多久，所以选择了能浮出海面最近的一条道路。

他走到了海面上胶州水师兵船的下方，抬头看了一眼比海水的颜色更深一些的船底，强烈的脱险欲望让他的六识无比敏锐，甚至能看清楚木船底部的那些青苔与贝壳。

石头落在海底没有激起大的动静，只是震起一些泥沙，他双手缓缓画了两个半圆，进行了最后一次调息，放松身躯，随着海水的浮力，尽量自然地向上浮去，生怕惊动那位燕大都督。

保持着一条浮木的僵死感，他缓缓漂浮到船的下方，小心翼翼地向外移动了一些距离，依然不敢探出水面，隔着大约半尺的海水注视着这一方船舷的动静。

选择这艘船，当然是因为先前燕小乙不是在这艘船上发箭，可如果他想寻找的那个帮手不在这艘船上，也只有再次下潜去另外的船上觅机，不知道他还能不能坚持到另一艘船上。

　　然后，他看见了船舷上的一只手。

　　那只手很自然地搭在舷外，轻轻地做着无声的敲打，保持着一种稳定而奇特的频率。

　　范闲心想自己这辈子的运气，果然是无人可以相提并论。

第八章 追捕

海面上有五艘水师兵船缓缓游弋，在月光的照拂下，就像是寻找猎物的恶魔，划破着水面，时刻准备找到潜在海底的猎物，然后咬死。

又有三艘船在更远处，负责接应以及进行更大范围的监视。其中一艘船上，中厅灯光一片昏暗，胶州水师将领许茂才面无表情坐在太师椅上，身边只留下了一名亲兵。这名亲兵的脸隐在灯光后的黑暗之中，看不清楚五官，但隐约能看到脸色有些苍白，不知道是不是被谋反这种大事吓着了。

忽然，那名亲兵开口问道："为什么胶州水师也叛了？"

许茂才如今是胶州水师的三号人物，手下有足够强大的力量，今夜这种大事他既然参与其中，自然完全知晓内情，低头道："少爷，现在的情况不是胶州水师叛，而是……您叛了？"

那名亲兵自然便是运气好到逆天、悄悄摸上兵船的范闲。许茂才是当年泉州水师的老人，而且那只一直垂在舷外的手证明他值得信任，可是听着这句话后，范闲依然皱了皱眉头。

大东山围杀如此重大的情况，顶多只能控制数日消息，皇帝遇刺身亡……总需要一个人来背黑锅。那个人必须拥有强大到杀死皇帝的力量，并且有这种行为动机，才能够说服宫里的太后、朝中的百官，或者说给他们一个心理上的交代。很明显，往大东山祭天一行人当中，唯一有力量杀死皇帝的人,当然就是手握五百黑骑,暗下又拥有一些不知名高手的监察院提司范闲。至于刺驾的动机……以长公主的智慧,自然会往太后最警惕的老叶家一事上绕。

"你没有做出应对,相信你也没有往吴格非那里报信,侯季常那里你也没有通知。"

范闲上船后只是略微包扎了一下伤口,便伪装成许茂才的亲兵,一直站在他身后,这时候盯着对方的后颈,眼神有些冷。"我让你在胶州水师待着,为的便是今天这一天,结果你什么都没有做……监察院刺杀陛下,或许能说服水师中的某些将领,可你怎么会信?"

许茂才低着头想了一会儿后说道:"昨天收到消息,五百黑骑连夜从江北大营赶赴崝山冲,在东山路一带忽然没了消息,所以如果说这五百黑骑是赶来刺驾,也说得过去。"

范闲心头一凛,五百黑骑是自己调过来的,只是没有靠近大东山的范围,如果皇帝这一次真的难逃大劫,自己还真有些说不清楚……许茂才将眼下的状况又详细地叙述了一遍。范闲越听越是无奈,自己在山顶一日半夜,原来山下已经传成了另一番模样——自己勾结东夷城四顾剑刺驾……这种栽赃的手段,未免也太幼稚了。不过他清楚,手段从来都是次要的,只要最后长公主那边赢了,那么再如何幼稚的栽赃,都会成为史书上铁板钉钉的史实。

"水师里我相信有些人已经猜到真相。"许茂才微微嘲讽道,"只是即便知道真相又如何?少爷您去年在胶州大杀一阵,好多老将都被杀死,不知有多少将领开始对朝廷感到心寒。如今的胶州水师已经是秦家人的天下,即便是真的谋逆,我相信这些将领也会很乐意。"

"陛下清楚秦家,他一定有后续手段,我只是奇怪,你是怎么获得长公主一方的信任……"范闲挑眉说道,"水师将领对朝廷心寒,想必这件事情有你的功劳……茂才,我让你留在胶州水师,不是让你折腾出一支叛军出来。"

许茂才沉默半晌后忽然起身，说道："少爷，茂才不才，一直没能将胶州水师完全控制在手中。但眼下长公主既然谋反，秦家也加入了进来，就连叶大宗师都来了，机会难得啊……"他盯着范闲苍白的面容，眼神满是炽热，咬牙道，"少爷，咱们借机反了！"

范闲看着许茂才，许久没有说话，他知道这位将领对于自己，不，应该是对于母亲的忠诚。但对于他此时提出如此大逆不道的建议，也不是没有猜想过，然而他只是轻轻摇了摇头。

"为什么？"许茂才压低声音焦急地说道，"全天下真正的强者都到了大东山，京都只是一块空着的腹地，少爷你觑机登岸，联络上崤山冲一带的五百黑骑，千里奔袭京都，与陈院长里应外合，一举控制皇宫……待大东山这边杀得两败俱伤，您以皇子的身份，在京都登高振臂一呼，大事……可成！"

"不可行。"范闲尽量平缓语气，免得伤了眼前人的心，"皇帝防我防得甚严，一直没有让我掌军，区区五百黑骑，怎么进得了京都？京都外一万京都守备师，京都中十三城门司，禁军三千……"

"京都守备师统领是大皇子的亲信，禁军更全在大皇子控制之下，十三城门司直属陛下统驭，而陛下一旦不在，则属于无头之人。"许茂才明显极有准备，有条不紊地一条一条说道，"少爷您既然冒险突围，身上必定带有陛下的信物，应该是亲笔书信或是玉玺之类，您单身入宫，说服太后，再获宜贵嫔支持，宫外请陈院长出手，一举扫荡太子与二皇子的势力……"

范闲挥手截住他的话，说道："这一切都建立在大皇子支持我的前提之下。"

许茂才不待他说完，抢道："皇帝死了，您有玉玺御书，又和大皇子相交莫逆，大皇子不支持您，能支持谁？"

"那秦家呢？"范闲盯着他的双眼，回道，"还有定州叶家呢？双方合起来多少兵力？叶家经营京都守备师二十年，大皇子根本无法完全控制住。"

"那又如何？我大庆朝七路精兵，燕小乙身在大东山，征北营无法调动，叶、秦两家只有两属，还有四路精兵……只要少爷能够控制宫中，这四路精兵尽属您手，即便最初时京都势危，可不出半月，大势可逆！您犹豫，是因为您一直没有仔细分析过自己手上到底能够调动多大的力量。"许茂才接着急声说道，"陛下在大东山遇刺，您有玉玺和陛下亲笔书信做证，刺驾的罪名可以轻松安在长公主和太子、二皇子的头上，这便是有了大义的名分，便能得到那四路精兵的认可。您在朝中虽然无人，可是林相爷……只怕留了不少人给您。至于雷霆之初，京都局势动荡，可是……陈院长是最擅长这种事情的高手。还有，不要忘了范尚书，他一定会支持您的。"

范闲承认许茂才为了谋反一事，暗底下不知下了多少功夫，为自己谋算了多久，如果事态就这样发展下去，自己能够远离海上，脱离掉燕小乙的追杀，回到京都……或许，这庆国的权柄，真的会离自己的手无比接近。这种诱惑大吗？范闲不知道，因为他根本没有往那个方向去想。

"首先，我要能够活着回到京都。"范闲看着许茂才平静地说道，"还有最重要的一个问题，你这一切的推论都是建立在大东山圣驾遇刺的基础上……可是，谁告诉你，陛下这一次一定会死？"

海风呼啸掠过，海浪带动着船只一上一下，被连在船壁上的灯台虽然不会摔落在地，灯中的火苗却是时大时小，照得舱中二人面色阴晴不定。外面隐有传讯声，一名亲兵叩门而入，向许茂才禀报了几句，又急匆匆出舱而去。今夜大东山方圆二十里地内的人们都陷入在紧张恐惧的气氛之中，不论是知道事实真相，还是不知道事实真相的人们，都十分惶恐不安。

"要扩大搜索范围了。"许茂才的表情有些复杂。先前范闲那句话推翻了他所有想法，如果皇帝没有死……他虽然不知晓长公主的全盘计划，可是看眼下这种势头，皇帝如何能活下来？

胶州水师反叛，他起了相当重要的作用，不然长公主也不会放心让他前来，他对庆国朝廷本没有什么忠心，有的只是仇恨与报复的欲望，所谓谋反本就是水到渠成之事。所以他没有按照范闲当年的安排，在第一时间内与胶州知州吴格非或者是侯季常取得联系，没有将胶州水师异动的讯息传递给监察院，从而造就了大东山被围的困境。

这是范闲在胶州水师里埋得极深的一颗棋子，却因为棋子有自己的想法，失去了原本的作用。可是范闲也不能发怒，连生气也是淡淡的，因为他清楚此人的心。

许茂才见无法说服范闲，神情有些黯然说道："我原本打算在最后时刻，调动手下部属在海上反戈一击，打乱水师的包围圈，强行登岸，然后接应您下山，再赴京都。可没有想到，您居然能……"

以他手中这几只船，统共千余的兵员力量，便想登陆接应范闲下山，自是抱着必死的决心和勇气。

许茂才只是没想到有人能从光滑如玉的大东山绝壁上遁下，这似乎已经脱离了凡人的范畴，他带着些敬畏说道："您算得不错，此次胶州水师叛变，除了秦家便要数我出力最多……如果让少爷您在山上遇险，那我真是万死难掩其过了。不过正因如此，燕大都督不会查到这艘船，您放心待着吧。"

范闲摇头道："我必须赶回京都。"

"太多眼睛盯着，要等。"在许茂才看来，此时回京反而不是最紧要之事，想办法联络上黑骑，然后和京都里的人们取得联系，坐山观虎斗才是最明智的选择。

范闲何尝不清楚，如果要谋取最大的利益，遁回江南通知薛清，再由梧州归京，后手以待，才是最妙的一招。可是京都里有他关心的人，大东山这边他可以抛下，因为谁也不可能在大东山留下五竹叔，而京都方面却需要他怀中的玉玺，还有皇帝给太后的亲笔书信。

"澹州港外，你在船上？"范闲问道。

"是。"

"燕小乙是什么时候上的船？"

"不清楚。应该是从澹州到大东山的路上。"

"在澹州时，你应该看到一艘白帆船。"

"那是您的座船。"

"我要上那艘船。"范闲眼睛微微眯了起来，语气里夹着不容置疑的坚定，"这时候燕小乙的视线只怕已经从海底浮了起来，我要上岸，难度太大，有没有办法从海上往北走一截？"

许茂才皱眉回道："那还不如直接坐船到澹州，只是……这要看运气。"

范闲笑道："我的运气向来绝好。"

黑暗的海面上，离大东山最近的那艘水师船只亮着明灯，努力地与四周的船只保持着联系，海船极大，然而和横亘天地间的大东山比较起来，却是渺小得可怜。

船上的军士们紧张地注视着海面，似乎是想从海水中找到蛛丝马迹，时不时有人吆喝着什么，还有许多军士手中拿着弓箭，随时准备射向海中。

距离石壁上那个人影消失在海浪中已经过去了许久，从海上到大东山两侧的陆地上，不知道有多少人在寻找着范闲的踪迹，却根本没有人想到，他居然会躲在叛军自己的船上。

一身轻便箭装的燕小乙沉默地站在船首，身旁的亲兵帮他背着那柄厚重的捆金弓。他自身旁的木案上取下一杯烈酒一饮而尽，继续冷漠地盯着悬崖下的那些浪花。

时间已经过去了很久，可他依然认为范闲没有死，而且下意识希望范闲还活着，最好能够活着站到自己面前，然后让自己的那支箭狠狠地扎进他的喉咙。无论是独子的死亡还是那次雾中对峙的屈辱，他都需要用自己的手指亲自感受一下范闲血的温度，如此才能够释怀。

但他真的没有想到，范闲居然能从大东山绝壁上滑下来。如果不是他眼力惊人，水师官兵绝对不会发现范闲的踪迹，只怕范闲借水遁出千里之外，所有人都还以为他还在山顶。

因为船只与绝壁相隔太远，他的连环十三箭没有将范闲钉在悬崖上，只是让他受了伤。这种现状更是让他动容，如此强大的敌人，怎能允许他逃出今夜的必杀之局？

"各船上的搜查如何？"他沉声问道。

胶州水师提督秦易沉声回道："不在船上。"

此人是秦家的第二代人物，枢密副使秦恒的堂兄弟。去年范闲清查胶州一案，让此人得了机会接任胶州水师提督一职，此时他既然和燕小乙并排站在船首，秦家的态度自然清楚了。

"小心一些，此子十分奸猾，他从山上下来，一定带着极重要的东西，如果让他赶回了京都，只怕对长公主殿下和秦老爷子的计划有极大影响。"燕小乙叮嘱道。

秦易应了声"是"。他虽是从一品的水师提督，但在燕小乙这位超品大都督面前却没有一丝硬气的资格，尤其是此次围杀大东山，各方相互照应，但真正的指挥者还是长公主指定的燕小乙。

秦易道："明日，最迟后日，沿路各州的计划便要开始发动，虽然无法用监察院的名义，但是我们这边的消息还是可以传出去。范闲刺驾，乃是天字第一号重犯，他怎么跑？"

燕小乙嘲弄地看了他一眼，心想一般的武将怎么知道一位九品强者的实力，如果让对方上了岸，投入茫茫人海，就算朝廷被长公主糊弄住了，谁又能保证范闲无法入京。

"范闲如果脱身上岸，肯定会寻找最近的监察院部属向京都传递消息。虽说州郡各地都有监察院的密探，但他最放心、离他最近的毫无疑问是他留在澹州的那些人。"

秦易会意，说道："我马上安排人去澹州。"

如果此时范闲在这艘船上听到这番对话，一定恨不得抱着燕小乙亲

155

两口，他在许茂才的船上苦思冥想如何才能回到澹州自己的船上，料不到燕大都督便给了这么一个美妙的机会。

燕小乙布置好所有的事情，缓缓抬头，右手食指与中指下意识地屈起，这是常年的弓箭生涯所带来的习惯性动作。随着手指的屈动，他的目光再次落在了遥远的、黑暗的大东山山顶。

他知道皇帝陛下在那里，也知道迎接皇帝陛下的是什么，纵使是谋反已经进行到了这一步，但身为军人的他，依然对那位皇帝存着两分欣赏，三分敬畏，五分不自在。如果不是独子的死亡，让他明确了自己的儿子总是不如皇帝的儿子金贵，或许燕小乙会选择别的法子，而不会像今夜这样。好在山顶上的事情不需要自己插手，燕小乙这般想着，山门前的亲兵大营交给那个人，这是协议的一部分，自己的心情也会顺畅一些。然后他向着海面上极为恭谨地行了一礼，愿那位马上将要登临东山的舟中老者，代自己将陛下送好。

如牛乳般的白雾平缓地铺在海面上，四周一片宁静，只有不远处隐隐传来的水波轻动之声，三艘战船像幽灵一样破雾而出，渐渐露出黑色船身的整个躯体。

这三艘船领命沿海岸线往北追缉范闲，没用多长时间便到达了指定的位置，离澹州约莫还有十二里的距离——监察院那艘白帆的船只止停在澹州南的码头上。

范闲穿着一件宽大的亲兵服饰，将夜行衣和装备都包裹住。他藏在战船的前舱房中，并不担心被船上的人发现，双眼透过窗棂的缝隙往外望去。

三艘船在海上往北行驶，一直与海岸线保持着绝佳的距离，许茂才几次试图让船只离海岸近些，又担心动作太大，引起追捕者们的疑心。在这一个时辰里，范闲竟是没有办法上岸。他也想过单身逃脱，但他不放心留在澹州的部属，启年小组还有一支小队留在船上，他很喜欢的洪常青还在负责那艘船上的事务，如果自己跑了，那些下属的生死怎么办？

如果自己不现身，监察院那艘船一定会成为水师的首要攻击目标，船上的人没有谁能活下来。更关键的是，如果燕小乙认为自己在逃脱后去寻找澹州南的监察院部属，又怎么会不跟着自己？

白雾愈浓，海风却愈劲，渐渐将浓如山云般的雾气拂得向两边散去。透过窗子，隐隐可以看见岸边的山崖和那些青树，安静地停泊在海边，那艘陪伴范闲许久的白色帆船也渐渐映入了众人的眼帘。

范闲的心紧了紧，岸上的山崖青树对他的诱惑太大，如果舍了那艘船，直接登岸，就算燕小乙此时在船上，上岸追缉，他自信也有六成的机会逃出去，混入人海，直抵京都。可是那艘船对范闲的诱惑更大，下属们的生死对范闲也很重要，归根结底，他两世为人，依然没有修炼到陈萍萍那种境界——他必须登上那艘船，必须在水师叛军发起攻势前，提醒那些依然沉浸在睡梦中的下属们。

三艘水师战船上渐渐响起绞索紧绷的声音，范闲的心头再一紧，知道船上配的投石器在做准备了。而远方那艘白色帆船上的人们，明显因为深在庆国内腹，又没有大人物需要保护，有些放松警惕，没有察觉到海上的异动。范闲深吸一口气，将许茂才召回舱中，低语数声，他准备赌了。

三艘战船呈"品"字形缓缓向监察院所在船只包围，还有一段距离时，许茂才的战船忽然间被海浪一激，舵手的操工出现了些许问题，船首的角度出现了一些偏差。另两艘船上的叛军将领微微皱眉，心想许将军久疏战阵，竟然犯了这种错误，但看着没有惊动岸边的目标，便没有放在心上。

便是这一瞬间的疏忽。啪的一声闷响，似乎是某种重型器械扳动的声音，紧接着一片白雾的海边响起一阵凄厉的呼啸破空之声！

数块棱角尖锐的棱石，从许茂才所在战船的投石机上激飞而出，巨大的重量挟着恐怖的速度，飞越水面上的天空，无视温柔的雾丝包裹，毫无预兆地向着一艘水师战船上砸了下去！

轰轰几声巨响！

一块棱石砸中那艘战船的侧沿船壁，不偏不倚恰好砸在吃水线上，砸出了一个黑乎乎的大洞。一块棱石却是砸中了那艘战船的主桅杆，只听得咔喇一声，粗大的主桅杆从中生生断开，露出尖锐高耸的木茬儿，大帆哗的一声倒了下来，不知道砸倒了多少水师官兵。而那些连着帆布的绞索在这一瞬间也变成了索魂的绳索，被桅杆带动着在船上横扫而过，嘶啦破空，掠过那些痴呆地站立着的水师官兵，将他们从腰腹勒断，无数血肉红水就那样喷溅了出来。

这是三艘准备偷袭的战船，所以当他们被自己人从内部偷袭的时候，一切显得是那样突然，似乎在这一刻，时间停顿了，只听得到巨石破空的恐怖响动。

"放箭！"许茂才铁青着脸喝道。无数火箭同时腾空，向着那艘已经受了重创的战船射去。火箭像雨点一样落在那艘已遭重创的战船上，船上的将官此时不知死活，根本没有人组织反击，更遑论救援。瞬间整艘船都燃了起来，尤其是那几面罩在船上的帆布，更成了助燃的最大动力。

许茂才的面色极为复杂，战船上都是他的同僚，如果不是到了最危险的时刻，他不会选择用这种方式偷袭。而在极短的时间内，能组织起全船的攻势，若不是在胶州水师经营二十年，不是这艘船上的官兵全数是他的亲信，他根本不敢想象会有这样好的成果。

他皱眉望向岸边那艘白色帆船，从船上的异动中发现，监察院的人已经反应了过来，而他答应少爷做的事情也算是做到了。只见他微握右拳，对着身后比画了一下。

战船右侧用于海上近攻的弩机忽然发动，一声闷响，整座战船微微一震，带着钩锚的弩箭快速地射了过去，直接射在了岸边监察院的战船上，两艘船被这支巨大的弩箭所牵拖着的绳索连接了起来。

监察院战船上的启年小组奋勇奔至船舷边，意图将这绳索砍断，却听着海雾中传来一令箭声，不由一怔，然后转身便跑。奇快无比地弃船，沿着背海一面的舷梯登岸，就像无数阴影般消失在了岸上的雾气中，动作之迅速实在令人瞠目结舌。

这是监察院强大的原因，所有的官员密探，对命令的反应深植于心，从不问为什么，只需要照办。

海上一艘船熊熊燃烧着，不时传来凄惨的呼号声。发动偷袭的船停在海上，与岸边的白色帆船连在一起，白色帆船上的人们以动人心魄的速度逃跑后，留下一座死船。而最后的那艘船……

加速！

许茂才眼里闪过一抹惧色，看着完好无损地那艘水师战船忽然加速，以奇快的速度，由左下方而突前，直接进入"品"字当头的那个海域，横亘在了自己这艘船与海岸线当中。

"回舵！返……""返桨"那个词儿还没有说出口，许茂才的嘴张着，却说不出一个字——因为一阵风强行灌入了他的唇中，令他难以发声！箭风！

一只脚狠狠地踹在了他的髋骨上，强大的力量直接将他踢飞，撞到船舷上，震起几块碎木片。也正因为如此，他才侥幸地避过了迎面而来的那道箭风！

嗖的一声轻响！那道箭风擦着他的脸颊飞了出去，却没有太大的声音，只留下一股阴幽。

许茂才躺在碎木片里，半边脸都是血，看着眼前的画面震骇无语，身体战抖不已。

五名水师官兵还保持着死前最后的表情，目瞪口呆地站着，然而已经没有了气息，血水顺着他们咽喉上、胸腹上、头颅上那些小洞往外拼命地流着。

一支清秀的黑色小箭，正钉在战船的正面木板上，箭羽高速颤动，发着嗡嗡的声音，箭羽染着血水，滴答一声，向下滴落了一滴血。

一滴血。

一地死人。

这是什么样的箭？

看着那支黑色小箭，范闲知道自己赌输了。燕小乙果然在船上，却不在许茂才拼命攻击的那艘火船上。他的踪迹已经落在了燕小乙的眼中，再行遮掩已经无用。

他双眼微眯，看着那艘依然保持着极快的速度、向着岸边的官船撞去的战船，看着船首那个穿着黑色轻甲，如天神一般执弓漠然的燕大总督，反手一掀，将监察院官服浅色的那面套在身上，身子一晃，沿着雾中的绳索，向着那边滑去。只见他身体微弓，像一只狸猫般，无声地遁入白色的雾气中。

咻的一声！一支箭没有射向消失于雾中的范闲身体，而是射向了系在战船右侧的弩机绳索，箭尖瞬息间将绳结击得粉碎。两船间的绳索无力地垂入海中，然而却没有听到有人落水的声音。

燕小乙冷漠地收回长弓，看着脚下的船以奇快的速度向着监察院的官船撞去。

雾的那头，范闲已经像只幽灵一般，单手扯着断绳，飘进了自己熟悉的船舱之中，来不及看有没有人受伤，也顾不得身后那艘巨大的水师战船正飞速撞来。他狠狠一脚踹在了舱中的箱子上，啪的一声脆响，结实坚硬的木箱被他蕴藏着无穷霸道真气的一脚踹得木片四溅，银光四射。

是的，银光四射。

十三万两雪花银从裂开的箱子里倾泻了出来，就像是被破开腹部的熟烂了的石榴。露出了那个狭长黑色箱子的一角。

范闲一探臂，伸手在满地散开的银锭里捉住黑箱，手指上马上传来微微粗糙却又极有质感的触觉。这种熟悉美妙的感觉，似乎在一瞬间，灌注了无穷的勇气与真气到他的身体内，让他抛却了所有的胆怯与心惊，满怀信心，毫不将身后马上便要撞来的那艘船放在眼里。他扑进船舱，由于这一连串动作太快，以至于没有发现身旁有人。所以当他雄心百倍地背着黑箱，准备抢出船舱、进入大陆、雄霸天下时，愕然发现自己的身边多了一个穿着监察院官服的人。

那人是洪常青。没有时间交谈，范闲只看了他一眼——老子发了令箭，你怎么还不跑？

洪常青愣愣地回望着他，眼神里的意思也很清楚——十三万两银子，哪里舍得丢了就跑？总得替大人您多看会儿吧？

所谓惺惺相惜，会不会就是这种眼神的对视？

眼神一触即分，洪常青奇快无比地站到了范闲的身后，范闲的左手也闪电般抓住了洪常青的后颈。

噌的一声！一支箭准确无比地射中洪常青的腰腹，绽出无数血花。箭势未止，狠狠地扎进船板上散落着的银锭之中，看上去就像是穿着馒头的铁签，很可爱……很可怕。

范闲沉着脸，一手提着箱子，一手抓着洪常青的后颈，往船尾的方向疾奔，身后箭如雨落般追踪着他的脚步，追摄着他的灵魂，却没有让他的脚下乱一分，慢一分。

"找黑骑，再会合！"

范闲一脚踩上船尾的栏杆，一掌拍在洪常青的胸腹间，递入天一道的温柔真气暂时帮他封了血脉，接着又像一只大鸟，借着这一拍之力，纵身而起，轻扬无力却又极为快速地飞掠起来。

下一刻，他落到了岸上，没有回头去看跌入海水中的洪常青，他不知道那一箭究竟为青娃带去何种程度的伤害，但他坚信青娃不会死，既然他能从那个人间地狱一般的海岛上活着出来，这一次一定也能活下来。这或许是一种心理上的自我安慰，或许是一种祝福。

海上。

许茂才捂着半边流血的脸颊，阴狠地喝道："反桨！"

水师战船极为灵活地开始转舵，远离海岸线上的这片厮杀。此时海面上一片浓烟，与白雾一混，让人们的视线变得更差。许茂才清楚，自己必须趁着这个机会，远离这片是非地，按照少爷的计划开始在海上漂泊，在必要的时候赶回胶州。

船只快速地在海水中后退，许茂才盯着海岸边的白色帆船，眼瞳微缩，他此时再也无法帮助范闲，很担心范闲能不能逃出生天。

轰的一声巨响！三艘水师战船中唯一完好无损的那艘，就像是一只冲上海岸捕捉海狮的虎鲸一般，凶猛地、势无可阻地撞上了监察院的白帆官船！

受此强大的撞击力干扰，岸边的海水似乎都沸腾了起来，掀起了半人高的浪头，以岸边为圆心，强烈地向着四周扩散，只听到一连串咔嚓声响，监察院的官船似乎要被这次撞击撞散了架。

就在相撞的那一瞬间，六七个人影，凭借着撞击的巨力从水师战船上腾空而起，在空中依然保持着完美的阵形，嗖嗖数声，落在了剧烈震动的监察院官船船尾。

身着黑色薄甲的燕小乙有如一尊天神，凌空而至，如磐石般稳稳地落在船尾的甲板上，纹丝不动！

他身旁是五名征北营中的亲卫高手。

然而范闲和启年小组跑得更快，此时的官船空无一人，只有满地的银锭和木屑。

燕小乙站在船尾，双眼冷漠地注视着岸上，盯着那个快速远去的黑点，回腕，右臂一振，不知何时，那柄捆金丝的长弓便出现在他的手上。上箭，控弦，一系列的动作一气呵成，有如流水一般。

船尾与岸上范闲的距离不远不近，正是长弓最能发挥杀伤力的距离，黑色的羽箭离弦而去，势逾风雷，这一箭凝结了燕小乙已至巅峰的精神与力量，隐隐间已经突破了所谓速度的限制，穿越了空间的隔膜，神鬼莫敌，前一刻还在弓弦上，后一刻却已经来到了范闲的背后！

范闲来不及回头，也不能回头，纵使他在五竹的训练下成了天下躲避身法最快的那个人，可是经历了一夜的厮杀逃逸，面对着自昨夜起，燕小乙最快、最霸道的一箭，也依然没有办法躲过去。

那支箭毫无意外地射中了范闲后背，然而却被那只黑色箱子挡着了。

岸上雾中传来一声闷哼，那个身影跟跄了一下，险些被这一箭射倒在地，但不知为何，却马上撑地而起，飞快地向着远方奔驰。

没有死？没有死！

有浓雾遮掩，即便眼力强大如燕小乙，也没有看清楚那一箭射中对方的细节。燕小乙那五名亲兵高手的脸上，都流露出了震惊与疑惑的神情，一夜追杀范闲至此，众人的信心渐渐流失了。

世上居然有人能够从数百丈高的光滑绝壁上溜下来！

世上居然有人能够被大都督全力一箭射中，却只是打了个跟跄！

这些亲兵高手忽然想到了许多与范闲有关的故事，想到了有关天脉者的传说。

燕小乙那张脸冷漠着，看不出内心的变化。他一拍船栏，人已经飘然到了岸上，岸畔的林中隐隐传来马队疾驰的声音。五名亲兵高手对视一眼，随之掠至岸上。

林中驰来一队骑兵，将坐骑让给了燕小乙一行六人。

燕小乙的准备不可谓不充分，此行澹州诱杀，竟是水陆两路进行，范闲如何能逃？

嗒嗒的马蹄声中，追杀范闲的队伍消失在岸边的迷雾中。

海上那艘白帆官船缓缓地向冰冷的海水中沉去，海面上到处漂浮着尸体与残渣。

洪常青跳下去了，范闲跳下去了，燕小乙和他的亲兵们也跳下去了，十三万两白银也沉下去了。

追捕仍在继续……

一日后，澹州北的原始密林中，在一棵大树的后方，穿着黑衣的范闲坐在青苔上，用力地大口喘息着，不时伸手抹去唇角渗出的血水。

从海边一路逃至此处，他一直没有机会反击。路过澹州时，害怕会给城里的百姓和祖母带去不可知的祸害，他自然不能前去求援，远远地拉了一个弧线，将燕小乙一行人引至了悬崖后的山林中。

他轻抚着怀中箱子表面的小点，心生寒意。他从小就知道这个箱子的结实程度，自己用费先生给的黑色匕首都无法留下一丝痕迹，谁能想到，燕小乙那凌空一箭却在箱子上留了个记号。想必那些人也没有料到自己敢直接硬挡那一箭——有这样一个箱子在身，不拿来当防弹衣，那就是自己傻了。只是黑箱挡住了箭锋，却没有办法挡住凌厉的箭意和传递过来的强大冲击力，他的内腑伤上加伤，真气也开始出现混乱的迹象，所以才会被燕小乙的追捕队伍困在密林方圆不足十里的区域中。

不过范闲并不担心，内心深处反而隐隐兴奋起来。他用力压抑下微喘的呼吸，双手手指轻轻一抠，打开了黑色的狭长箱子。箱子里是那些朴实无华、看上去甚至有些简单的金属条状物。

他闭目休息了片刻，双手快速地在箱中活动起来，随着咔咔咔咔一连串简单而美妙的声音响起，一把本来就不属于这个世界的武器，就这样出现在了他的手中。

这把武器上一次出现在这个世界上时，直接导致了庆国两位亲王的离奇死亡，造就了诚王爷的登基，让如今的庆国陛下有机会坐上龙椅。从某个角度上来说，当年大魏灭国，天下大势的变化，庆国的强大……所有一切的源头，就是他此时手中这把重狙。

M82A1，一个简单的代号。黑色的箱子，一个传说中的神器。

处理好这一切，范闲将箱子关好，把枪抱在怀里，小憩一二，却怎样也无法进入真正的冥想状态。一来是身后山林中燕小乙像只疯虎一样死死缀着自己，二来怀里传来的金属质感，让他的精神有些分散。他感觉自己似乎不是在庆国，不是在这个世界，而是在已经睽违多年的旧世界里，在云南的山林中，和那些穷凶极恶的雇佣军拼死搏斗。虽然那只是他看过的书里的故事。

这种荒谬的感觉,让他的心神都有些扭曲。

先前组枪的画面,已经证明他这些年来一直没有丢下这方面的训练,犹记苍山新婚时,他便夜夜拿着这把重狙伏在雪山之上练习,所以他的胸中充满了信心。

如果说燕小乙是将长距离冷兵器的威力发挥到极致的强者,那么范闲便是一个努力训练了许久、第一次尝试远距离狙杀的初哥。

这是冷兵器巅峰与火药文明的一次对决。

第九章 惊艳一枪

噌的一声！

一支箭狠狠钉进了范闲靠着的那棵大树。

范闲却是眼睛都没有睁开一下，也没有做出任何防御的动作。他清楚，燕小乙带的那几个人也是追踪和箭法高手，听着箭声，便知道燕小乙正在对面的山腰上盯着这边的动静，尽管两地相隔甚远。

这种小小的试探，不可能让他愚蠢到暴露出自己的身形。

不知道调息了多久，范闲睁开了双眼。他知道自己的身体状况，在这样复杂艰险的山林狙击战中，无法得到充分的休息，很难回复元气，他不能在这里再耗太多时间。

他将黑箱子重新绑在了身上，用匕首割下一些藤蔓枝叶以做伪装，再小心查看了一遍自己留在树前树后的五个小型机关，便右手提着沉重的狙击步枪，以大树为遮掩，小心翼翼地向着山上行去。

他自幼在费介的教育下学习，不足十六岁便掌握了监察院里跟踪匿迹暗杀的一应手法，当年在北海畔狙杀肖恩已经证明了他的实力。可是深入澹州北的山林之后，他沿路布下机关，消除痕迹，凭借茂密山林的帮助，却始终无法摆脱燕小乙的追杀，对方一行人一直与他保持着两百丈左右的距离。

这时候他才想起来，燕小乙当年是大山中的猎户，似乎与生俱来有一种对猎物的敏感嗅觉，自己既然是他的猎物，当然很难摆脱追踪，那些陷阱在燕小乙的眼中只怕也算不得什么。

如果不是被逼到了绝路上，范闲绝对不会想到动用黑箱子。

起初随陛下往大东山祭天时，总以为是陛下在设局玩人，所以他把箱子留在了船上。黑箱一直被那十三万两白银包裹着，曾经袒露在苏州华园的正厅，迎接着来来往往人群的注视。皇帝和陈萍萍想这箱子想得快要失眠，却怎么也想不到，范闲竟然会正大光明到如此荒唐的程度。

最危险的地方，就是最安全的地方，对人来说如此，对箱子来说也是如此。他此时要往山上去，燕小乙对热兵器没有丝毫的认知，根本不知道他拥有怎样的武器。

在五百米以上的距离，燕小乙只有被他打的份，而一旦燕小乙突入到三百米以内，以他箭法的快速和威力，范闲只会被射得连头都抬不起来，遑论瞄准。

在船上拿到箱子之后，范闲没有马上反击，正是因为他清楚，燕小乙不需要瞄准，便可以在一秒钟内射出十三箭，而自己需要瞄准许久，才能勉强地开一枪。如果他当时在海岸上胡乱射击，绝对会成为有史以来死得最窝囊的穿越者。

"重狙不是那么好玩的……"这是五竹叔当年教他用枪时，没有忘记提醒的一点，风速、气温、光线的折射……所谓失之毫厘，谬以千里，说的就是这个道理。

范闲不希望自己胡乱瞄准开了一枪，却打穿了燕小乙身旁五十米外的一棵大树。如果让燕小乙这样的强者有过一次经验，知道自己有这样恐怖的远程武器，一定会想到办法应付。

所以，他只允许自己开一枪。

范闲向着山林继续进发，不多时后，他暂时停歇过的大树处，传来几声闷哼和惨叫。燕小乙漠然地看着被木钉扎死的亲兵，眼神中没有流露出悲郁的情绪，只有一股野火开始熊熊燃烧。自澹州北弃马入山以来，一路上，他的五名亲兵已经有四人死在了范闲的诡计与陷阱之中。

身为九品上绝世强者，接近大宗师境界的他，和范闲一样对自己的对手都生出些许敬佩之意。

燕小乙清楚在悬崖上自己的那一箭，以及叶流云的那一剑，给范闲造成了怎样的伤害。他本以为自己亲自出手，追杀伤重的范闲，本是手到擒来之事，却没想到对方非但没有被抓到，还在山中布下如此多的陷阱，有些机关甚至他自己都无法完全发现。

山林里弥漫着一股腐败的气味，这股腐败的气味，不知道是动物尸体的气味，还是陈年落叶堆积，被热炽的日头晒出来的气息，总之非常不好闻，十分刺鼻。

儋州北部的原始森林无人进入，沼泽与石山相邻，猛兽与蔓藤搏斗，临近海边，湿风劲吹，吹拂出了这个世界上最茂密的植物群，而植物群越茂密，隐藏在里面的危险越多。

燕小乙深吸一口气，嗅出了被腐烂气味遮掩得极好的那丝味道——陷阱里、机关上都有这种味道，他的四名得力亲兵的死亡也正源于此，如果不是他此时用心查探，只怕也闻不出来。

他想了起来，范闲是费介先生的学生，是这个世界上用毒最强的几个人之一。

"都督……"最后那名亲兵声音发紧地说道，"一入密林，再难活着走出来……毕竟范闲不像您知道这群山中的密道。"

燕小乙冷漠地看了那个亲兵一眼，没有说什么，儋州北群山中的原始森林，正是隔绝庆国与东夷城陆路交通的关键所在，如果不是有那条密道，此次大东山之围根本不可能成功。自半年前起，燕小乙便将整副心神放在密道运兵之事上，对于这条密道和四周的山林的恐怖格外了解，也正因为如此，他对于范闲能够支撑到现在，也是有些意外与佩服。

"大东山下五千兄弟在等您回去……难道您就放心让那个外人统领？"这名亲兵明显是被死去的四个兄弟、被范闲布在山林里的毒药机关震慑住了,没有注意燕小乙的眼神,"即便范闲能活着出去,可是京都有长公主坐镇,何必理会?"

燕小乙随意地挥了挥手,似乎是想示意这名亲兵不要再说了,可是他的手恰好挥在亲兵的脸上。

咔的一声脆响,这名亲兵的脑袋就像是被拍扁了的西瓜一样,歪曲变形,五官被一掌拍得挤作一处,连闷哼一声都没有,就这样直挺挺地倒在了地上。

燕小乙没有再看亲兵尸首一眼,走到那棵大树的后方,蹲低按了按那片被范闲坐扁的野草,确认范闲没有离开太久,估算出范闲离开的方向,然后默默地追了上去。

看着光学瞄准镜头里时隐时现的那道身影,范闲倒吸一口冷气,因此牵动了背后被那一箭震出来的伤势,随后低声咳了两下。他没有心情赞叹黑箱子的神奇,这把重狙被保存得如此完好,光学瞄准镜头依然如此清晰,只是震撼于燕小乙的行动力与强大的第六感。

他在草丛中已经潜伏了很长时间,一直盯着对方,几次都快要锁定燕小乙的身躯,但燕小乙似乎对危险有种野兽般的直觉,每到关键时刻,便会变向移动,借助着参天大树和茂密枝叶的遮蔽,一步一步地靠近了这边的山峰。

范闲担心咳声给燕小乙指明方位,强行压下后背的剧痛,从草丛里钻了出来,然后向着斜上方攀行了百余丈的距离,找到一棵至少五人才能合围的大树,斜靠在树干上,大口地喘气。

空气快速地灌入他的咽喉,灼热的温度和体内对养分的贪婪,让他的每一次呼吸都无比迅速,咽喉间感觉到阵阵的干涩与刺痛,胸口处也升腾起一阵难过的撕裂感。

他松了松领口的系带,强行闭上嘴巴,用鼻子呼吸,在心里暗骂了几句,心想为什么自己有把重狙,却还是这么没有自信——后坐力又不大,为什么不敢试一下提前量?

内心的独白还没有说完，他便感觉到了一丝怪异，整个人的身体立刻绷紧。然后他听到了笃的一声轻响，身后的巨树似乎微微战抖了一下。

应该是一支箭。

那些亲兵已经死光了，这支箭……自然是燕小乙发的。

范闲的眼瞳骤缩，以最快的速度屈起双腿，放松整个膝盖，使身体微微前倾。

在这一瞬间，是他唯一能做到的应对。

这个姿势可以卸力，顺着背后那股强大的力量，让自己的整个身体顺势向前倒去。

嗡的一声闷响，范闲被震得向前扑倒，嘴里噗的一声喷出一口鲜血，整个人向前滚了两圈，重重地摔倒在深草灌木中，脸上手上不知被划了多少道细细的伤口。

他身后那棵巨树的树皮绽开，露出里面的发白树干，一支秀气的小箭像潜伏已久的毒蛇一般，探出了黑色的箭锋，以箭锋为圆心，白色树干被箭上强大的真气震得寸寸碎裂。

范闲没有时间去看身后那棵树，也没有时间庆幸自己仍然背着那个箱子，连唇角的鲜血都来不及抹，就开始了又一次的逃逸。他用霸道真气支撑着疲累的身躯，向着山顶放足狂奔。

燕小乙从瞄准镜里消失了不到五秒钟，便已经摸进了自己百丈之内，这等身法，这种恐怖的行动力，实在是令范闲有些心惊。

片刻后，燕小乙出现在这棵大树之后，此时的他身上满是泥土，看上去也是无比狼狈。他观察了一下，又追了上去，只是脚步动时，再一次下意识里趴到了草丛之中。他感觉到一道极其危险的气息，先前差一点就锁定自己。

当初在京都满是白雾的街巷中，他就曾经感受过这种气息，令他疑惑的是，能隔着这么远锁定自己，除非范闲已经达到了大宗师的境界，或者是像自己一样有神弓之助。

不知道过了多长时间，那种危险的感觉终于消失了，燕小乙从数丈外的灌木里缓缓起身，望向远方山野间的那片高地，漠然的眼神里多了一些复杂的情绪。

澹州北部尽高山，然而就在燕小乙与范闲互相狙杀的雄山之巅竟有一片平坦的山地，很奇妙的是这里一棵大树也没有，只有深过人膝的长草，如青色的毛毡一般，一直铺展开去，一直铺到悬崖边。

在悬崖边的草丛中，范闲将支架设好，将黑箱子搁在身旁，表情渐静。他知道已经没有后路了，就算背着箱子沿悬崖往下爬，此时正是白天，如果燕小乙持弓往下射，自己也只有死路一条。而且他也不想再逃了，拿着一把重狙的重生者被拿着弓箭的原始人追杀，而且被追杀得如此狼狈，这让他很羞愧。他想，如果就这样死了，在冥间一定会被那些前贤笑死，尤其是姓叶的那位。

只是光学瞄准镜依然捕捉不到燕小乙的身影，这让他有些焦虑，鬓间沁出了一些冷汗——他的身形隐藏得也很好，但大概的区域已经被燕小乙掌握，悬崖边只有这么大，燕小乙总会找到自己。

没过多长时间，燕小乙终于现出了身形，像只鹰一般，在草甸上沿着古怪的轨迹行进，很明显，他不知道范闲的手上有什么，但已经猜到对方有可以威胁到自己的东西。

范闲的枪口伸在草丛中，不停地微微摆动，却始终无法锁定那个快速前行的身影。

对方虽然时而前行，时而后退，但似乎在画着螺旋的痕迹。

螺旋始终是要上升的。

燕小乙正在逐步地缩短与他的距离。

五百米了。

范闲的汗淌得越来越多，渐要淌入他的眼睛。

四百米了。

范闲感觉到了一丝无助，一种先前天下尽在我手之后，下一刻却发现一切只是幻象后的空虚感。自己没有办法一枪狙了燕小乙，而燕小乙只要再靠近一些，一定可以用箭将他射成刺猬。

三百五十米了。

如果真的让燕小乙欺近身来，凭范闲此时的状态，绝对没有办法从他的手下逃出去。

直到此时，范闲终于明白了手中这把重狙的意义，那就是——没有什么意义！

武器再强大，终究还是要看它掌握在谁的手上，试图靠一把重狙就横扫天下，这只不过是痴人妄想，自己连燕小乙都无法狙死，更何况大东山顶的那些老怪物。

汗水淌过他脸上被草叶划破的小伤口，带来一阵刺痛，他的心却渐渐平静下来。他知道不能让燕小乙再继续靠近了，可是自己却无法用瞄准镜锁定那个快速移动的身影，那该怎么做？

在这种生死关头，他似乎比以往任何时刻都更需要运气。

但比起运气来说，其实更重要的是勇气和决心。

"燕小乙！"草甸中传来了一声大喝。

一身黑衣的范闲从草丛里站了起来，举起了手中那把狙击步枪，瞄准了不远处的燕小乙。

这一声喝惊扰了草甸里那些懵懂无知的生灵，一只狡猾的山兔准备朝最近的那个洞窟奔去。一只正在啃食草根的田鼠在地底下停住了动作，前肢微微垂下，随时准备狂奔。无数只藏在草丛中的鸟开始振翅，准备飞离这片凶地。

听到范闲的喊声，燕小乙做出了一个后悔终生，却没有时间后悔的决定。他停住身形，用最快的速度取下缠金丝长弓，双足一前一后，极其稳定地站在草甸之上，全力将弓弦拉满，一支冷冰冰的箭瞄准了现出身形的范闲。

在这一刻，燕小乙终于看清楚了范闲手上拿的东西。但他不认识这个东西，或许是监察院最先进的弩机？不过既然范闲现出身形，开始展现一天一夜里都没有展现过的勇气和自己进行正面的对峙，他便给对方这个机会。

不是燕大都督自大，而是他清楚，如果自己保持高速的行进速度，同时放箭，不见得会伤到那个比兔子还狡猾、比田鼠还胆小、比飞鸟还会逃跑的小白脸。而在一百丈的距离，只要自己站稳根基，就一定能将范闲射死，就算射不死，也不会再给范闲任何反击的机会。

至于范闲手中拿着的那个奇形怪状的东西……人的心理就是这样，对于神秘未知的事物，总有未知的恐惧，所以燕小乙先前会表现得如此谨慎，而当他看清楚那个金属凑成的"玩意儿"之后，很自然地把他当作了监察院三处最新研制出来的厉害武器。

知道是什么，自然就不再怕，尤其是像燕小乙这样骄横自负的绝世强者，数十年的箭道浸淫，天生的禀赋，让他有足够自信的资本，他总以为，就算敌人的弩箭再快，也不可能快过自己的反应。自己就算听到箭声、听到机簧声再避，都可以毫发无伤，难道这世上有比声音更快的箭？

燕小乙不相信，所以他站住了身形，拉开了长弓，对准了范闲，松开了手指。

箭，飞了出去。

所有的这一切，只是发生在极其短暂的一瞬间内。从范闲勇敢地从草丛中站起，到燕小乙站稳身形，再到燕小乙松开手指，近乎同时。

范闲的速度明显没有燕小乙快，所以当他清晰地看见那支箭高速地旋转着，离自己的身体愈来愈近的时候，他才用力地扣动扳机，狙击步枪的枪口绽开了一朵火花，十分艳丽。

燕小乙手中的长弓正在嗡嗡作响，他的姿势还是保持着天神射日一般的壮烈，然后他的瞳孔缩了起来，因为他看到了那朵火花。

接着他听到了那声很清晰的闷响。然而，他却没有办法再去躲避。

因为对方的"箭",真的比声音还要快!

噗的一声,就像是一个纸袋被顽童拍破,就像是澹州老宅里那个淋浴用的水桶被石头砸开。燕小乙的半个身体在瞬间裂开,他强大的肌体,强横的血肉,眨眼间都变成了一朵花。

一朵染着血色的花,在青色的草甸上盛放。

他重重地倒了下去。

在这一刻,他终于想起了当年的那个传说。

同一时间,燕小乙射出的那支箭,也狠狠地扎进了范闲的身体,击出一道血花,将他的身体死死地钉在了悬崖边微微上伏的草甸上。

时间再次流转,山兔钻进了狭窄的洞窟,田鼠放下了前肢,开始在黑暗中狂奔。草丛中的小鸟也飞了起来,化作一大片白色的羽毛,在山顶的草甸上空不知所措地飞舞着。

草甸的这头与那头,躺着两个你死我活的人。

盛夏之末,整个大陆都笼罩在高温之中,这片苍茫群山邻近大海,却因为地势的原因,无法接纳海风挟来的湿润与凉意,只是一味闷热,所以林中才会有那样浓烈腐烂的气味。山顶上的这片草甸因为直临天空,反而要干燥一些,加之地势奇险,没有什么大型的食肉动物。

此时已近正午,白耀的太阳拼命地喷洒着热量,慷慨地将大部分都赠予到了这片草甸之上,光线十分炽烈,以至于原本是青色的草杆,此时都开始反耀起白色的光芒——可想而知温度有多高。

小动物们都已经进入土中避暑,飞鸟们也回到山腰中林梢的窝,等着明天清晨再来寻觅草籽作为食物。整个草甸一片安静,偶被山风一拂,才会掀起时青时白的波浪,天瓷蓝的底色与舒坦的白云,温柔地注视着这些波浪,整个世界十分美丽。

如果没有那两个人类和他们身上流出来的鲜血,那就更完美了。

范闲缓缓睁开了被汗水和血水糊住的眼帘,看着天上,发现眼瞳里有一个光点总是驱之不去,他没有反应过来,这是被太阳照射久了之后的问题。他下意识里伸手去挥,却发现右手十分沉重,原来手里还紧紧握着那把重狙。他又换左手去挥,一阵深入骨髓的痛苦让他忍不住大声地叫了起来。

疼痛让他清醒了过来,他微垂眼帘,看着左胸上那支羽箭发呆。那支羽箭全数扎了进去,只剩最后的箭羽还遗留在身体外,鲜血缓缓流出,将黑色的羽毛染得更加血腥。

他微微屈起左腿,用右手艰难地摸出靴子里的黑色匕首,极其缓慢而小心地伸到了背下,顺着身体与草甸间的缝隙,轻轻一割,深埋在泥土中的箭杆被割断,他的身子顿时轻松了一些,然而这轻微的震动却令胸口一阵剧痛。

他又强忍着疼痛,用匕首将探出胸口的箭羽除却大部分,只留下一个小小的头子,方便日后拔箭。做完这一切,疼痛已经让他流了周身冷汗。

他仰面朝天,大口地呼吸着,眼神涣散地看着蓝天白云,甚至连刺眼的阳光都无力躲。此时他觉得世界上再也没有比活着更好的事情了。

他的运气果然还是很好。燕小乙那一箭准确地射中了他的左胸,但箭锋及体时,他正好扣动了扳机,M82A1的后坐力虽然不大,但还是让他的身体往后动了一下。就是这一下,让燕小乙的那一箭射中的位置比预计偏了一些,避开了心脏的要害,插入了左肩下。

至于燕小乙死了没有,他根本不想理会,他只是觉得很累,只想就这样躺在松软的草甸上,在与世隔绝的山顶上,享受难得的休息。如果燕小乙没死,他现在也只有等着被杀,何必理会?

可他必须要理会,因为人世间还有许多事情等着他去做。片刻后,安静得令人窒息的草甸上,出现了一个虚弱的人影。范闲拖着重伤的身躯,挂着那把狙击步枪,一步一步,穿过草甸,向着那片血泊行去。先前的时候,他总觉得三百米太近,近到让他毛骨悚然,这时候,他却觉得这三百米好远,远到似乎没有尽头。等他走到燕小乙的身边时,已经累得快要站不住了,两只腿不停地战抖。那件世间最珍贵的武器,支撑着他全身的重量，精细的枪管深深地陷入泥土之中——再怎样强大的武器，其实和拐棍也没有多大区别，如果人不能扔掉拐棍，那就永远也无法独自行走。

燕小乙的左上部身体已经全部没了，看上去就像是一个被人捏爆了的西红柿，红红的果浆与果肉胡乱地喷涂着，十分恐怖。

范闲自幼便跟着费介挖坟赏尸，不知看过了多少阴森恐怖的景象，但看着眼前的这一幕，依然忍不住转过了头去。

很明显，他的那一枪也歪了，不过反器材武器的强大威力，在这一刻得到了充分的展示。遭受到如此强大的打击，即便是这个世界九品上的强者，也只有死路一条。

范闲平复了一下心情，走到燕小乙完好无损的头颅旁边，准备伸手将这位强人死不瞑目的双眼合上。然而当他看到那已经散开的瞳孔，却停住了动作，觉得这个人似乎还活着。

"也许你还能听见我的话。我知道你觉得这不公平，但世上之事，向来没有什么公平。"

听到他的话，燕小乙没有丝毫反应，瞳孔已散，瞪着苍天。

范闲沉默少顷后接着说道："你儿子不是我杀的，是四顾剑杀的，以后我会替你报仇。"

燕小乙已经死了，他却还在撒谎。其实他的想法很简单，他觉得这种死亡对于燕小乙来说不公平，对这位天赋异禀的强者而言，死得太冤枉，而他更清楚一个人在临死之前会想什么。

如果燕小乙认为他是杀燕慎独的凶手，却无法杀死他为儿子报仇，只怕会死不瞑目。这句话只想安一下燕小乙的心。但燕小乙的眼睛还是没有合上。范闲自嘲一笑，心想自己到底是在安慰死人，还是在安慰自己呢？他轻声道："他们说得没有错，你的实力确实强大，甚至可以去试着挑战一下那几个老怪物，所以我没有办法杀死你，杀死你的也不是我。这东西叫枪，是一种文明的精华所在……虽然这种精华对那种文明而言并不是什么好事。"

燕小乙的眼睛还是没有合上，只听颈骨处发出咔的一声响，头颅一歪落在了自己的血肉之中。他早已经死了，骨架都被子弹震碎，此时终于承受不住头颅的重量，落了下来，如同落叶。

范闲一愣，怔怔地看着死人那张惨白涂血的脸，久久不知如何言语。许久之后，他抬头望天，似乎想从蓝天白云里找到某些踪迹。

善战者死于兵，善泳者溺于水，而善射者死于矢，这是人们总结出来的至理名言。箭法通神的燕小乙，最终死在了一把巴雷特下，不论是否公平，地上那摊血肉终究证明了这个道理。

燕小乙是范闲重生以来杀死的最强者，他对地上的这摊血肉依旧保持着尊敬。这一天一夜的追杀，让他在最后的生死关头终于想通了一件事情，这对他今后的人生毫无疑问会起到非常大的作用。

他过于怕死，所以行事总是谨慎阴郁有余，厉杀决断无碍，却从来没有拥有过像海棠那样的明朗心情，王十三郎那样的坚毅勇气。直到被燕小乙逼到了悬崖的边上，他才真正破除掉心中的那抹暗色，勇敢地从草丛中站了起来，举起手中的枪。

他站了起来。

虽然保持着对燕小乙的尊敬，但范闲依然无情地取下尸体旁边的缠金丝长弓，费力地将那残尸拖着向悬崖边上走去。站在悬崖边，他测量了一下方位，然后缓缓地蹲到地上，捡起一块石头。此时阳光极盛，蓝天白云青草之间，面相俊美脸色苍白的年轻人拿着石块不停地砍着身边的尸体……

最后他将燕小乙残余的尸体和那块石头同时推下了悬崖，许久都没有听到传来回声。草丛里残留的血迹应该用不了几天就会被这片原始森林里的生灵消化掉，而他必须把重狙留下的痕迹消除。做完这一切，他累得够呛，胸口处的剧痛更是让他站立不住，再次瘫坐在了地上。

并非同一时刻，离那片山顶奇妙草甸颇远的大东山山顶，在那片庆庙的建筑中，被围困在大东山的庆国皇帝，看着窗外的熹微晨光淡淡出神。

"不知道那孩子能不能安全地回到京都。"这应该是庆国皇帝第一次在外人面前，表现得对范闲如此温柔。

洪老太监微微一笑，深深的皱纹里满是平静，就像是山下没有五千强大的叛军，登天梯上并没有缓缓行来一位戴着笠帽的大宗师，轻声说道："小范大人天纵奇才，大东山之外也没有什么了不起的人物。路上应该不难，关键是回京之后。"

皇帝淡然道："京都里的事情不难处理。朕越来越喜爱这个孩子，这次再看他一次。"

洪老太监叹了口气，心想既然喜爱，何必再疑再诱，这和当年对二皇子的手法又有多大区别？

皇帝不再谈论逃出去的范闲，转身望向洪老太监，平静说道："这次，朕就倚仗你了。"

洪老太监依然佝偻着身子，沉默半晌后缓声说道："奴才是庆国的奴才，自开国以来，便时刻期盼着我大庆朝能一统天下。能为陛下效力，是老奴的幸运。"

这不是表忠心，皇帝与老太监之间，并不需要这些多余的话。可是时至此时，大军围山，洪老太监依然缓缓地说了出来，就像是迫切地想将自己的心思讲给皇帝知晓。

皇帝静静地看着洪四庠，脸上的神情渐趋凝重，挥手对着洪老太监拜了下去。以皇帝至高无上的身份，向一位太监行礼，这当然是难以思议的,洪四庠却无动于衷，平静甚至有些冷漠地受了这一礼。皇帝正色道："朕许给你的，朕许给庆国的，朕许给天下的……将来，朕会让你看到。"

洪四庠郑重回礼。

第十章 大宗师

　　天色大明，浓雾早已散去，叛军中营在大东山山脚下几排青树之后的小山坡上，那位全身黑衣的叛军统帅平视着山门处的动静，宁静的眼神里满是平和，全没有一丝激动与昂扬。

　　残存的数百禁军已经撤往了山门之后，叛军的五千长弓手数次强攻，都被山林里的防御力量全数打退了回来。而正在发动攻势的，正是以东夷城高手们为核心的强攻部队。

　　"不要再攻了，没用。"黑衣统帅就像是在说一件家长里短的事情，态度很温和，却又不容置疑。

　　背负长剑的云之澜看了这位神秘人物一眼，眉头微皱，虽然不赞同对方的判断，却没有出言反驳，因为他对剑庐子弟的实力有非常强的信心。他心想，有他们领着弓手强攻，就算山门之后的山林里隐藏着庆国皇帝最厉害的虎卫，也总会被撕开一道口子。更何况禁军那边最强悍的小师弟，当他面对着东夷城的同门时，难道还要继续动手？

　　晨间鸟惊，哗啦一声冲出林子，竟是扯落了几片青叶，由此可以想见那些休息一夜的鸟被惊成了什么模样。

　　惊动鸟的是那些亮起的泼天雪光。

　　一片雪便是一柄刀。

　　杀人不留情的长刀。

漫天的雪光，不知道是多少柄噬魂长刀同时舞起，才造成如此凄寒可怕的景象。

林间刀气纵横，瞬间透透彻彻地洒了出来，侵伐着平日结实，此时却显得无比脆弱的林木。被削起的无数树皮树干，噼噼啪啪如箭射出，打在泥土中噗噗作响。

无数声闷哼与惨呼，霎时间响了起来，林子里的血水疯狂地洒着，残肢与断臂向着天空抛离，向着地面坠落。初一遇面的遭遇战竟是如此惨烈。

云之澜眼瞳微缩，知道黑衣统帅的判断果然正确无比，不敢再等待，一挥手发出令箭。

东夷城高手们领着残存的叛军士兵，勉强从林子里败退。只是几息间的阻击战，攻打山门的叛军便付出了七成的伤亡，就连东夷城的高手也折损了五人。

云之澜心头一痛，不知如何言语。东夷城没有南庆与北齐那样大批的士兵，最强大的便是剑庐培养出来的剑客群，就算只亡五人，依然是一次沉重的打击。他知道庆帝身边的防御力量相当恐怖，但怎么也没有想到，对方守山的力量竟然强大到这种地步。

"是虎卫。"黑衣人望着他平静地说道，"传说中，小范大人身边的七名虎卫联手，可以逼退海棠姑娘……而这座安静的大东山上，有一百名虎卫。"

大东山是世间最美丽最奇异的一座山峰，临海背陆，正面是翡翠一般的光滑石崖，根本不可能有人从那面光滑石崖上下，然而这个记录终于在前一夜被范闲打破了。

正面依然险崛，除了一道长长直直的石阶陡直而入云中，别无他路，若要强攻，便只能依此径而行。尤其是最狭窄处，往往是一夫当关，万夫莫过，真可谓易守难攻之险地。叛军之所以选择围大东山，也是从逆向思维出发，既然山很难上去，那么如果大军围山，山上的人也很难下来。

直到目前为止，叛军控制得极好，禁军方面突围数次，都被他们狠绝地打了回去，大东山下的要冲之地尽数控于叛军之手。可是叛军没有想到，围是围住了，这山，却是半步也上不去。

是的，大东山上有一百名虎卫，如果做个简单的算术题，那么至少需要十四个海棠，才能正面敌住庆帝的这些强力侍卫。可事实上，整个天下只有一个海棠。更何况在虎卫的身旁，还有那个愚痴中夹着几分早已不存于这个世界的勇武英气的王十三郎。

这样强大的护卫力量，加上大东山这种奇异的地势，就算叛军精锐围山之势已成，可如果想强攻登顶，依然难如登天，就如同那道长长石径之名——登天梯。

欲登青天，又岂是凡人所能为。

所以那位黑衣叛军统帅很决断地下达命令，暂停一切攻势，只是在不停地加强对山下四周的巡视与封锁。发出这个命令之后，他转过身来，轻轻拍着马背，对身边的云之澜平静地说道："在这样一个伟大的历史时刻，如你，如我，有时候也只有资格做一个安静的旁观者。"

这是一个武道兴盛的时代，这是一个个人的力量得到展示的时代。三十年前，世上从来没有大宗师，而当大宗师出现后，人们才发现，原来个体的力量竟能够如此强大。

因其强大，所以这几位大宗师可以影响天下大势。也正因此，所以这几位大宗师往往深居简出，生怕自己的一言一行会为这个天下带去动荡，从而影响到自己想保护的子民们的生死。

这个地方是神秘美丽的大东山，山顶上是庆帝，似乎只有大宗师才有资格出手。而一旦大宗师出手，那些雄霸一方的猛将，剑行天下的大家，便很自然地退到后方，光彩被压得一干二净，如同一粒不会发光的煤石，只盼望着有资格目睹历史事件的发生。

如同此刻。

长长向上的石阶似乎永无尽头，极高处隐隐可见山雾飘浮，一个穿着麻衣、头戴笠帽的人，平静地站在大东山的山门下，第一级的石阶上面。

石阶上面全部是血迹，有干涸的，有新鲜的，泛着各式各样难闻的味道，不知道多少禁军与叛军为了一寸一尺的得失，在此地付出了生命。

那个人却只是安静地站着，似乎脚下踩着的不是血阶，而是朵朵白云。山风一起，那人身形缥缈，凌然若仙，似欲驾云直上三千尺，却不知要去天宫还是山顶的那座庙。

当这个戴着笠帽的人出现在第一级石阶上时，两方军队同时沉默，连一声惊呼都没有，似乎生怕唐突了这位人物。黑衣人与云之澜悄无声息地下马，对着那个很寻常的背影躬身表示敬意。

他们知道这位大人物昨天夜里就已经来到了山下，但不知道这位大人物是如何出现在众人眼前的。不过他们不需要惊讶，因为这种人出现在这个世界上，本来就是无法解释的。

叛军不再有任何动作，山林里的虎卫与禁军、监察院众人在稍稍沉默之后，却似乎慌张无措了起来。他们再如何忠君爱国，可在他们的心中，从来没有设想过要正面与此人为敌，尤其是庆国的子民们，他们始终把这位喜欢乘舟泛于海的绝世高人看成庆国的守护神。

这尊神祇此时却要登山。

不顾陛下旨意而登山，他的目的是什么，谁都知道。虎卫们紧张了起来，监察院六处的剑手嘴有些发干，禁军更是骇得快要拿不稳手中的兵器——和一位神进行战斗，这已经超出了大多数人的想象能力与精神底线。而且他们知道，对方虽只一人，却比千军万马更要可怕，哪怕他的手中没有剑。

是的，戴着笠帽的叶流云手中无剑。

他的剑昨夜已经飞越了那片时静时怒的大海，刺穿了层层叠叠的白涛，削平了一座礁石，震伤了范闲的心脉，最后刺入了坚逾金石的大东山石壁，全剑尽没，只在石壁上留了一个微微突出的剑柄。但全天下的人都知道，叶流云大宗师，手中没有剑的时候更可怕。在那些传说中，叶流云因为一件不为人知的故事毅然弃剑，于山云之中感悟得流云散手，从此才进入了宗师的境界。

叶流云此时已经踏上了第二级石阶。

最先迎接这位大宗师登山的，是那些破风凄厉、遒劲无比的弩雨。这是监察院配备的大杀伤力武器，曾经在沧州南原上出现过的连弩。在这样短的距离内连发，谁能躲得过去？

在远处注视着这一幕的黑衣人与云之澜眼睛都没有眨一下，没有人认为区区一波弩雨，便能拦下大宗师，他们只是不愿意错过如神龙般难得一见的大宗师亲自出手的场面！

黑衣人在心里想着，如果是自己面对这么急促的弩雨，受伤是一定的。

云之澜在想自己的师尊会怎么应付。

叶流云面对着满天弩箭，却只是挥了挥手。

这一挥有如山松赶云，不愿被白雾遮住自己的轻丽容颜。这一挥有如滴雨穿云，不愿被乌云隔了自己亲近泥土的机会。这一挥给所有睹者最奇异的感受便是自然轻柔而又坚决快速。

两种完全相反的属性，却在这简简单单的一挥手里，融合得完美无缺，淋漓尽致。

手落处，弩箭轻垂于地。

高速射出的弩箭，遇着那只手，就像是飞得奇慢的云朵，被那只手缓缓地一朵一朵地摘了下来，然后扔落尘埃。

在苏州城抱月楼中，叶流云曾经用一双筷子像赶蚊子一样打掉范闲方面的弩箭，而此时在大东山山门之下，单手一挥，更显高妙。

他又往上走了一级。

刀光大盛，六月大东山石径如飘飞雪，雪势直冲笠帽而去。

不知有多少虎卫，在这一瞬间因为心中的责任与恐惧，鼓起了勇气，不约而同选择了出刀。

长刀当空舞，刀锋之势足以破天，将叶流云的身体都笼罩其间。

如此强盛的刀势叠加在一起，完全可以将范闲与海棠两个人斩成十几块。

却没有斩到叶流云。

石径上只听得一阵扭曲难听的金属摩擦声响起,叶流云笠帽犹在头顶,他的人却像一道轻烟般,瞬息间穿越了这层层刀光,来到了石阶的上方,将那些虎卫们甩在了身后。

他一振双臂,双手中两团被绞成麻花一般的金属物件跌落在石阶上,当当脆响着往下滚了十几组台阶,摔分开来。众人才发现,这些像麻花一样的金属,原来是六七只虎卫斩出的长刀!

流云足以缚金捆石,叶流云完美地展现了自己超出世俗太多的境界之后,便静静地站在石阶上。忽然间,他的身体晃了一晃,麻衣一角被风一吹,离衣而去,接着在石阶上方卷动着。

不知何时,他身前出现了一个浑身的血污已干、双眼湛朗清明有神、手持青幡的年轻人——王十三郎。

一阵山风飘过,山顶上遮着的那层云似乎被吹动了,露出庙宇缥缈的一角。

石阶上一声闷响。

叶流云收回自己的手,低头看着脚边断成两截的青幡,古井无波的眼神里闪过一丝不解与笑意,然后咳了两声。此时王十三郎还在天空飞着,鲜血又喷了出来,他的人画了一道长长的弧线,然后颓然不堪地落入林中,将石阶右侧伸向极远处的一棵大树重重砸倒。

即便是九品强者,依然不是大宗师一合之敌,最多只能让对方咳两声。

黑衣人的眼中闪过一丝忧色,他清楚,以大宗师的境界,应该不会受伤。然而叶流云三次出手,都刻意留有余地,他面对着的是被恐惧和愤怒激红了眼的庆国高手,总会有问题发生。

大宗师是最接近神的人,但毕竟不是神,他们有自己的家国。尤其是叶流云,此人潇洒无碍,今日哪怕为家族前来弑君,却依然温柔地不肯伤害庆国的子民。

山顶晨雾已却,山风劲吹,隔云渐断,庙宇真容已现。一身明黄色龙袍在身的庆国皇帝,静静地站在栏边,等待着叶流云的到来。当山下被五千长弓手包围,尤其是叛军中出现了东夷城九品高手们的踪影时,这位向来算无遗策的皇帝陛下,终于发现事态第一次超出自己的掌控,中年人的眉宇间浮起了淡淡的忧愁。

黑色圆檐的古旧庙宇群落里,响起了当的一声钟声,沁人心脾,动人心魄,宁人心思,却让山顶与整个天下都变得不再安宁。祭天所用的诰书于炉中焚烧,青烟袅袅,庆帝所历数太子的种种罪过,似乎已经告祭了虚无缥缈的神庙和更加虚无缥缈的天意。

祭天一行,庆帝最重要的任务已经完成了,他所需要的,只是带着那些莫须有的上天启示,回到京都,废黜太子,再挑个顺眼的接班人。然而一顶笠帽此时缓缓地越过了大东山山巅最后一级石阶的线条,自然却又突然地出现在庙宇前一众庆国官员的面前。

皇帝平静地看着那处,看着笠帽下方那张古拙无奇的面容,看着那双清湛温柔有如秋水一般的眼眸,缓缓说道:"流云世叔,您来晚了。"

叶流云登上山来,无人能阻,此时静对庙宇,良久无语。众官员祭祀,包括礼部尚书与任少安等人,都下意识里对这位庆国大宗师低身行礼。只有庆帝依然如往常一般挺直站立着,而他身边不离左右的洪老太监虽然佝着身,但所有人都知道,这位老公公每时每刻都佝着身子,似乎是在看地上的蚂蚁行走,而不是要对叶流云表示敬意。

"怎么能说是晚?"叶流云看着皇帝叹了一口气,语气中充斥着难以言表的无奈与遗憾,"陛下此行祭天,莫非得了天命?"

"天命尽在朕身,朕既不惧艰险,千里迢迢来到大东山上,自然心想事成。"皇帝冷冷道。

叶流云道:"天命这种东西,总是难以揣忖。陛下虽非常人,但还是不要妄代天公施罚。"

皇帝冷漠地回道:"世叔今日前来,莫非只是进谏,并不是想代天公施怒？"

叶流云苦笑一声，右臂缓缓抬起，指着庆庙前方的那片血泊，以及血泊之中那几个庆庙的祭祀。这时他的袖口微褪，露出那只无一丝尘垢、光滑如玉的右手，这绝对不像是一位老人。

"陛下……施怒的人是你自己。祭祀乃侍奉神庙的苦修士，他们也知道，陛下此行祭天乃是乱命。君有乱命，臣不能受，祭礼也不能受……所以你才会杀了他们。"

是的，皇帝祭天的"罪太子书"出自内廷之手，罪名不过放诞、蓄姬、不端这些模糊的事项，而这是太子若干年前的表现，和如今这位沉稳孝悌的太子完全两样。历朝历代废太子，不曾有过这样的昏乱旨意、无凭无稽的祭天文。

大东山庆庙历史悠久，虽然不在京都，但庆庙几大祭祀往往在此清修，只不过随着大祭祀的离奇死亡，二祭祀三石大师中箭而亡，庆庙本来就被庆帝削弱得不成模样的实力，更是残存无几。所以一路由山门上山，大东山庆庙的祭祀们表现得是那样谦卑与顺从。但当庆国皇帝在今天清晨正式开始祭天告罪废太子的时候，仍然有一些祭祀勇敢地站了出来，言辞激烈地表示了反对。

朝廷对庆庙的暗中侵害，大祭祀二祭祀的先后死亡，让庆庙祭祀们感到无比愤怒，叛军的到来给了这些人无穷勇气。所以他们变成了庙前的几具死尸，勇气化作了腥臭惹蝇的血水。

当有人敢违抗皇帝陛下的旨意时，皇帝向来是不惮于杀人的，即便是大东山上的祭祀。庆帝唯一不敢杀的人，是那些他暂时无法杀死的人——比如叶流云。他平静地注视着石阶边的叶流云开口说道："世叔，您不是愚痴百姓，自然知道这些祭祀不过凡人而已，朕即便杀了，又和天意何关？"

叶流云眉头微皱说道："即便祭祀是凡人，但这座庙宇却不凡，想必陛下应该比我更清楚。在庙宇正门杀人，血流入阶，陛下难道不担心天公降怒？"

皇帝将手负在身后，神情漠然地说道："你我活在人世间，并非天之尽处。朕这一生，从不敬鬼神，只敬世叔一人，所以，朕请了一位故人来和世叔见面。"

这个世界上能有资格被庆帝称为叶流云故人的不过那寥寥几人而已。当庆庙钟声再次响起，偏院木门吱呀拉开，一阵山风掠过山巅，系着一块黑布的五竹从门内走了出来……

叶流云不是太意外，只是有些不解与苦涩，轻声说道："澹州一别多年，不闻君之消息已逾两载。本以为你已经回去了，没想到原来你在大东山上。"

两年前的夏天，北齐国师苦荷与人暗中决斗受伤，叶流云身为四大宗师之一，自然能猜到动手的是五竹，所以才会有这句"不闻君之消息已逾两载"。而他那句"本以为你已经回去了"更是隐藏了太多的讯息，不过没有几个人能听明白，当年澹州悬崖下的对话，范闲远在峭壁之上，根本没有听见。

五竹一如既往干净利落，说了两个字后，便站在了小院的门口，没有往场间再移一步，遥遥对着叶流云，离皇帝的距离却要近些。

他说的两个字是："你好。"

不过"你好"两个字，却让叶流云比先前看着他从院中出来更加震惊，更加动容，甚至忍不住宽慰地笑了起来，笑得十分真诚。然后笑声戛然而止，叶流云转身面对皇帝陛下，赞叹道："陛下神机妙算，难怪会有大东山祭天一行，连这个怪物都被你挖了出来，我便是不想佩服也不行。"

皇帝闻言没有任何得意，反而是眉角极不易为人察觉地抖了两下。是的，祭天本来就是针对叶流云的一个局，而当五竹这个局中锋将站出来时，叶流云却没有落入局中的反应。

势这种东西，向来是你来我回，皇帝眼中略有担忧，应该是知道自己与范闲猜测的大事终于要变成现实。他看了一眼身旁的洪老太监，眼神平静，却含着许多意思，似乎是在询问，为何不马上出手？以大宗师的境界，即便是以二对一，可如果不能抓住先前那一刻叶流云因为五竹神秘出现而引起的一丝心防松动，想要杀死叶流云，依然会变成一件极其难以完成的任务。

洪老太监却根本没有理会皇帝陛下的目光，他用异常炽热的眼神盯着前方，穿越了叶流云的双肩，直射石阶下方那些山林，忽然，他往前移了半步，挡在了皇帝的身前，然后他缓缓直起了身子。

似乎一辈子都佝着身子的洪公公，忽然直起了身子，便是这样一个简单的动作的改变，一种说不出来的气势开始汹涌地充入他的身体，异常磅礴地向着山巅四周散发……明明众人都知道洪公公的身体并没有变大，但所有人在这一瞬间都产生了一个错觉，似乎洪公公已经变成了一尊不可击败的天神，浑身上下散发着刺眼的光芒，将身后的庆帝完全遮掩了下去。

这股真气的强烈程度，甚至隐隐超出了一个凡人肉身所能容纳的极限。

霸道至极。

叶流云静静地、久久地看着洪公公，感慨道："卿本佳人，奈何为奴？"

洪公公银白的发丝在风中飘拂，沙哑着声音道："我是陛下的奴才，而你们……不过是人间的奴才，有什么区别？"

"无边落木萧萧下，不尽大江滚滚流"，这是范闲在京都抄的第一首诗，且不论大江的"大"字究竟是否合宜，总之这首诗已经在这个世界上传颂开来。

大东山上的人们这一天有幸或是不幸，在这一刻，都联想到了这句诗的前半段。因为他们感受到了一股冲天而起的剑气，正在石阶下方的山林里肆虐，即便是遥远的山巅也被这股凌烈至极的剑气所侵，青青林木纷纷落叶，落叶成青堆。

在这一刻，高达以为自己飞了起来。他飞越了大东山山腰的层层青林，林间的淡淡雾霭，飞越了那些疾射而高的弩箭，越来越高。

飞得越高，看得越远，在那一瞬间，高达看见山脚下的山门，看见长长石径上那些青色石板上染着的血渍，林间闪耀的刀光，石径旁像毒蛇一般的剑影。然后他落了下去，重重地摔了下去，不知道折断了多少根树枝，嘭的一声砸在了林子里的湿地上，险些摔下了陡峭的山岸。

他闷哼一声，凭借体内的真气强抗了这次冲击，整个人像装了弹簧一样蹦起，双手紧紧握着长刀柄，抬步，准备再次向那条死亡的石径冲过去。

就是这么一个简单的动作，让他觉得浑身的骨头同时碎裂，疼痛得难以忍受，一声闷哼从他的鼻子里传了出来，两道血水也从他的鼻子里渗了出来。他双腿一软，下意识反手将长刀往身旁地下刺入，以支撑自己的身体，不料刀尖一触泥地在一瞬间噼噼啪啪碎成了无数块金属片！

当当脆响中，高达狼狈不堪地摔倒在林间的泥地中，身边是刀的碎片，手中握着可怜的残余刀柄，眼中尽是惊骇与恐惧，说不出的可怜。

他是被一把剑直接斩飞的。

身为范闲的亲卫，高达拥有八品上的实力，当初在北齐宫廷中一刀退敌，那是何等样的威风！即便在宫廷虎卫之中，也是数得出来的高手，却不料竟然被一把剑像拍蚊子一样拍飞了！

高达看着远方石径上的剑光，心头一阵绝望。这次范闲带着他们七名虎卫远赴澹州，不料却被陛下带到了大东山，接着便遇到了刺驾一事。身为虎卫，第一要务便是保护陛下的安危。他不知道这个时候范闲已经悄悄溜下了悬崖，还是领着另外六名虎卫与宫廷侍卫们会合，在这条陡峭的石径上，进行最无情的绝杀。

百余名虎卫守护一条山径，依理来讲，天底下没有什么高手可以突破上山。然而世间，总是有那么几个不怎么依循道理而存在的存在，比如先前化为流云而过的庆国大宗师叶流云；比如此时手执一把剑，正在石径上遇神弑神，顾前不顾后，剑意凄厉绝艳已经到了顶点的那位。

高达咽下口中发甜的唾沫，强行平复了一下呼吸，听着石径上的声音越来越小，知道自己的兄弟们只怕已经死在了那位大宗师的手中。

虎卫，最基本的要求便是对陛下忠心，明知道自己这些人面对的是人世间最巅峰的力量，可他们坚毅地挡在石径上，挡在陛下的身前，泼洒着碧血，剖开了胸腹，舍生忘死，不退一步。所以他这时候的第一反应是，自己应该再冲过去，再拦在那个可怕的大人物面前，充当对方剑下的另一条游魂。哪怕自己已经受了重伤，哪怕自己的刀已经成了碎片！

但在这一瞬间他却犹豫了一下。

长长碧血石径上，不知道有多少虎卫试图七人合围，用日常训练中对付九品上高手的方法对付那位大人物，然而一切的努力都是徒劳的，那把似乎自幽冥中来、携着一往无前气势的剑，只是那样轻轻地挥舞着，泛着重重的杀气，便将人们的刀斩断，手臂斩断，头颅斩断。

高达之所以还能活着，是因为这两年他受了范闲太多的影响，厉杀长刀中不自主地带上了几分范闲小手段的阴暗印记。不再一味厉杀，不再一步不退，所以哪怕对上那位大人物，他不是一合之敌，经脉被剑意侵袭欲裂，可依然活了下来。既然活下来了，还要去送死吗？

不！

小范大人曾经无数次说过，遇到任何事情都首先要把命保下来，才有机会挽回损失，自己就算再次冲过去，死在石径上也于事无补。他咬着牙做出了决定，要找机会突围出去。

从他做出这个决定开始，他就已不仅仅是一名皇家虎卫了。只是当时的他怎么也想不到，自己的这个选择，三年后会给这天下带来多少的震惊。

嘀嗒嘀嗒，血滴缓缓坠下，很微小的声音，在这一刻却那样刺耳，甚至让场间的人们感觉要比古旧庙宇的钟声更能震动人们的心灵。

血滴是从一把剑的剑尖上滴落的。

这把剑缓缓升起，越过最后一级石阶，出现在大东山山顶众人的眼中。

剑很普通，看不出什么特殊，就连剑柄也只是随便用麻绳缚了一层，看上去有些破旧。

然而就是这样普通的一把剑，却耀着令所有人感到畏惧的强势与寒意，剑身上的血水缓缓向剑尖聚集，再缓缓落下，看到这把剑的人都感觉自己心尖的血也在随着这个过程往体外流着。所以他们的脸色都开始发白。然后他们看见了握着这把剑的那只手，那个人。

那个戴着笠帽穿着麻衣，身材并不高大，反而显得有些矮小的人。

和叶流云的潇洒不沾尘完全是两个极端，这位大人物因为身体矮小，麻衣破烂，浑身满是衣物的裂口和灰尘血水，手中提着一把沾血破旧的剑，人显得无比委琐。但没有人敢发笑，因为他们知道，这个大人物绝情灭性，杀人无数，从恐怖的程度上讲，要比叶流云还要可怕无数倍。

洪老太监静静地看着拾级而上的委琐剑者，微微一笑，然后缓缓收回释放出去的霸道气息，整个人的身体又佝偻了下来，恢复了一个老太监的模样。

庆帝冷漠地看了眼石阶处新来的那位，转而对叶流云道："看来云睿这一次下的本钱不少，只是世叔，您也和她一起发疯？家国家国，为家族而叛国，实在是让朕意想不到。"

既然那位麻衣剑客与叶流云站在了一起，自然说明天底下最强悍的这几个老怪物已经联手做了一个决定，不能让庆国开国以来最强悍的这位帝王继续生存下去。

叶流云不解释，不自辩。

那位拿着剑的恐怖大人物上崖以来，所有的人都紧张无声，庆帝却是一点不惧，冷笑盯着对方那件满是破洞的麻衫，嘲讽道："四顾剑，你不在草庐养老，在这大东山做什么？看你这狼狈样，杀光朕的虎卫，你以为就不用付出些代价？白痴就是白痴，我大庆朝治好你的痴病，你不思报恩也便罢了，非要执剑强杀上山，空耗自己真气……看来这么多年过去，你的脑袋也没有好使一些。"

是的，一个矮小的老人穿着破烂的麻衣，拿着破烂的剑，就这样杀上不尽石阶，杀尽百余虎卫。这样的人，放眼整个天下，也只有那个顾前不顾后、单剑护持东夷城及诸侯小国二十年的四顾剑。

没有人敢对四顾剑不敬，只有庆国皇帝敢用这种口气对他说话。这番讥讽的话语，落在有心人耳中，却听出了几分色厉内荏之音。

四顾剑却是看也懒得看庆帝一眼，只是盯着皇帝身边的洪老太监，眼神炽热起来，似乎要穿透笠帽下的阴影，融化掉洪老太监苍老的面容。他开口说话，声音却不像他的身体，亮若洪钟，声能裂松，兴奋得微微战抖。"刚才是你吧，好霸道的真气。我知道范闲也是走这个路子，原来你是他的老师……如此说来，十几年前在皇宫释势之人便是你了，传言果然有道理。"

堂堂庆国皇帝被这位大宗师视若无睹，皇帝陛下虽不动怒，眼神却渐渐冰冷下来，看着四顾剑说道："阁下三次刺朕，却是连朕的脸都见不着便惨然而退，今次是否有些意外之喜？"

四顾剑似乎此时才听到他的说话，看着庆帝摇头道："你比你儿子长得差远了，有什么好看的？"

皇帝挑眉道："这自然说的是安之，难道你见过他？"

四顾剑道："我有个女徒孙叫吕思思，明明她师姐是被范闲杀死的，可自从在杭州远远见过范闲一面，这小丫头便忘了怨仇，天天捧着什么《半闲斋书话》在看，想来他长得极好。"

海风微拂山巅，庆帝哈哈大笑道："你们东夷城一脉，果然都有些痴气。"

四顾剑沉忖片刻后，认真道："我是白痴，我那小徒弟更白痴，我徒孙是花痴，这也很应该。"

然后这位看上去有几分傻气的大宗师忽然望着皇帝道："治国、打仗这种事情，我不如你，天底下也没有几个比你更强大的。所以我必须尊敬你，刚才对你不礼貌，你不要介意。"

"先生客气了。"皇帝摆手道，然后和四顾剑同时哈哈大笑了起来，就连越来越强劲的海风也遮掩不住这笑声传播开去。四顾剑的笑声挟着精纯至极的真气，自然破风无碍；皇帝的笑声，却是含着他久为天下至尊所养成的豪气。

然后笑声戛然而止，场间一阵尴尬的沉默，似乎双方都不知道应该如何将这场荒诞的戏剧演下去。杀与被杀，这是一个问题，而不是一个需要彼此寒暄谈心、讲历史说故事的长篇戏剧，只是四顾剑与皇帝陛下先前为何会拙劣地做这番对话？

"此局本是朕依着云睿之意，顺她布局之势，意图将世叔长留在此……不料云睿如此之疯狂，竟不顾国体安危，将东夷城与北齐也绑上了她的战车。"皇帝没有丝毫畏怯，看着四顾剑笠帽下的阴影，"大宗师久不现世，出世必令天下大动，今日二位来此，自然是势在必得，朕虽不畏死，却不愿死，所以不得不拖。朕实在不知，阁下为何也要陪我拖这么久？"

四顾剑有些局促不安地说道："天下这四个怪物，我们三个都算得上是神交已久的朋友，就只有这位公公喜欢躲在宫里。我了解叶流云的性情，如果可以，即便这位公公现了身，他会一个人动手，而不会等着我们这些外族人来干涉庆国的内政。所以我想知道他到底为什么没有出手？"

叶流云感慨道："痴剑，你这时候还没有感觉到吗？"

四顾剑身体矮小，所以显得头顶的笠帽格外大，但众人还是看到了他唇角的一丝苦笑，吃惊地想着究竟是什么样的发现，会让这位视剑如命、杀人如草的大宗师也安静了这样久。

四顾剑转身对着众人身后那座古旧庙宇的门口提剑一礼，苦恼地说道："实在是想不明白，这些人世间的破事，你来凑什么热闹？"

被四顾剑目光扫过的那些官员祭祀们惊恐不已，赶紧避开，生怕被其目光触及。此时人群自然分开，让出了一条道路，露出了古庙的黑色木门，以及门外穿着一身黑衣、似乎与这座庙宇已经融为一体的五竹。

第十一章 会东山

庆帝又笑了起来，只是此时的笑声却自如了很多："阁下来得，老五为何来不得？"

叶流云苦笑着摇了摇头，对四顾剑道："围山的时候，范闲在山上，他自然也来了。"

四顾剑哪里关心过围山时的具体过程，愣了半晌后，忽然破口大骂了起来，全然不顾大宗师的气势与体面，一连串竟然是骂了足足数十息，将所有能想到的污言秽语都骂了出来。

"狗日的……云之澜和燕小乙这两个蠢货！把那个小白脸围在山上干什么？这是要阴死老子？"四顾剑好不容易停止了骂声，忽然神情一凛，嘲笑道："难怪你一点不怕，看来先前说错了，治国行军我不如你，压榨自己的子女亲人，这种本事，我更不如你。"

庆帝微微一笑，没有言语。很明显，不论是四顾剑还是叶流云，对忽然出现在大东山的五竹都感到震惊与警惕。虽然他们是大宗师，但过往的历史已经证明了许多，不然四顾剑也不会觍着脸将那个心性执着、最似自己却格外温柔的关门弟子送到范闲身边，真实原因不就是因为这个瞎子吗！

四顾剑忽然望着五竹说道："你不要掺和这件事情，下山吧，这皇帝不是什么好鸟……我们这些老家伙给你一个保证，范闲这辈子绝对会风风光光，就算不在南庆，去我东夷，我让他当城主。"

众人露出震惊与惶恐的表情，他们不知道那个站在庙门的黑衣人是谁，竟能让两位大宗师在刺驾前的一瞬间停止了下来，还竟然让四顾剑许出了这样大的承诺。大宗师说的话，没有人会不相信。所以人们更好奇，那位和小范大人息息相关的黑衣人，究竟是何方神圣？

皇帝的眉头微微皱了皱，因为他发现此时五竹正低着头似乎在想什么。

五竹思考了一会儿后，缓声说道："不好意思，范闲让我保住皇帝的性命。"

如同叶流云一样，四顾剑也张大了嘴，陷入比看见五竹还要震惊的震惊之中，半晌后才道："三十年不见，想不到你竟然变得话多了……如果不是知道站在眼前的是你，只怕还以为你是被人冒充的。"

五竹摇了摇头，懒得回答这个无聊的问题。四顾剑正了正头顶的笠帽说道："我们当年是有情分的……除非迫不得已，我不想对你动手，你要知道，牛栏山后这几年，我对范闲可是忍了很久。"

众人再次心惊，暗想当年的情分是什么？

五竹微微一怔，想了半晌后轻声道："你那时候鼻涕都落到地上了……脏得没办法。"

四顾剑哈哈大笑："我现在还是那个流鼻涕的白痴，如何，要不要再陪我去蹲蹲？"

五竹唇角渐翘，似乎想笑却终究没有笑出来，只是摇了摇头。

四顾剑也摇了摇头，将剑收回身旁的鞘中。叶流云惊道："干吗？"四顾剑指指洪老太监，指指五竹，又看看叶流云，没好气说道："两个打两个，傻子才动手。"

叶流云无奈地说道："可你难道不是傻子？"

"我是傻子。"四顾剑认真地回道，"可我不是疯子。"

场间包括庆国官员和祭祀，还有几个太监在内的众人，其实都是第一次看见这些传说中的人物。在初始的敬畏害怕之后，此时再看了这几幕，心中不禁生出了无数荒谬的感觉。这几个像小孩子一样斗嘴斗气的老头儿，难道就是暗中影响天下大势二十年的大宗师？

如果四顾剑和叶流云真的退走，这幕大剧便成为一场闹剧。而四顾剑也不是真的白痴，他当然知道，如果真的让庆帝活着回了京都，会带来多么可怕的后果。他忽然扯着嗓子骂道："反正二打二，老子是不干的，那贼货再不出来，老子立马下山。"

皇帝听着此言，面色大寒。

有流云沉浮于山腰，有天剑刺破石径，有落叶随风而至。

风过光散，一须弥间，第三个戴着笠帽的人，就像一片落叶，很自然地飘到了山顶上。

苦荷终于来了。

"大宗师果然不愧是大宗师，就算是破口大骂，居然也能从空无一片中，骂出一个大宗师来。"王启年躲在满脸惊恐的任少安身后，在心里习惯性地相声了一下，眼珠子便开始转了起来，趁着众人没注意，他悄无声息地往后面挪着步子。和高达一样，他们这些在范闲身边待久了的人和世上大部分忠臣孝子的心思有了些许差别——活着是最重要的，哪怕陛下要蹬腿了，可自己还得活着呀。

他与宗迫并称监察院双翼，论起逃命匿迹之类的功夫实在是天下无三，此时众人的注意力全部集中在苦荷大师的身上，根本留意不到少了一个人。当然这瞒不过山顶上的这几位大宗师，只是他们看着彼此，看着庆帝，却吝于分出一分心神去看那个不知道是谁的糟老头子。

层层乌云无来由地拢聚，高悬于大东山之顶的天空中，将炽烈日光遮去大半，山顶重入阴郁的海风之中，一片安静。

礼部尚书本应出列严词指责眼前这幕卑劣的谋杀，但他却说不出话来。任少安年岁不大，他应该站在皇帝的身边，帮陛下挡住这些来自内部、来自异国的强大杀气，可是……他不敢。

是的，所有人都不敢动，所有人都不敢说话，所有人的心中都泛起无比复杂的情绪，或激动，或恐惧，或兴奋，或绝望，或敬畏，或悲伤。

是的，并不如何阔大的山顶上，今日发生了太多的事情，来了太多的大人物，以至于那些错落有致的古旧庙宇，也开始在海风中发抖，檐角的铜铃叮叮当当，向这些大人物表示着礼拜。

叶流云、四顾剑、苦荷，天下三国民众顶礼膜拜的三位大宗师。三位大宗师各居天南地北，苦荷乃北齐国师，四顾剑一剑护东夷，叶流云却是漂泊海上难觅踪。这个世界上没有任何人能同时请动他们三位出现在同一个地方，这是身为人间巅峰的自觉。

今天他们却为了一个人来到了大东山。

因为对方是雄心从未消退的庆国皇帝，天下第一强国的皇帝，人世间权力最大的那个人！

而皇帝的身边站着洪公公，从不出京的洪公公。

四大宗师会大东山！

刺庆帝！

人间武力的巅峰与权力的巅峰齐聚于此。

这样的场景往往只能存在于人们的幻想中，或者是北齐说书人的话本里，从来没有在这片大陆的历史上出现过，在以后的漫长岁月里或许也再没有机会出现，然而却在这个夏末的大东山上变为真实。

而在那间古旧小庙的门口还站着一位瞎子，眼睛上系着一块黑布的瞎子。

"见过陛下。"

最后上山的那位大宗师也穿着麻衣，脚却是赤裸着，麻裤直垂脚踝处，没有遮住未沾分尘的双脚。

皇帝微微躬身："一年半未见国师，国师精神愈发好了。"

苦荷取下笠帽，露出那个光头，额上的皱纹里透着宁和的气息，轻声道："陛下精神也不差。"

皇帝已经从先前的震惊中摆脱了出来。既然老五来得，四顾剑来得，苦荷自然也来得。他苦笑了一声，似乎是在赞叹自己刻意留下一条性命的妹妹竟然会弄出如此大的手笔来。

"真不知道，云睿有什么能力能说动几位。"不需片刻时光，皇帝笑容里苦涩尽去，昂然道，"君等不是凡人，朕乃天子，亦不是凡人，要杀朕……你们可有承担朕死后天下大乱的勇气？"

此言并无虚假，他若遇刺身死，不啻是在庆国子民的心上撕开了道大大的伤口。一向稳定的庆国朝野受此重创，如果要保持内部的平衡，必定要在外部寻找一个怒气的发泄口。不论朝中诸臣忠或不忠，不论长公主如何控制，在国君新丧的强大压力下，必然会被迫兴兵。

以庆国强大的军力，多年来培养出的民众血性，一旦举起为陛下复仇的大旗，杀气盈沸之下，北齐和东夷如何支撑得住？即便对方有大宗师……可是天下乱局必起！

"朕一死，天下会死千万人。"皇帝轻蔑地笑道，"你们三人向来都喜欢自命为百姓守护者，苦荷你护北齐，四顾剑护东夷，然而却要因为朕的死亡，导致你们子民的死亡、饥饿、受辱、流离失所、百年不得喘息……这个交易划算吗？"

苦荷微微一笑："如果陛下不死，难道就不会出兵？天下大战便不会发生？"

皇帝道："这二十年间，天下并未有大的战事，你们最清楚是为什么。"

苦荷叹息道："陛下用兵如神，庆国一日强盛过一日。陛下之所以怜惜万民，未生战衅，不外乎是世上还有我们这几个老头子活着，不然即便一统天下，这天下又如何安得下来？"

"不错，朕便是在等你们老，等你们死。"皇帝漠然说道，"朕比你们年轻，朕可以等……"

"我们不能等了。"苦荷再次叹息道，"不然我们死后，谁来维系这天下的太平？"

庆帝剑眉渐蹙，夹着一丝冷漠与强横："太平？这个天下的太平，只有朕能给予！就凭你们三个不识时务、只知打打杀杀的莽夫，难道能给天下万民个太平盛世？"

苦荷轻声道："千年之后，史书上再如何谈论今日大东山之事，那不是我们所能控制，每个苍生中一员，都无法对遥远的将来负责，我们所要看的，不过是这个清静世界中的当下。"

"所以朕必须死？"庆帝转首望着叶流云道，"世叔，您是庆国人，乘桴浮于海，何等潇洒，您要朕死，也是为了天下的太平？莫忘了，我大庆南征北战杀人无数，你叶家便要占其间的三成！"

不待叶流云回答，庆帝又转向四顾剑，冷笑道："你呢？一个杀人如草的剑痴，竟然会心怀天下？莫非你当年杀了自己全家满门，也是为了东夷城的太平？"他最后望向苦荷不屑道："天一道倒是有些漂亮的名头，可你们这些修士不事生产，全由民众供养，又算得什么东西？不过一群蛀虫罢了！至于你当年更是杀了多少人？

"战明月！不要以为剃了个光头，就可以把自己手上的血洗掉。

"世叔，你只不过是为了自己家族的存续，当然，朕起意在此地杀你，你要杀朕，朕毫无怨言。

"四顾剑，你守护东夷城若干年，朕要灭东夷，你来刺朕，理所应当。

"苦荷，你乃是北齐国师，朕要吞北齐，你行此狂举，利益所在，不须多言。

"尔等三人，皆有杀朕的理由，也有杀朕的资格，但……"

他看着这三位一身修为惊天动地的大宗师，鄙夷之意抑制不住："诸君心中打着各自的小算盘，何必再折腾一个欺世的名目出来？戴着三顶笠帽，穿着三件麻衣，以为就是百姓？错！你们本来就是不应该存在于这个世界的怪物。为万民请命，你们配吗？"

庆帝轻轻拂袖，长声大笑，笑声里满是不屑与嘲讽，或嘲讽那三位高立于人间巅峰的大宗师，或是自嘲于算计终究不敌天意的宿命感。

"罢罢罢，这天道向来不公，三个匹夫，便要误朕大计。二十年来，朕常问这老天,为何千年前不生,百年前不生,偏在朕活着的时候,生出你们这些老怪物来……"

他忽然敛了笑容,冷漠道:"如今人都已经到齐了,还等什么呢?"

于三大宗师包围之中,笑谈无忌,这是何等样的自信神采!若换成世间任何一位权贵,置于他此时的处境中,只怕纵使再如何心神清明,终究也会陷入某种难以承担的情绪之中。只有庆帝依旧侃侃而谈,没有一丁点儿畏惧,有的只是一丝错愕后的坦然,以及坦然之后的那种淡淡的惆怅与无奈。

最后那段话的意思很清楚,以庆帝的手段、魄力、决心,二十年前就已经出现了天下一统的迹象,他有能力完成这件大事业,成为真正的天下共主。

而在二十年前,庆国统一天下的步伐却被迫放慢了下来。因为在庆国代替大魏,成为大陆上最强盛的国家进程中,人间的武道境界忽然间有了一次飞越,三十年前开始,人世间逐渐出现了几位大宗师。人类的历史中,以往并没有出现过这种能够以一人之力对抗国家机器的怪物。一旦出现这种恐怖的大宗师,即便心性强大如庆帝,依然不得不暂摄兵锋,谋求一个暂时的平衡。

"还等什么呢?"庆帝再次用嘲讽的语气重复了一遍,"堂堂大宗师也会怕朕?战明月你一直隐而不出,是不是担心这大东山之局是朕与云睿联手设的?"

一语道破他人心思,庆国皇帝就是有这种能力,即便对方是深不可测的大宗师。

苦荷头顶映着乌云下的淡光,整个人似乎已经和这片山巅融为了一体,和声回道:"说到底,还是这些年北齐、东夷两地被陛下和长公主殿下害惨了。"

是的,三位大宗师都会思考,长公主的忽然失势与太子的忽然被废,是不是庆国人的阴谋,所以他们必须先看到庆国内部真正的问题,才会出现在大东山上。

大东山上方的乌云范围越来越广阔，最后连到了海天交接处，整片天穹都被乌暗的云朵遮蔽，云中的翻滚挤弄清晰可见，似乎有些不知名的能量正在那些变形、挣扎的云层间蕴积。

呜呜……风声呼啸，云间隐有雷声隆动，似乎是天地在痛苦地呻吟，然后落下一滴雨水。

第一滴雨水落下时，恰巧落在了庆帝身上明黄龙袍上的金丝绘龙上。雨水打在那条蟠龙的右眼中，明黄的衣料沾水色重，让那只龙眸显得黯淡了起来，悲伤了起来。

势。

异常强大的四道势，同时出现在乌云笼罩的大东山山顶，互相干扰着、依偎着、冲突着，渐渐交汇，直欲冲天而起，与山顶上空的那些厚云隐雷天威做一番较量！

实。

四道势含着实体的力量，完美地融合在一起，进入到一种玄妙的境界。在第一滴雨落下时，便掌控了大东山山顶的一切。所有的生命在这实势圆融的境界中，开始失去自我心灵的掌控。

庆国官员与庙宇的祭祀们仍然站立着，只是浑身上下僵硬，没有一丝动弹的可能。他们因恐惧而眼瞳无法缩小，他们想惊声尖叫却张不开嘴。

山顶四周的长长青草像一柄柄剑般倒下，刺向场地的正中间，就像是在膜拜人间的君主。庙宇檐上的铜铃轻轻摇荡，但内里的响铁也随之和谐而动，发不出任何声音。地面的黄土用一种肉眼可以看见的速度，缓缓向着青石缝隙里退去，缩成一道瑟缩的线，躲避这股磅礴的力量。

一片死寂，所有的声音都被封锁在实势形成的坚厚屏障内，云层绞杀的雷声，雨滴润土的轻语，都变成了哑剧的字幕，能观其形，而无法闻其声。

实超九品，势突九品，人类一直在思考，这究竟是怎样的力量？而今日大东山上，人间最巅峰的数人同时出手，这股威力甚至隐隐超出了人类的范畴，而开始向着虚无缥缈的天道无限靠近。

大风起兮，无声无息。

大雨落下，听不到嘀嗒。

雨水击打在苦荷大师苍老的面容上，没有被他的真气激成雨粉，而是十分温柔自然地滑落，打湿了他的衣襟与赤足。山巅的狂风，吹拂着他的衣裳向后飘动，他的人却像一座山一样，静静地伫立在原地，迎着风吹雨打，没有刻意抵抗，只是温柔自然地和风雨混在一处。

此乃借势，借山势，借风势，借雨势，平和对面那股霸道到了极点的真气。

洪公公一手牵着庆帝，整个人的身体已经挺拔了起来，体内霸道的真气毫无保留地释放了出来。他的须发皆张，刺破了头顶戴着的宦帽，衣裳也逆着风势而飞舞，浑身上下散发着一股鬼神辟易的霸道气息，似乎直要将这山、这风、这雨统统碾碎！

苦荷大师的眼中忽然闪过一丝妖异的光彩，那是一丝完全不合天一道中正平和之意的妖异。他唇中念念有词，听不清在念着什么，却让他的身体在风雨中无助地摆动，却看不到一丝颓色。

洪公公这处全力而发，气息冲天而去，震得他与皇帝四周的雨水变成一片粉雾，弥漫身周，模糊了其中的景象。霸道终不可持，尤其是这种逆天动地的霸道，洪公公的瞳子耀着异彩，整个人像是年轻了数十岁。难道他是在耗损着自己的生命真元，从而拖住这三位大宗师一刹，以给五竹救驾的机会？

五竹在雨中，任雨水打湿黑布，却是一动未动。但这不代表他永远不会动，所以四顾剑像一道变了方向的雨水，划出一道黑影，像鬼魅一样站在了五竹与庆帝的中间。

笠帽遮着他的脸，漫天的雨水似乎要将这个穿着麻衣的矮子完全吞没，但再大的风雨也无法吞没他手中倒提着的那把剑。

五竹隔着黑布"望"了四顾剑手中的剑一眼。

在风雨中依然耀着寒光血意的那柄剑忽然黯淡了一瞬间。

四顾剑依然未动，真气却逼将出来，顺着身上麻衣大大小小数百个口子向外渗了出来。

这几百条口子，是这位大宗师一剑杀尽百名虎卫的代价。

四顾剑的真气宛若实质，从他的麻衣裂口中激射而出，虽未发出声音，但从那些裂口处麻衣急速摇摆的形状，可以感受得异常清楚。这些真气的碎片被逼出他的身体后，并未破空而去，却是绕着凄厉的弧线，在他的身周上下飞舞——带动着那些雨水飞舞。

雨水变成了一块块锋片，无声飞舞，透明一片，看上去神奇无比。

五竹缓缓低头，反手握住了腰间的那根铁钎，眉头皱了一下。

在这一瞬间，四顾剑身周的雨水锋片飞舞得愈发激烈起来，割断了身周的一切生机，让整个山巅都笼罩在一股绝望厉杀的氛围之中。

叶流云也没有拔剑，因为他的剑已经刺入山脚的悬崖石壁之中。场间五位大宗师级别的绝世强者，此时只有他一个人显得有些落寞。

他是庆国人。

他是叶家的守护神。

他被庆国陛下称为世叔。

他要杀死庆国的皇帝。

他那双断金斩玉、崩云捕风的手，依旧稳定而温柔地放在袖中，始终没有伸出来。

然而在某个瞬间，苦荷大师最先动了。

他往洪老公公的身边走了一步，轻轻地踏了一步。洪公公觉得似乎有一座山向着自己压了过来，眉毛一挑，左手中指微屈一出，如天雷崩去，纯以霸道真气破对方圆融之势。

山破。

雨至。

苦荷双手合十，满天风雨在这一瞬间改变了方向，向着洪公公那张骤然间年轻了数十岁的脸颊上扑去。

雨水触到洪公公的脸颊，没有激出任何印迹，只是多了几条皱纹，整个人苍老了少许。

那些雨水马上被蒸发干净，洪公公再屈食指，一指向着身前的空中敲了下去，虽则无声无息，却是激得雨水从中让路，让那青石板上寸裂而开，露出下方瑟缩黄土。便是黄土也承受不了这种暴戾的气息，无数颗粒翻滚着、绞弄着，把湿润的水气挤压了出去！

苦荷如落叶般，不沾雨水飘退，他先前踏着的那一方青石板，忽然间消失，于暴雨中干燥，露出了龟裂的地皮，似黄沙。他知道这位隐在庆宫数十载的同行人，今日已有去念，不然不会选择如此强硬的战斗方式。

如此霸道的真气，如此强悍地释出，即便是大宗师的身体也支撑不了太久。

他再次飘前，依然如落叶，握住了洪公公的左手。

就像是落叶终于被雨水打湿，死死地贴附在庙宇斑驳的墙壁上，再也无法脱离。

洪公公的眉毛飘了起来。

苦荷的衣裳鼓动了起来。

二人间的空气开始不停地变形，却让穿越其间的风雨骇得平静起来。

依旧没有一丝声音。

雨水顺着笠帽流下，形成一道水帘，遮住四顾剑的脸。他低着头，轻轻松开手掌，放开了剑柄，于风雨之中并二指疾出，各指天际，不知方向，身周风雨顿乱，剑意大作！

长剑从他的手中缓缓向下滑落，却定在了半空之中，不再落下，于刹那间重获光彩，一道亮光从剑柄直穿剑尖，杀意直指大地，反指天空，一往无前，其势不可阻挡。

地面上无由出现了一个深不见底的黑洞。

五竹低着头，反手握紧了铁钎，拇指压在了食指之上，指节微微发白。

叶流云知道自己必须出手了，这最后的一击，必须由自己完成，这是协议中最关键的一部分。

他缓缓睁开双眼，眼神已经是一片平静，于袖中伸出那双洁白如玉的手掌。

场间实势的平衡顿时被打破，洪公公一身霸道气息，再也无法抵挡三位大宗师的合击，场间玄妙的境界顿时被撕开了一道小口子，而泡沫上的小口子，足以毁灭一切。

声音重临大地。

一声闷响在苦荷大师与洪公公身间响起，先前两道性质完全不同的真气相冲，声音却延迟至此时才响起，闷声如雷，如风云。

苦荷双臂上的麻衣全数震碎，露出满是血痕的苍老双臂。但他的眼神依然平静宁和，双手轻柔地拂着洪太监的右手，落叶重被山风吹动，划着异常诡异看上去却又十分自然的痕迹，飘了上去。

他的右掌轻轻抚在了洪公公的胸上。

洪公公的面容更加苍老三分，胸膛忽然暴烈地胀了起来，将那挟着天地之势温柔贴近的一掌震开！

苦荷再轻柔地摁上第二只手掌。

皇帝叹了一口气，松开了一直握着洪公公的那只手。

这声叹息在安静许久的山巅响起，显得是那样凄凉而平静。

"浪花只开一时，但比千年石，并无甚不同，流云亦如此，陛下……亦如此。"

叶流云面无表情念完此偈，来到庆帝的身前。此时苦荷与洪公公在一起，五竹与四顾剑在一起，世间再没有人有资格阻止他完成刺君的最后一击。

在这时，天空中的一道闪电终于传到了山巅，雨声也大了起来。电光一闪即逝,只照亮了一刹那,真正的电光火石一瞬间,四顾剑看见对面的五竹松开了握着铁钎的手!

四顾剑咧嘴一笑,并着的两指屈了一指,指尖的雨水滴了下来,他身旁那柄一直悬浮在空中的长剑,呼的一声飞了出去,绕着他的身体画了一个半圆,直刺庆帝的后背!

前有叶流云,后有四顾剑一往无前、凝集全身真气的一剑,就算是大宗师也无法应付,事情终于到了终局的这一刻。

庆帝已经松开了洪公公的手,他不愿意让这位老太监因为自己的缘故,而在宗师战中不得尽兴。他的右手战抖着,面容却是无比平静,已经做好了迎接死亡的准备。

人总是要死的,雨水进入皇帝陛下的双唇,微有苦涩之意。他身上龙袍上的那只龙淋了雨水,在盘云中挣扎,显得格外不甘。

闪电之后,雷声终于降临山巅,咔嚓一声,轰隆连连。

庆国皇帝傲然站在山顶,等待着死亡。

那些庆国大臣与祭祀们已经跌坐在雨水中,看着这令人撕心裂肺的一幕,哭喊着:"陛下!……"

第十二章 京都的蝉鸣

庆历七年的夏末比往常的年头要更热一些。第一场秋雨迟迟未至，层叠三月的暑气全数郁积在民宅街道之中，风吹不散，让整座京都像焐在炕头的棉被里。京都居民们晨起后便会觉得身上全是汗，略一梳洗，出门后又是一阵汗水涌出，一日之中，直让人觉得浑身上下无比黏稠，好不难受。

蝉儿们却高兴了，拼命地高声嘶叫，没有往年夏末秋初时节的声嘶力竭、生命最后的悲切，反而是一种留有余力、游刃有余的高亢。知了、知了的声音，在京都城内外的丛丛青树间此起彼伏，惊扰着人们的困意，嘲笑着人们的难堪。

一根竹竿忽然分开树叶，准确地刺中树干上的某一处。那位正在引吭高歌的蝉兄只觉得眼前一白，感觉被糊了一层东西，情急之下想用触肢去扒拉，不料却连触肢也被糊上，再也无法挣脱，只好在心里叹了口气，暗想得意确实不能太早。

一个小太监得意地望着树上，回手轻轻柔柔将竹竿收了回去，摘下被面筋粘住的蝉，扔进身边的大布袋里，正准备继续出手，余光里却瞥见了院墙边坐在竹椅上乘凉的那位，赶紧屁颠屁颠地跑了过去，凑在那位耳边说了几句什么，像献功一样地扯开布袋给对方看。

洪竹斜乜着眼看了一下，嗯了一声，示意自己知道了，训道："说了多少遍了？要你粘翅膀，非往那知了的头上粘……这半响才粘了几个？待会儿太后被吵醒了，你自己领板子去？"

那个小太监赶紧请罪，带着青树下发呆的十几个太监继续去粘知了。

洪竹半倚在竹椅上，眯眼看着那些小太监的身影，不知怎的，却想起了自己初进宫时的情况——皇宫里树木极多，蝉儿自然也多，尤其是今年夏天太热，一直持续到今日，贵人们对这些知了的鸣叫已经烦不胜烦，亏得洪竹想出了这么个主意，派了几拨小太监往各宫里去粘蝉。

难怪皇帝和皇后都喜欢他，如此细心体贴的奴才，真是少见——只有他自己知道这法子是小范大人教给自个儿的。小范大人如今应该在大东山，也不知道陛下祭天进行得如何了。

皇帝陛下离京祭天，没有依照祖例由太子监国，而是请出了皇太后垂帘，其中隐藏的意思十分明显。皇宫里人心惶惶，各种小道消息传了又传，十分慌乱。

在这一片慌乱之中，洪竹是个另类，他原想继续留在东宫侍候皇后与太子殿下，但不知道为什么，太后将他调到了含光殿来。半年前东宫失火，接着东宫与广信宫的太监宫女们全数离奇死亡，众人不敢议论此事，但对唯一活下来的洪竹，自然多了很多敬畏与疏离。

所有人都死了，小洪公公还活着，这是个可怕的结果。

洪竹是个奴才，但是个有情有义的奴才。他看着东宫的颓凉，不免有些伤感，有些疲惫地起身往含光殿里走去。他微佝着身子，年纪轻轻的却开始有了洪老太监那种死人的气味。

十三城门司的官兵们在暑气中强打精神，细心地查验人们的关防文书。京都守备师的军队，在元台大营处提高了警戒，守护皇宫的禁军站在高高的宫墙上，用怀疑的目光，打量着脚下所有的一切。

京都的防卫力量在这种时刻当然不敢有丝毫松懈，京都百姓却没有这般紧张。不愿待在家中硬抗闷热，便躲进遮阴的茶楼里，喝着并不贵的凉茶，享用着内库出产的拉绳大叶扇，讲一讲最近朝廷里发生的事情，说一说邻居的家长里短——对他们来说,皇宫和自己的邻居似乎也没有太大区别。

蝉儿在茶楼外的树中高声叫着,有几只甚至眼盲地停在了茶楼的青幡上,把那个"茶"字涂成了"荼"字,嘶啦嘶啦的鸣叫声也掩住了茶楼里面好事者们的议论。

人们议论的当然是陛下此行的祭天,只是太子这两年来表现得极好,和往年全然不同,所以包括官员和百姓们的心中都在犯嘀咕,为什么陛下要废储?没有几个人敢当面问这些,但总有人会在背后议论这些。总而言之,京都百姓对东宫太子投予了足够的同情和安慰。或许是因为人们都有同情弱者的精神需要,又或许是身为老百姓,总是希望天下太平一些,不愿意生出什么风波。

此时的京都百姓,包括朝中的官员们都没有想到,庆历七年夏秋之交的这场风波,竟以一种谁也没有料想到的方式,轰隆隆如天雷卷过,把所有人都卷了进来。

呼的一声,大风毫无先兆地从京都宽阔的街道、密集的民宅间生起!风势来得太突然,将那些在街上摆着果摊、低头发困的摊贩凉帽吹掉,吹得满街的果皮乱滚,吹得茶楼外青幡上的蝉只再也附着不住,啪嗒一声落到了地上,于是"荼"字又变成了"茶"字。

坐在茶楼栏边的茶客们好奇地往外望去,心里纳闷,这已经闷了三月的天,难道终于要落下一场及时雨了?然后他们看见本是一片碧蓝的天,忽然间被从东南方向涌来的层层积雨云覆盖,整座京都上方宛若加了一个极大的盖子。云层不停地绞动翻滚,像无数巨龙正在排列着阵形,时有云丝扯出,看上去十分恐怖。如此浓厚的乌云,自然预兆着紧接而来的暴雨。

茶客们不惊反喜,心想老天爷终于肯让这人间清明一些了。

咔嚓一声雷响,雨水终于哗啦啦地下了起来,街上行人纷纷走避。楼上茶客们眯着眼,极为快活地欣赏着许久未见的雨水和宅落被打湿后洗出的别样美丽。

雨下得并不特别大，却特别凉，不一时工夫，茶客们便开始感觉到了丝丝寒意，不免有些意外，心想往年的秋雨淅淅下着，总要下三场才能尽祛暑意，今年这是怎么了？

他们不知道，十几天前东海刮起今夏最大的一场飓风，这场风灾直冲大东山，在海畔五十余里的地面上空降无数雨水，然后势头未减，继续挟着海上蒸腾的水气与湿气，直入庆国腹地。飓风骤雨沿路并没有造成太大的灾害，却给酷热已久的庆国疆土带来了立竿见影的降温降雨。

茶客们搓着手，喝着热茶，暗骂这老天爷太怪，众人出门都未带着伞，更不可能带着单衣，只好在楼中硬抗着凉意。这时忽有一个人望着城门的方向好奇地喊道："出什么事了？"

听着这喊声，好热闹的人们凑到栏边往那边看去。隔着层层雨雾，看不清楚出了何事，只隐约感觉到了一阵躁动与军士们的慌乱——京都城门由十三城门司兵马把守，军纪极严，为何如此？

嘚嘚马蹄声响，踏破长街雨水，声声急促。茶客们定睛望去，只见城门处一匹骏马急速驶来，知晓是急讯入京，纷纷放下心来。但看着那骏马嘴边白沫，骑士满脸尘土的憔悴模样，众人心头再紧，暗想难道是边关出了问题？

雨水一直在下，疲惫到了极点的骏马奋起最后的气力，迎着风雨拼命奔跑。马上衣衫破烂、神情严肃的骑士毫不顾惜坐骑生死，狠狠挥动着马鞭，以最快的速度，踏过茶楼下的长街，溅起一路雨水，向着皇宫的方向冲刺！幸亏是大雨先至，将路上行人与摊贩赶至了街旁檐下，不然这位骑士不要命地狂奔，不知道要撞死多少人。茶客们看着那一人一骑消失在雨水中，消失在长街的尽头，不由自主地呼出一口气来。他们面面相觑，不知道朝廷究竟发生了什么事情。

"系着白巾啊……"一位年纪有些大的茶客忽然颤着声音说道。

茶楼里更加安静。晚出生的京都百姓没有经历过当年庆国扩边时的大战，却听说过，三次北伐里最惨的那次，庆国军队一役死伤万人，那时千里飞骑报信的骑士也是系的白巾！

有人带着不解与惊惶问道："燕……大都督，不是才胜了吗？"

"是军中快马。"那位年纪大的茶客声音颤得更加厉害。

茶楼里的议论声倏的一下停止，所有人，甚至包括店小二和掌柜的都陷入了沉默之中，众人怔怔站在栏边，看着大雨中的街道，默默祈祷千万不要出事。

"又来了！"

茶楼中，一个年轻人惶急而无助地喊叫了起来。此时城门处早已没有躁动不安，有的只是一片肃杀与警惕。第二骑来得比第一骑更快，就像是一道烟一样，快速地从茶楼下飞驰而过。

这个骑士未着盔甲，只是穿着一件深黑色的衣裳，单手持缰，双脚急踢。他持缰的左臂上也系着一块白巾，右手却高举着一块令牌，直接冲过了城门，踏过长街，同样朝着皇宫的方向疾驰而去。

茶楼中诸人回头带着企盼的目光，望向那位老茶客，希望能从他的嘴里听到一些好消息。

那位老茶客满脸惨白，喃喃道："是……是监察院。"

又过了些许时刻，第三个千里传讯的快骑踏上了茶楼下那条雨街，与先前一样，骑士同样是狼狈不堪。千里迢迢，换马不换人，着实是件很辛苦的事情。但骑士并不觉得辛苦，他只知道，如果不能将这个惊天的消息用最快的速度报入宫中，庆国必然会出大问题。

雨水冲刷着骑士被太阳晒得干裂开的脸，击入他已经变得血红的双眼，却阻不住他的速度。马匹驰过长街，往皇宫方向急奔，他的左臂上依然有一道白巾。

楼内的茶客们纷纷张着嘴，却说不出什么话来。虽然不知道这第三骑代表着朝廷的哪一方，但他们知道，这三骑为京都带来的消息肯定是同一个——庆国一定有灾难发生。

那位老年的茶客战抖着坐了下来，忽然眼前一黑，昏倒在地。众人赶紧上前施救。楼外的雨势稍微小了一些，但凉意已至，先前还在耀武扬威的蝉儿终于感觉到天命的不可逆违，感受到生命之无常，秋日之悲凉，开始燃烧自己的生命，于京都的大街小巷中不停吟唱着最后的词句。

"嘶啦……嘶啦……死啦……死啦……"

整个京都陷入一种未知的恐惧与茫然之中，人们不知道发生了什么事情，只是在傍晚的时候，听见皇城角楼里的鸣钟，在雨后暮色的背景中，缓慢而震人心魄地敲打了起来。

咚！咚！咚！

层层深宫中，阔大的太极殿里人很多，却是鸦雀无声。

庆国皇太后从那层珠帘里走了出来，一身凤袍异常威严。她冷漠地站在龙椅之前，右手被侯公公扶着，看似平静。洪竹拿着笔墨侍候在旁，却看清了太后的手在侯公公的手里不停战抖。

殿下跪着三个精神已经透支到极点的报讯者，身上的雨水打湿了华贵的毛毯，他们低头跪着不敢出声，生怕自己这只不吉利的乌鸦会毁了这座傲立天下三十载的宫殿的福泽。

太后冷冷地看了这三人一眼，对殿内呵斥道："哭什么哭？"

殿里那些正在不停悲伤哭泣的妃嫔们强行止住了眼泪，却抹不去脸上的惊怖与害怕。太后在侯公公的搀扶下坐到了龙椅旁的椅上，漠然道："即时起闭宫，和亲王主持皇城守卫，违令者斩。"

"是。"

殿下一片应声，眼中含着热泪的大皇子有些意外地抬头看了祖母一眼，感到了身上的重担，只是他此时的心情异常激荡，没有办法分清太后旨意里的隐意。

太后继续说道："宣胡、苏两位大学士入宫。"

"是。"

"宣城门司统领张钫入宫。"

"是。"

"即时起,闭城门,非哀家旨意,不得擅开。"

"是。"

"定州军献俘拖后,令叶重两日内回程,边疆吃力,应以国事为重。"

"是。"

太后的眉头忽然皱了皱。老人家虽然表现得很平静,终究还是感觉到脑子里开始嗡嗡地响了起来,她轻轻揉着太阳穴,思忖半晌后说道:"宣靖王、户部尚书范建、秦恒入宫。"

"是。"

太后最后道:"让皇后和太子搬到含光殿来……宁才人和宜贵嫔也过来,老三那孩子也带着。"

大皇子心头一紧,知道祖母依旧不放心自己,但在此时的悲恸情绪中,他不想计较这些。

天时已暮,外面的钟声已息,太极殿里烛火飘摇,四周是那样惨淡不安。太后眼神里闪过一抹复杂的情绪,淡淡地说道:"长公主及晨郡主入宫暂住,范闲……那个怀着孩子的小妾也一并入宫。"

"是……"

太后久不理事,此时的每一道旨意,却是那样清楚地直指人心。她试图以最快的时间,将整座京都与外界隔绝开来,将那些可能会引发动乱的人物都控制在皇城中。

忽然有一个无子息的嫔妃疯狂地嘶喊起来:"范闲刺驾!太后要抄他九族,怎么能让他家人入宫!"

此言一出,阖宫俱静,太后冷冷地看着那个嫔妃,就像看着一个死人,寒声命道:"拖下去,埋了。"

几个侍卫和太监上前,将那个已经陷入癫狂状态的嫔妃拖了下去,不知道会把这个可怜人埋在宫中哪株花树下的泥土里。

太后冷冷地扫视宫中众人,冷酷地说道:"管好自己的嘴和脑子,不要忘了,这宫里的空地还很多。"

殿内众人不敢出声,她们心头的悲伤疑惑与这个嫔妃相同,只是她们没有疯,所以没有开口。

"陈萍萍呢?怎么没入宫?"皇太后寒着脸问道。洪竹停下了手中的毛笔,迎着太后质询的目光,颤声道:"陈院长中毒后在陈园由御医治疗,只怕还不知道……"

皇太后眼光一寒,怒道:"传旨给这老狗,说他再不进京,娘儿母子都要死光了!"

人去宫静。强抑着心头悲伤惊怖,在最短的时间内做出了最稳妥的安排后,太后忽然间像是被抽空了所有的气力,浑身瘫软地靠在了椅背上,缓缓地闭上了眼睛,一滴浊泪打湿了她眼角的皱纹。

漱芳宫的角落里隐隐传出哭泣的声音,双眼微红的宜贵嫔看着跪在面前的太监,很勉强地笑了笑,缩在袖子里的手,紧紧攥着那方手帕,声音有些嘶哑地说道:"我不相信。"

此时皇宫里已经乱成了一团,太后娘娘接连几道旨意疾出,不论是东宫皇后还是宁才人,都要马上搬到含光殿居住,养育了三皇子的她也没有例外。

当时在殿上,宜贵嫔清清楚楚地听到这些旨意,当然明白所谓移至含光殿居住,只不过是为了方便监视控制。她的神思有些恍然,不知道自己与儿子将要面临什么样的局面……皇上死了?皇上死了!她的鬓角发丝有些乱,用力地摇了摇头,似乎想将这个惊天的消息驱赶出自己的脑海。

"皇上怎么能死,怎么会死呢?"

她紧紧咬着下嘴唇,红润的嘴唇上被咬出了青白的印迹。殿外的雨已经停了,蝉鸣亦歇,但那股沁心的寒意却在空气中弥漫着,包裹住了她的身体,令她禁不住地打了个寒噤。

皇帝陛下对女色向来没有什么偏好,后宫中的妃嫔合共也不过二十余位，宜贵嫔却是这几年最得宠的一位。如果要说她对皇帝没有一丝感情，自然虚假，然而此时她的悲伤、她的惶恐、她的不安却不仅仅是因为陛下驾崩的消息。

军方、监察院、州郡千里传讯至京都，都只是为了那一个惊天的消息——陛下遇刺！

然而，军方与州郡方面报的是，刺杀陛下的是监察院提司范闲！

小范大人勾结东夷城四顾剑，于大东山祭天之际，兴谋逆之心，暴起弑君！

监察院的情报却只是证实了陛下的死讯，却没有提及过程，反而加大了前面两条消息的真实性。

但她还是不相信！她不是不相信皇帝陛下已经驾崩，而是根本不相信这件事情是小范大人做的！陛下祭天是要废太子，范闲的地位只会进一步稳固，他怎么可能在这个当口做出如此荒唐的举动？

她真的很害怕，感到一张网已经套上了范闲，紧跟着套上了漱芳宫。要知道她出身柳氏，与范府一荣俱荣，而且范闲更是陛下钦点的三皇子老师！如果范闲真的成为谋逆首犯，范府自然是满门抄斩，柳家也难以幸免，宜贵嫔或许会被推入井中，而三皇子……

"母亲！母亲！"刚刚收到风声的三皇子向殿内跑了进来，一路跑一路哭着。待他跑到宜贵嫔身前时，却怔怔地停住了脚步，用那双比同龄人表现得更成熟的眼睛小心翼翼地看了母亲一眼。

宜贵嫔有些失神地点了点头。三皇子抿着小嘴，强行忍了一下，却还是没有忍住，哇的一声，大哭着，扑到她的怀里。宜贵嫔咬了咬牙，狠命将儿子从自己怀里拉了起来，恶狠狠地看着他，用力说道："不准哭，现在还不是哭的时候……你父皇是个顶天立地的国君，你不能哭！"

三皇子李承平抽泣着，却坚强地站稳了。常年的宫廷生活、跟随范闲在江南的一年岁月，这位九岁就敢开青楼的皇子心性早已得到了足够的磨炼，知道母亲这时候要交代的话极为重要。

"现在都在传，是范大人刺驾。"宜贵嫔盯着儿子的眼睛。三皇子的眼神稍一慌乱后，马上平静下来，恨声道："我不相信！老师不是这样的人，而且……他没理由。"

宜贵嫔牵强地笑了笑，拍了拍儿子的脑袋说道："是啊，虽然有军方和州郡的报讯，但没有几个人会相信你的老师会对陛下不利……要知道，他可是你父皇最器重的臣子。不止我们不信。"宜贵嫔咬着牙继续说道，"太后娘娘也不信，不然这时候范府早已经被抄了，那个发疯的女人也不会被太后埋进土里。"

三皇子点了点头。宜贵嫔压低声音又道："可是太后娘娘也不会完全不信，虽然不知道为什么……你晨姐姐和思思那个丫头将要进宫，如果太后真的相信大东山的事情是你师父做的，只怕马上，范柳两家就会陷入绝境。"

"孩儿能做些什么？"三皇子握紧了拳头，他早就知道自己的将来已经完全压在了那边，如果范闲真的被打成了弑君恶徒，自己便再也没有翻身之力。

"什么都不要做，只需要哭，伤心，陪着太后……"宜贵嫔眼中闪过一丝可怜的神情，将三皇子重又搂进怀里，"大东山的事情一天没弄清楚，你师父一天没有回到京都，太后便不会马上对我们动手。我们需要这些时间去影响太后，然后……等着他回来。"

三皇子沉默片刻后点了点头，他和母亲一样，对于范闲向来保有最大的信心，在他们的心中，只要范闲回到京都，一定能够将整件事情解决掉。

太监在外面催了。

宜贵嫔有些六神无主地开始准备搬往含光殿。三皇子眼中闪过一丝狠色，从桌下抽出一把范闲送给他的淬毒匕首，小心翼翼地藏在了可爱的小靴子里。他并不认同母亲先前的话，含光殿里也不见得如何安全，那两位哥哥为了父皇留下来的那把椅子，什么样疯狂的事情做不出来？

太子李承乾缓缓整理着衣装，脸上没有一丝疯狂的喜悦。当皇帝的死讯传至宫中，他就和所有的皇子大臣们一样，伏地大哭，悲色难掩，只是他的脸色在悲伤之余多了一丝惨白。

走到东宫门口，对着遥远东方的暮色，他深深地鞠了一躬，眼里落下两串泪来。许久之后，他才直起身子，将身板挺得笔直，在心里悲哀地想着："父皇，恕儿子不孝。"

洪竹领着侍卫在东宫门口等着皇后与太子搬去含光殿。太子往宫门外望了一眼，回身看了皇后一眼，微微皱眉，强行掩去眼中的无奈，扶住母亲的手，在她耳边轻声说道："母后节哀。"

皇后娘娘半年来都被困东宫，早已不复当初盛容，今日忽然听到陛下于大东山遇刺的消息，与皇帝青梅竹马的她终于崩溃了，整个人像行尸走肉一般坐在榻上，只会无声哭泣。

"你父皇死了……"皇后双眼无神地望着太子。

太子低头缓缓地回道："孩儿知道，只是……每个人都是要死的。"

他的脸上依然是一片哀痛，这句话说得却是极为淡然。皇后似乎在一瞬间恢复了神智，听懂了这句话，满脸不可思议地望着自己的儿子，张大了嘴，半晌没有说出话来。

"祭天没有完成。"太子平静地说道，"儿子会名正言顺地成为庆国的下一任皇帝，而您则将是太后。"

皇后嘴唇战抖着，许久之后才期期艾艾地说出话来："是的，是的，范闲那个天杀的，我……我早就说过，那是妖星……我们老李家……总是要毁在他们母子手上……待会儿去含光殿，马上请太后娘娘下旨，将范家满门抄斩！不，将范柳两家全斩了，还要将陈萍萍那条老狗杀了！"

太子握着皇后的手骤然重了几分，皇后吃痛之后住了嘴。太子附在她的耳边，一字一句轻声说道："不要说这些，记住，一句都不要说……如果您还想让我坐上那把龙椅，就什么都不要说。现如今没有人相信范闲弑君,您这么一说,就更没有人相信了……所以我们要在含光殿等着,再过四五天,人证物证都会回来的,到时候您不说,太后也知道该怎么做。"

皇后浑身发抖,像是从来不认识自己这个儿子。太子又在她耳边轻声嘱咐道:"秦恒待会儿要进宫……老爷子那边您说说话,太后那边才好说话。"

离皇宫并不远的二皇子府邸中,二皇子正与他的兄弟一样,一面整理着衣装,一面模拟着悲伤,天子家人最擅长的便是演戏,所以当他想着许多事情时,脸上的表情依然是那样到位。

叶灵儿冷漠地在一旁看着他,没有上前帮手,问道:"你信吗?"

二皇子的手顿了顿,平静地回答道:"我不相信,范闲没理由做这件事情。"

叶灵儿皱了皱好看的眉头,问道:"那为什么……流言都在这么说?"

"流言只是流言,止于智者。"二皇子微微低头,卷起雪白的袖子。

叶灵儿心软了一下,轻声道:"进宫要小心些。"

二皇子拍了拍妻子的脸蛋,微笑道:"有什么要小心的呢?父皇大行,只不过现在秘不发丧,等大东山的事情清楚后,定是全国举哀,然后太子登基,我依旧还是那个不起眼的二皇子。"

"你甘心?"叶灵儿吃惊地看着他。

二皇子沉默片刻后说道:"我怀疑大东山的事情是太子做的……"

叶灵儿大吃一惊,紧紧地捂住了嘴。

"只是猜测罢了。"

说完这句话他向府外走去,在唤来自己的亲随后轻声吩咐道:"通知岳父,时刻准备进京。"

是的,父皇死了。

他站在王府门口,忽然觉得天空开始绽放碧蓝的美丽光芒,再没有任何人可以挡在自己的头顶。

他对大东山的事情很清楚，因为长公主殿下从来没有瞒过他。太子登基便登基吧，可是不论范闲是死是活，站在范闲身后的那几个老家伙，怎么可能束手就擒？那把椅子暂时让他坐去，让他去面对监察院、范家的强力反噬吧，自己只需要冷漠地看。太子那个废物，将来被人揭穿他才是主谋弑父弑君的黑手时，那会是怎样的场面呢？

来不及悲伤。

所有知道皇帝陛下遇刺消息的人都来不及悲伤，在最初的震惊之后，便开始平静地甚至有些冷漠地安排后续。有资格坐那把椅子的人开始做准备，有资格决定那把椅子归属的人开始暗底下通气。虽然太后在第一时间要求相关人员入宫，可是依然留给那些人足够多的交流时间。

所有的人似乎都忘了，死去的是庆国开国以来最强大的一位君王，是统治这片国土二十余年的至尊，是所有庆国人的精神象征，他们只来得及兴奋惶恐，伪装悲伤，却来不及真正悲伤。

只有一个人除外。

长公主缓缓推开名义上已经关闭数月的皇家别院大门，站在石阶上，看着下方来迎接自己入宫的马车和太监。穿着一身单薄的白衣，俏极，素极，悲伤到了极点，美丽精致的五官没有一丝颤动。

她抬起头来，看着天上云雨散后的那片碧空，脸上的悲伤之意愈来愈浓，浓到极致便是淡，淡到一丝情绪都没有。她如玉般的肌肤仿佛要透明起来，让所有人看到她内心真正的情感。

片刻后她微微一笑，清光四散，在心里对那远方山头上的那缕帝魂轻声道："哥哥，走好。"

她坐上马车，往那座即将决定庆国归属的皇宫驶去。和太子、二皇子不一样，她根本不屑于防范监察院和范府。因为她站得更高，看得更远。整个事件已经随着那三匹千里迢迢归京的疲马而完结，后面的安排自然水到渠成。

陛下死了，整个事件就结束了。不管太后是否相信范闲弑君，可她毕竟是庆国的太后，她必须相信，而且长公主也有办法让她相信。至于究竟是太子还是二皇子继位，李云睿并不怎么关心，她所关心的只是那个人的死亡。

当你需要我时，我能帮助你。

当你遗弃我时，我能毁灭你。

马车中的她笑了起来，接着又哭了起来。

距离三骑入京报讯过去了好些天。天下没有不透风的墙，宫城与城门司的异动，京都府衙役尽出维护治安，监察院的异常沉默，让京都的百姓隐隐猜到了事情的真相——那个他们不敢相信的真相。

黎民们的反应永远和权贵不相同，他们看待事情更加直接，有时候也更加准确。他们只知道庆国陛下是个好皇帝——至少从庆国百姓的生活来看，庆帝是难得一见的好皇帝，所以百姓们悲伤难过哭泣茫然，不知道这个国度的将来究竟会变成什么模样。但他们的心中也有疑惑，因为无论如何，他们也无法相信小范大人会是那个刺驾的逆贼。

朝中的官员们最开始的时候也不相信，然而范闲亲属的五百黑骑至今不见回报，那艘停在澹州的官船消失无踪。大东山幸存"活口"的证词直指范闲，无数的证据开始向皇宫中汇集，就算还不足以证实什么，但已经可以说服一些愿意被说服的人。

范府已经被控制住了。

国公府也被控制住了。

或许马上要到来的便是腥风血雨。

听说宫里开始准备太子继位。

马上要被废的太子继位……历史与现实总是这样荒谬。

就在这个时候，一个卖豆油的商人，戴着笠帽，用宫坊司的文书千辛万苦地进入由全封闭转为半封闭的东城门，走到南城一个转角处，住进了客栈。

透过客栈的窗户，隐约可以看见被重兵包围的范府前后两宅。那个商人取下笠帽，看着远处的府邸，捂着胸口咳了两声，眼中闪过一种复杂的情绪。

数场秋雨后，窗外秋意浓。

范闲握拳放在唇边咳了两声，将目光从窗外收了回来，缓缓坐回床上。这家客栈能够看到南城的美丽风光，自然非常有档次，床铺的褥子不厚，但手感极好。他下意识里用手掌在布料上滑动着，心生感慨，无数次死里逃生，此刻再看着京都熟悉的街景，竟是生出了一些恍若隔世的感觉。

用重狙杀死燕小乙之后，身受重伤的他在那块草甸上足足养了两天伤，才蓄积了足够的力量与精神继续出发。经历一些难以尽述的困难，穿过那条五竹叔告诉的小路，范闲进入了东夷城庇护下的宋国，在那个诸侯小国内，伤势未愈的他更不敢轻举妄动，只敢请店小二去店里抓了些药。

他是费介的学生，医术虽不是世间一流，但疗伤治毒方面的水准极好，抓的药物对症，再加上他体内霸道真气为底，天一道自然气息流动自疗，便这样日渐一日，伤势竟是逐渐好了起来。但燕小乙的那一箭太厉害，虽没有射中心脏，却是震伤了他的心脉，所以咳声是怎样也压抑不下。

出了宋国，在燕京南地掠过，雇了辆马车入境，绕了个大圈子，等到他装成豆油商人进入京都时，已是比报信的人晚了好些天，而且千里奔波路途艰苦，渐好的伤又开始缠绵了起来。

一路上他很小心地没有与监察院的部属联络，因为他担心，如果京都贵人们真的把那顶黑锅扣在自己头上，就算自己是监察院提司，谁又敢效忠一个弑君的逆贼呢？

他不愿意去考验人性，哪怕是监察院属下的人性。

当天下午他出去了一趟，在京都街巷中走了一圈，确认了很多事情，很小心地没有去药堂，而是直接去了三处的一间隐蔽库房，取回了自己需要的药物。三处常年需要大量药物，而且那里大多都是些只知埋首药中的家伙，他把药物神不知鬼不觉地取了，相信不会让人查到什么线索。

回到客栈，上好伤药，把双脚泡在冰凉的井水里，他低着头，一言不发。

白天他乔装之后去了很多地方，但大多数要害处所都已经被禁军和京都府控制了起来，尤其是家门附近，他感觉到了很多高手的存在，自然不敢冒险与家里人联系。

他还去了监察院和枢密院，监察院看似没有问题，但他非常清楚四周肯定也隐藏着很多凶险。枢密院则是繁忙至极，他看了半个时辰，确认宫里那位老太后还在掌控着一切，并且十分睿智地选择了在当前这个危险关头，调动边军向国境之外施压。

他不敢联系监察院，但在抱月楼撒了两年银子，保留了一些隐秘的信息渠道，要搞清楚当前京都的状况不是一件很难的事情。但此时他想得最多的事情，则是……他抬起头，取了毛巾胡乱地擦了一下脚，躺在床上，看着上方的梁顶发呆——皇帝真的死了？

他的心情十分复杂，有些震惊，有些失望，有些古怪。如果陛下真的死了，自己接下来该怎样做？

摸了摸怀里贴身藏好的陛下亲手书信和那方玉玺，他闭上眼睛休息，准备为晚上的行动蓄养精神。然而心情许久不能平静，摆在他面前有两种选择，而无论是哪一种选择，其实都是一种赌博。

如果想要阻止太子登基，自己一定要想办法进入皇宫，将陛下的亲笔书信和玉玺当面交到太后的手里。可是……范闲明白，如果皇帝真的死了，为了庆国稳定，说不定太后会直接将这封书信毁了！

太子与自己都是太后的孙子，但太后从来没有喜欢过自己，甚至因为叶轻眉的往事，而一直提防着自己。谁知道太后会怎样决定？如果她真的决定将陛下遇刺的真相隐瞒下去，那么范闲以及他身周的所有人，自然会成为太子登基道路上第一批献祭的牛羊。

还有一种选择，范闲可以联络自己在京都的所有助力，将大东山谋刺的真相全数揭开，双方亮明兵马，狠狠地正面打上一仗，最后谁胜了，谁自然就有定下史书走向的资格。这个选择无疑会死很多人，但对范闲自身会安全一些。可眼下的问题在于他无法联络到父亲，也无法联络到陈萍萍。

据说院长大人前些时候因为风寒的缘故，误服药物中了毒，一直缠绵榻上。范闲不知道陈萍萍是在伪装还是如何，据说下毒的人是东夷城的那位大家——天下三位用毒大家里肖恩已死，费先生已走，最厉害的便是那人，如果真是那位出手，陈萍萍中毒也不是十分难以想象的。

直至此时，宫中依旧没有认定范闲是刺杀皇帝的真凶，也没有让朝廷发出海捕文书，可是暗底下已经将他当成了首要的目标，一旦范闲在京都现身，迎接他的，一定是无休无止的追捕。

对他最不利的是，自己活着的消息这两天应该也会传入京都。不论太后是否相信范闲，可一旦范闲活下来，她就会想掌握住他，然后看着庆国的将来，再来决定范闲的生死。因此她才会在第一时间把婉儿和思思接进宫里，又把父亲软禁府中，那么他究竟应该怎么办呢？

"旨意已入征西军军营，献俘的五千军士已经拔营回西，大约十日后便会开始发起战势。"皇宫中，垂垂老矣的秦老爷子坐在软凳上，恭敬地对太后禀道，"南诏国主尚小，起不了太大乱子。征北军挟新胜之势，燕大都督应该能压住上杉虎，燕京西大营前逼宋国，东夷城不敢异动。"

"不够。"太后寒声道，"枢密院拟个作战方略出来，半个月内，三路大军必须向外突击。以一百里地为限，多的土地咱不要，但如果打得少了一里地，让叶重、燕小乙、王志昆自己把脑袋割了。"

皇帝的死讯已经传遍京都，谁也不知道，天下那些势力会不会趁机作敌——所以庆国第一件要做的事情，便是以强大的军力，震慑住那些人的野心。

"太后英明。"秦老爷子身为军方第一重臣，自然明白为什么在这个时候，庆国反而要对外大举用兵，但对此举还是有些疑虑，"骤然发兵，怕粮草跟不上。"

"打了就回，北齐、东夷里面又不是大漠一片，要抢什么抢不到？只不过半月的攻势，不需要考虑那么多。在这个时候，我大庆朝不能乱，所以必须多杀些多抢些，让别的地方都乱起来。"说到这儿，太后直视着秦老爷子问道，"你有什么意见？"

秦老爷子低首恭敬道："老臣不敢，只是一应依例而行罢了，祈太后凤心独裁。"

太后缓缓点了点头。所谓依例而行，陛下既已宾天，自然应该是太子继位。太后想到这两天与太子进行的几次谈话，很是满意。她是皇后的姑母，不论从哪个角度讲，太子继位都会是她的第一选择。此时又得到了军方重臣的隐讳表态，再没有什么理由可以改变这一切。

"范府那边？"

"娘娘……应该不会忘记以前那个姓叶的女人。"

一阵死寂般的沉默后，太后开口道："你先下去吧。"

"是。"秦老将军行了一礼，退出了含光殿。离开宫殿没有多远，他下意识里回头望去，觉着隐隐听到殿内似乎有人在哭泣。老人的心忽然抽搐了一下，想起了远方大东山上的那缕帝魂，一股前所未有的心悸与惊惧一下子涌上心头，顿时后背渗出冷汗，加快了出宫的脚步。

太后孤独地坐在榻上，几位老嬷嬷敛神静气地在后方服侍着，不敢发出一丝声音。暗黄的灯光照在老太后的侧颊，明晰地分出无数条皱纹，呈现出一种无可救药的老态龙钟。

"自己会不会选错了？"这个疑问就像是一条毒蛇在不停地吞噬着她的信心，临老之际骤闻儿子死讯，对于所有人来说都是极难承担的打击，她却是强悍地压抑住了悲伤，开始为庆国的将来谋取一个最可靠与安全的途径。

"如果你还活着，一定会怪哀家吧。"她想着已经离开人世的皇帝，心中一片悲伤。皇帝大东山祭天的目标便是废太子，自己这个做母亲的却要重新扶太子登基，陛下的魂魄一定会非常愤怒。可是为了庆国，为了皇儿打下的万里江山能够存续下去，她别无选择。哪怕是横亘在她心头的那个可怕猜想，也不会影响到她的选择。

太后静静地看着夜宫，嘴唇微张，用只有自己才能听到的声音说道："我不管是谁害的你，也不管是不是我选择的那个人害的你，可你已经死了，你明白吗？你已经死了，那什么都不重要了！"

是的，她不是愚蠢的村头老妇人，接连数日来入京的所谓证据不能让她完全相信范闲会是刺驾的真凶。她甚至在隐隐怀疑，自己的女儿和其他那几个孙子在皇帝遇刺一事中所起的作用。可是怀疑无用，相信只是一种主观抉择，她必须强迫自己相信范闲就是真凶，太子必会成为明君。

"太后，长公主到了。"一位老嬷嬷压低声音禀道。太后无力地挥挥手，身着白色宫服的长公主李云睿缓缓走进了含光殿，对着太后款款一礼，怯弱不堪。太后沉默少许，又挥了挥手，嬷嬷与宫女赶紧退出，将这片空旷冷清的宫殿留给了这一对母女。

太后看着女儿眼角的那抹泪痕，微微失神半响后说道："听说这几日你以泪洗面，何苦如此自伤。人已经去了，我们再怎么哭也没什么用处。"

李云睿恬静一笑，用从来没在太后面前表现过的温和语气说道："母亲教训得是。"然后她坐到了太后的身边，就像一个十二三岁的小姑娘那样，轻轻依偎着。太后沉默了片刻，说道："你那兄弟是个靠不住的家伙，陛下既然已经去了，得空的时候，你多来陪我说会儿话。"

"是，母亲。"

太后望着女儿，忽然说道："试着说服一下哀家，关于安之的事情。"李云睿微微一怔，似乎没有想到母亲会如此直接地问出来，沉默半响后回道："不明白母亲的意思。"太后的目光渐渐寒冷了起来，即刻又淡了下去，和声说道："我只是需要一些能够说服自己的事情。"

"……范闲有理由做这件事情。"

"为什么？"

"因为他的母亲是叶轻眉。"长公主看着太后淡淡地嘲讽道，"而且他从来不认为自己姓李。"

太后没有动怒，平静地说道："继续。"

"他在江南和北齐人勾结，具体的问题日后查查自然清楚。另外……范闲与东夷城也有些说不清道不明。最近这些日子，跟在他身边的那位年轻九品高手，应该就是四顾剑的关门弟子。"

"你是说那个王十三郎？"太后问道。

长公主似乎没有想到母亲对这些事情也是如此清楚，轻声应道："是的。"

"数月前，承乾赴南诏，一路上多承那个王十三郎照看。"太后的眼神有些复杂，"如果他是范闲的人，那我看……安之这个孩子不错。太子将王十三郎的事情已经告诉了哀家，几日来也一直大力为范闲分辩，仅就此点看来，承乾这个孩子也不错。"

李云睿点了点头："女儿也是这么认为。"

太后静静地看着身边的女儿："陛下这几个儿子各有各的好处，哀家很是欣慰，所以……哀家不希望看着这几个晚辈被你继续折腾下去。"

"女儿明白您的意思。"李云睿平静地应道，"从今往后，女儿一定安分守己。"

"这几年来，陛下虽然有些执拗糊涂，但他毕竟是你哥哥。"太后的眉头渐渐皱了起来，眼神里满是浓郁的悲哀与无奈，看着女儿说不出话来。

长公主微微侧身，将美丽的脸颊露在微暗的灯光之下。太后举起手掌，重重的一记耳光打在了长公主的脸上，发出啪的一声脆响。长公主闷哼一声，被打倒在地，唇角流出一丝鲜血。

太后的胸膛急速地起伏着，许久后才渐渐平静下来。

第十三章 请借先生骨头一用

范闲不会去皇宫当面对太后陈述大东山的真相，更不会交出陛下的亲笔书信还有那枚玉玺。因为他清楚，自己那位岳母的规划非常简单明了而有效果，只要陛下死了，那么不论是朝臣还是太后，都会将那位越来越像国君的太子作为第一选择。

太子一旦登基，尘埃落定，他便只有想办法去北齐吃软饭了。眼下的问题是，范府处于皇宫的控制之中，他的妻妾二人听闻都已经被接入了宫中，他便是想跑也无处可跑。

老李家的女人们果然是一个比一个恶毒。范闲一面在心里使劲地骂着，一面借着黑夜的掩护，翻过一面高墙，轻轻落在了青色满园中。

这是一座大臣的府邸，没有高手护卫，但府中下人众多，来往官员不少。从院墙脚走到书房，重伤未愈的范闲，一阵心血激荡，险些露了行藏。在书房外静静听了一会儿里面的动静，范闲用匕首撬开窗户，闪身而入。触目处一片雪般的白色布置，他不由微微皱了皱眉头，然后一反身，扼住那位欲惊呼出声大臣的咽喉，凑到对方耳边轻声说道："别叫，是我。"

那位大臣听到了他的声音，身子如遭雷击一震，紧接着又放松了下来。

范闲警惕地看着对方的双眼，将自己铁一般的手掌缓缓拉离对方的咽喉，如果对方真的不顾性命喊人来捉自己，以他眼下的状态，只怕真的很难活着逃出京都。

这是一次赌博，不过他的运气向来够好。那位大臣没有唤人救命，反而用一种很奇怪的眼神看着范闲那张有些苍白的脸，似乎有些诧异，又有些意外的喜悦。

"舒老头儿，别这样望着我。"范闲确认了自己的判断正确，收回了匕首，坐到了舒芜的对面。

是的，几番盘算下来，范闲还是决定先找这位位极人臣的大学士，因为满朝文武之中，他总觉得只有庄墨韩的这位学生，在人品道德上最值得信任。

舒芜静静地看着他开口说道："三个问题。"

"请讲。"范闲正色应道。

"陛下是不是死了？"舒芜的声音有些战抖。

"我离开大东山的时候，还没有死，不过……"范闲想到了那个驾舟而来的人影，想到了隐匿在旁的四顾剑，想到了极有可能出手的大光头，"应该是死了。"

舒芜叹了一口气，久久没有说什么，直到很久才勉力问道："谁是主谋？"

范闲指着自己的鼻子，说道："据军方和监察院的情报，应该是我。"

舒芜懒得理他。

范闲正色道："我既然来找阁下，自然是有事要拜托阁下。"

"何事？"

"不能让太子登基。"范闲盯着他的眼睛坚定地说道。

舒芜的眉头皱后复松，压低声音问道："为什么？"

"因为……我相信舒大学士不愿意看着一位弑父弑君的败类坐上庆国的龙椅。"满室俱静，范闲站起身来，取出怀中贴身藏好的那封书信，"舒芜接旨。"

舒芜双手战抖接过那封书信，他在朝中多年，久执书阁之事，对于陛下的笔迹语气无比熟悉，只看了封皮和封后的交代一眼，便知道是陛下亲笔，不由得激动起来，双眼里泛出湿意。

他拆开信封，越看越惊，越看越怒，最后忍不住一拍身旁书桌，大骂道："狼子也！狼子也！"

范闲扶住他的手，没有让他的手落下，沉声道："这是陛下让我回京都那夜亲笔所修。"

"我马上入宫。"舒芜站起身来，一脸怒容掩之不住，"我要见太后。"

范闲摇了摇头。

"虽然没有发丧，但宫内已经开始准备太子登基事宜，如果晚了，只怕什么都来不及了。"

"这封信本是……写给太后看的。"

舒芜一惊，心想对啊，以范闲在京都的隐藏势力和自身的实力，就算宫城封锁极严，他也一定有办法进皇宫见太后，有这封书信和先前看过的那枚行玺，太后当然会相信范闲的话。他的脸色一下子变了，怔怔地望着范闲："这……这不可能！"

"世上从来没有不可能的事情。"范闲的双眼里像是有鬼火在跳动，"您是文臣，我则假假是皇族，对于宫里那些贵人的心思，我看得更清楚，如果不是忌惮太后，我何至于今夜会冒险前来？李氏皇朝本身就是个有生命力的架构，它会自然地调整自身的变化，从而保证整个皇族占据着天下的控制权，保证自己的存续……在这个大前提下，什么都不重要。我把话已经说透了，大学士您无论怎么选择都没错，可以当作我今天没有来过。"

瞬间舒芜仿佛变得苍老了很多，许久之后嘶哑着声音说道："我已经看到这封信了。"

范闲微微动容。

"老夫只是很好奇，虽然范尚书被软禁于府，可您在朝中还有不少友朋，为何却选择老夫，而没有去见别人，比如陈院长，比如大皇子？"

舒芜的眼里散发着一股让人感觉很舒服的光彩。

"武力永远是解决问题的最后方法,这件事情到日后还是要付诸武力,但在动手之前,庆国,需要讲讲道理。选择您来替陛下讲道理的原因很简单,因为您是读书人。"范闲看着舒芜平静地说道,"我不是一个单纯的读书人,但我知道真正的读书人应该是什么模样,比如您的老师庄墨韩先生——读书人是有骨头的,我便是要借先生您的骨头一用。"

满城缟素,白色的布,白色的纸,白色的悬挂,白色的灯笼,如在九月天气里下了一场寒沁人骨的大雪,雪花纷纷扬扬散落在皇城四周,各处街巷民宅。

白茫茫一片真是干净,人们将悲伤与哭泣也都压了下来,生怕惊扰了庆国二十年来最悲伤的一天。

皇帝陛下驾崩的消息终究不可能一直瞒下去,当传言愈来愈盛的时候,太后当机立断,不等派去大东山的军队接回陛下遗体,也等不及各项调查的继续,便将此事昭告了天下。

百姓们早已经有了心理准备,可是看见皇城角楼里挂出的大白灯笼,依然受到了极大的刺激。人们往往如此,在一个人死后才会想到他的好处——不论皇帝陛下是个什么样的人,但至少在他统治庆国的二十余年间,庆国子民的日子是有史以来最幸福的一段时光,故而京都一夜尽悲声。

皇帝病死在大东山山巅,这是庆国权贵们告诉庆国子民的"真相"。至于真正的真相是什么,或许要等几年以后才会逐渐揭开,然后再次被那些权贵所利用。

还不到举国发丧的那一天,京都已经变成了白色的世界。但礼部尚书与太常寺正卿应该伴随着陛下丧生在遥远的大东山山顶,所以流程总有些不顺,就像一首呜咽的悲曲,中间总是被迫打了几个顿儿。

所有人在习惯悲伤之后,渐渐感觉到荒谬,当年无比惊才绝艳的陛下,胸中怀着一统天下伟大志业的陛下,怎么可能就如此悄无声息地逝去?

就算这些年来有些中庸安静，但那毕竟是陛下啊！

不是不能接受皇帝陛下的离去，只是所有人似乎都无法接受这种离去安静得过于诡异，接下来迎接庆国的……将是什么？是动乱之后的崩溃？是平稳承袭之后的浴火重生？

因惶恐而寻求稳定，人心思定，所有人都把目光投向了太极殿中的那把龙椅，迫切希望能有一位皇子赶紧将自己的臀部坐到那把椅子上，从而稳定庆国的朝政。

太子自然是第一个选择，不论从名分上、从与太后的关系上、从大臣们的观感上来说，理所应当由他继承皇位。然而众所周知，皇帝陛下此行大东山祭天，其目的就是废太子……有些人想到了什么，却什么也不敢想。那些入宫哭灵的大臣们，远远看着扶着衣棺痛哭的太子殿下，心头生出了无比深刻的寒意与敬畏，似乎又看到了一位年轻时的皇帝陛下在痛哭中获得重生。

更多的传言则是指向了范闲，都在说大东山之变的真相与他有关，对这传言，虽有些人相信，有些人不相信，但范闲失踪了，或许死在大东山上，或许畏罪潜逃，扔下自己的父亲、妻子与腹中的孩儿跑到了遥远的异国。如果他没有翻天的本领，今后便只能将姓名埋于黑暗之中。

整座宫殿都在压抑紧张中忙碌着，内层宫墙不高，可以看见内廷采办的白幡竿头在匆忙奔走，朝着前宫的方向去，今天太极殿将发生一件决定庆国走向的大事。与之相较，此时的含光殿反而有些冷清。太后坐在殿门口，听着殿后传来的阵阵哭泣，眼中闪过一丝悲痛。但她知道，眼下还不是自己放开悲伤的时节，她必须把庆国完完整整地交给下一代才能真正休息。

宫门外依着李氏皇族当年发迹之地的旧俗摆着一只黄铜盆，盆中烧着纸钱。黄色的纸钱渐渐烧成一片灰烬，就像在预示着人生的无常，再如何风光无限的一生最后也只会化成一缕烟、一地灰。

太后将浑浊的双眼从那些白幡竿头处收了回来，回头看了身旁的老大臣一眼，尽量用和缓的语气说道："您是元老大臣，备受陛下信任，在这个当口，您应当为朝廷考虑。"

舒芜半佝着身子，老而恬静的眼神看着黄盆里渐渐熄灭的火焰，压抑着声音说道："老臣明白，然而陛下遗诏在此，臣不敢不遵。"

太后的眼中闪过一丝跳跃的火焰，片刻后马上熄灭，毫不犹豫将手中那封没有开启的信扔进了铜盆中，铜盆中本来快要成灰的纸钱顿时烧得更厉害了些。

那封庆国皇帝遇刺前夜亲笔所书，指定皇位继承人的遗诏就这样变成了祭奠自己的无用纸钱。

舒芜盯着铜盆里的那封信，许久没有言语。

"人既然已经去了，那么他说过什么便不再重要。"太后忽然咳了起来，咳声剧烈，久久才平复下急促的呼吸。她望着舒芜，用一种极为诚恳的眼神，带着绝不应有的温和祈求语气，"为了庆国的将来，真相是什么，从来都不重要，难道不是吗？"

舒芜沉默许久后摇了摇头："臣只是个读书人，真相便是真相，圣意便是圣意。"

"你已经尽心了。"太后望着舒芜声音渐沉，"你已经尽了臣子的本分。如果你再有机会看到范闲，记得告诉他，哀家会给他一个洗刷清白的机会，只要他站出来。"

舒芜的心中涌起一股寒意，知道小范大人如果昨夜真的入宫面见太后，只怕此时已经成为阶下囚，成为陛下遇刺的真凶，成为太子登基前的那响礼炮。他一揖及地，恭谨地说道："臣去太极殿。"

太后摇摇头："去吧，要知道，什么事情都是命中注定的，既然无法改变，任何改变的企图只会让事情变得更糟糕，那何必改变呢？"

舒芜乃庆国元老大臣，在百姓心中地位尊崇，门生故旧遍布朝中。而此人却生就一个倔耿性子，今日逢太子登基之典，竟是不顾生死，强行求见太后，意图改变这一安排。也只有这位老大臣才有资格敢做这种进谏，换成别的官员，只怕此时早已经变成宫墙之下的一缕冤魂。

庆帝新丧，太子登基，在此关头，太后一切以稳定为主，不会对这位老臣太过逼迫，然而舒芜却什么都改变不了。如果他聪明的话，会安静地等着太子登基，然后马上乞骸骨，归故里。

舒芜落寞地走到了太极殿前，有些茫然地看着殿前广场上有些杂乱的祭祀队伍，看着那些直直竖立着的白幡，看着皇城之上那些警惕地望着四周的禁军官兵，听着远处坊间的阵阵鞭炮以及宫门外凄厉的响鞭，忽然感觉一股热血涌进头颅，头昏了起来。

从这一刻开始，舒大学士的头一直昏沉无比，像个木头人一样走入太极殿，站在了文官队伍第二个的位置。他没有听到珠帘后的太后略带悲声地说了些什么，也没有听到太子、大皇子、二皇子、三皇子这些龙子龙孙情真意切的哭泣，更没有听到回荡在宫殿内庆国大臣们的哭号。只是偶尔有几个字眼钻进了他的耳朵，比如范闲，比如谋逆，比如通缉，比如抄家……

舒大学士浑浑噩噩地随着大臣们跪倒在地，又浑浑噩噩地站起，静立一旁。他身前的胡大学士关切地看了他一眼，用眼神传递了提醒与警惕，却将自己内心的寒意掩饰得极好。

所有的臣子都掩饰得极好，只有悲容，没有动容。

舒芜皱着眉头，看着队列里平日熟悉无比的同僚，此刻竟是觉得如此陌生。尤其是身前的胡大学士，二人相交莫逆，虽然由昨夜至今根本没有时间说些什么，但今天在宫外他曾经暗示过……他的眉头皱得越来越深，忽然间身体战抖了一下，失聪许久的耳朵在这一刻忽然回复了听力，听到了太极殿外响起的锣鼓丝竹之声，他张了张嘴，才知道该说的话已经说完了，太子……要登基了！

舒芜今天的异状落在了很多人的眼里。大臣们都清楚先帝与舒芜向来君臣相得，骤闻陛下死讯，老学士不堪冲击，有些失魂落魄也属自然，因此也没有多少人疑心。珠帘后的太后却一直冷冷盯着舒芜的一举一动，眼睛一转，一个太监便走到了舒芜的身后，准备扶这位老学士先去休息。

太子李承乾站在龙椅前，他俯瞰着跪倒在地的兄弟与臣子们，知道自己坐下后，便会成为庆国开国以来的第五位君主，也是手中掌控亿万人生死的统治者。这是他奋斗已久的目标，为了这一个目标，他曾经惶恐、嫉恨、放荡过，最终学到了父皇的隐忍、平静、等待、狠毒……当这一个目标忽然近在咫尺时，他的心情竟是如此平静，平静得让他自己都感到了一种怪异。

他看着下方二哥脸上的那抹平静、温柔的神情，不知怎的想起已经暗中潜入京都的范闲。范闲活着的消息是昨夜传回来的，不知为何，他在警惧之余又觉得有些放松，至于下面的……二哥？他知道叶家的军队离京都已经不远了，二哥的心看来还是没有办法真的静下来啊。

"请皇上登基。"

"请皇上登基。"

"请皇上登基。"

如是者三次，李承乾躬身三次，以示对天地人之敬畏，然后他直起身子，看着跪伏一地的群臣，似乎看见天下亿万子民正在对自己跪拜，一股手控天下的满足感油然而生，然而片刻之后便消失无踪。他忽然觉得这件事情很无趣，无趣得令人生厌。

"或许自己是唯一一个皱着眉头坐上龙椅的皇帝。"李承乾这般想着，在心里某个角落里叹了一口气，回身对太后恭恭敬敬地行了一礼，便要往龙椅上坐去。

舒芜真是昏头了，在这样一个庄严悲肃、满朝俱静、万臣跪拜的时刻，他竟然以膝跪地，往外行了两步，来到了龙椅之下，叩首于地，高声呼喊道："不可！"

"不可"二字一出，所有人都惊悚了起来，珠帘后太后的脸沉了下去，几个太监向舒大学士的方位走去。相反却是正准备坐上龙椅的李承乾松了一口气，因为在他终于明白了先前自己为何感觉不对。

是的，登基不可能这么顺利，总会有些波折才是。

舒芜喊出"不可"二字后，便从晕眩中摆脱出来，觉得前所未有的清明，明白自己应该做些什么。

小范大人要借自己的骨头一用，自己将这把老骨头扔将出去，也算是报答了陛下多年来的知遇之恩。他看也不看来扶自己的太监一眼，看着珠帘后的太后、龙椅前的太子，拼尽全身气力，拼上一生荣辱，拼却阖族生死，大声喊道："陛下宾天之际，留有遗诏，太子……不得继位！"

一宫俱静，无人说话。

珠帘一散，寒光四射，有如太后那一双深不见底的眼。

太后冷冷地盯着舒芜，一字一句道："舒大学士，妄言旨意，乃是欺君大罪！"

舒芜道："我大庆今日无君，何来欺君？"面对着太后，大学士竟是寸步不让！

太后伸出那只苍老的手，缓缓拨开珠帘，从帘后走了出来，太子赶紧扶住了她。

"陛下于大东山宾天，乃监察院提司范闲与东夷城勾结暗害，事出突然，哪有什么遗诏之说？"太后盯着舒芜，异常平静地说道，"若有遗诏，现在何处？"

舒芜心头一凉，知道太后这是要把自己与范闲牵连了，叹息一声应道："遗诏如今便在澹泊公的手中。"那封庆帝亲笔书写的遗诏，当然没有被太后扔入黄铜盆中烧掉，烧掉的只是信封里的一张白纸，烧掉的只是他对太后最后残存的那点期望。

朝堂之上一片哗然，今日太子登基典礼之初，已经点明了范闲的罪行，直接将范闲打到了无尽深渊之中，众臣哪里想到，舒大学士竟会忽然搬出一封遗诏，而那封遗诏……竟是在小范大人的手里。

太后面无表情地问道："是吗？范闲乃罪大恶极的钦犯，朝廷暗中缉他数日，都不知他回了京都。舒大学士倒是清楚得很，居然连遗诏之事也知道了？"

舒芜立即回道："陛下于大东山遇刺，举天同悲，事不过半月，军方州郡便言之凿凿乃澹泊公所为。老臣深知澹泊公为人，断不敢行此恶行。至于遗诏一事，确实属实，老臣亲眼见过。"

太子的手冰凉，内心深处更是一片寒冷，他从来没有想到，在大东山的事情爆发之前，父皇竟然还会留下遗诏来！至于遗诏上面写的什么内容，不用想也知道。

他知道祖母的精神已经疲乏到了极点，不然绝不至于做出如此失策的应对。身为地位尊崇的皇太后，哪里需要和一位老臣在这些细节上纠缠！只是话头已开，他若想顺利地坐上龙椅，则必须把这忽然出现的遗诏一事打下去！

"范闲平素里便惯能涂脂抹粉，欺世盗名，舒大学士莫要受了此等奸人蒙骗。若父皇真有遗诏，孤这个做儿子的，当然千想万念，盼能再睹父皇笔迹⋯⋯"太子言语至此已然微有悲声，底下诸臣赶紧进言劝慰。这句话的意思很清楚，遗诏是可以伪造的，你舒芜身为门下中书宰执，怎么可以暗中与范闲这个钦犯私相往来？

"孤向来深敬老学士为人，但今日所闻所见，实在令孤失望，竟然暗中包庇朝廷钦犯。想父皇当年对老学士何等器重，今日学士竟是糊涂恶毒如斯，不知日后有何颜面去见我那父皇！"太子的眼神渐渐寒冷起来，一股极少出现在他身上的强横气息，随着声音的改变而传给众人，"大学士舒芜勾结朝廷钦犯，假托先皇旨意，将他逐出殿去。念其年高，押入狱中，以待后审！"

此言一出，满殿俱哗，诸位大臣心知肚明，在涉及皇权的争夺上从来没有什么温柔可言，尤其是舒大学士今日搬出所谓遗诏，太子必然会选择最铁血的手段压制下去。不过众人一时间没有习惯，温和的太子，怎会在一瞬间内表现出与那位刚逝的陛下如此相近的霸气！

因为舒芜的发喊，大臣们已经站了起来，身上黑色或白色的素服广袖无力飘荡。他们看着那几个太监挟住了舒大学士的双臂，同时瞥见太极殿外影影绰绰有很多人在行走——应该是宫中那些带着短直刀的侍卫，今日只怕是个血溅大殿的恐怖收场！

舒芜苦笑一声，没有做任何挣扎，任由身旁的太监缚住了自己的胳膊。自己该做的事情已经做了，如果此时殿中诸位大臣依旧沉默不语，那么即便拿出遗诏又如何？

太后说遗诏是假的，谁又敢说遗诏是真的？他摇了摇头，用那双老花的眼睛看了太后一眼，心中叹息，范闲为什么坚持不肯以遗诏联络诸臣？如果昨夜便在诸臣府中纵横联络，有陛下遗诏护身，文臣们的胆子总会大些，何至于像今日这般，令自己陷入孤独之中。

太监们半搀半押地扶着舒芜往殿外走去，殿外一身杀气的侍卫们正等着。舒芜在心里想着，自己的声名在此，不见得会立死，太子真正坐稳龙椅之后，迎接自己的会是一杯毒酒还是一方白绫？

太子微微松了一口气，大臣们终究还是慑于皇室之威，不敢太过放肆。便在此时，有很多人听到了隐隐的一声叹息。叹息声出自文官班列首位的那位，门下中书首席大学士，庆国新文运动的发端者，在朝中拥有极高清誉的——胡大学士。

胡大学士看着舒芜，苦笑着摇了摇头，然后出列，跪下，叩首，抬首，张嘴。

"臣请太子殿下收回旨意。"

太极殿变得更加安静，就像京郊还没有修好的皇陵，死寂无声。

太后面色微变，藏于袖中的手微微发抖。她没有料到，胡大学士居然会在此时站了出来，就算他与舒芜私交再好，可当此时刻，他怎么敢？

胡大学士神情平静地说道："陛下既有遗诏，臣敢请太后旨意，当殿宣布陛下旨意。"

不待太后与太子发话，胡大学士再道："大东山之事，疑点重重。若澹泊公已然归京，则应传其入宫，当面呈上所谓遗诏。谋逆一事，当三司会审，岂可以军方情报草率定夺？陛下生死乃天下大事，直至今日，未见龙体，未闻虎卫回报，监察院一片混乱……"

这位庆国文官首领的话语越来越快，竟是连太后冷声驳斥也没有阻止他的说话。

"臣以为当务之急是知晓大东山真相。而知晓大东山真相的只有澹泊公一人。遗诏是真是假，总须看。澹泊公是否该千刀万剐，则须擒住再论。故臣以为，捉拿澹泊公归案，方是首要之事，恳请太后明裁。"

殿上沉默许久，太后铁青着脸，连道三声："好！好！好！……好你个杀胡！"

杀胡乃是皇帝陛下当年给胡大学士取的匪号，赏其刚正清明之心。今日殿上情势凶险，这位胡大学士于长久沉默之后忽发铮铮之音，竟是当着太后与太子的面寸步不让，字字句句直刺隐情！

太后的眼睛缓缓眯了起来，寒光渐现。太子却还算平静，只是向下方看了一眼。他在朝中自然有自己的亲信，虽然因为长公主的手段，那些大臣常年在太子与二皇子之间摇摆，可在今天这种时刻自然要站出来。

吏部尚书颜行书望着胡大学士冷然道："先前太后娘娘已下旨剥了范闲爵位，抄了范家，大学士依然称其为澹泊公未免有些不合适。范闲乃谋逆大罪，二位大学士今日念念不忘为其辩驳，不知这背后可有什么不可告人的秘密。"

胡大学士看也没有看颜行书一眼，轻蔑地说道："臣乃庆国之臣、陛下之臣。臣乃门下中书首领学士，奉旨处理国事。陛下若有遗诏，臣便要看，有何不可告人？"

三位皇子的心情各自复杂，二皇子微嘲，想着祖母与太子非要走光明正大的道路，难怪会惹出这么多麻烦。大皇子则是面无表情沉默着，暗中盘算着两位大学士所说的遗诏究竟是真是假。年纪最小的三皇子微微低头，心头有些发紧，心想待会儿若真的一大帮子侍卫冲了进来，自己该怎么做？当然不能任由太子哥哥把这些老大臣都杀光了。

太子看着下方跪着的胡大学士，心情十分复杂，心想姑母的判断果然没错，庆国文臣从来都有自己的想法，这是父皇允许他们有的，而此时这些想法却开始给他的登基道路带来无限麻烦。

"身为臣子，却伪称遗诏，胡大学士，你也自去反省一下。"

太后的话语刚落，另有太监侍卫上前，扶住了胡大学士的双臂。太极殿内充满着惶恐的气氛，门下中书两位大学士反对太子登基！两位大学士都要被索拿入狱！庆国历史上一次出现这种局面是什么时候？没有大臣能够想得起来。他们只知道这两位大学士乃是文官首领，如果太子无法从明面上收服他们，而只能用这种暴力的手段压制下去，那么终究会出现许多问题，比如朝堂之心。

而这个问题，就在胡大学士被押往太极殿外的路上出现了。当胡大学士与舒大学士在殿门处对视无言一笑时，太极殿内肃立许久的文官们，竟是哗啦啦跪倒了一大片！

"请太后三思，请太子殿下三思。"至少有一半的文官跪了下去，齐声高喊不止。

这已经不仅仅是在为两位大学士求情，这已经是向那对祖孙示威。长公主方面的文官，还有一直沉默无比的军方将领们，看着这一幕不禁异常动容。他们不明白这些跪在地上的大臣究竟是怎样想的，难道还真准备为范闲脱罪，真要阻止太子的登基？他们除了那张嘴、那个名之外，还有什么实力？

看着黑压压的那一群大臣，太后觉得一阵昏眩，突感脚下发软。太子也终于再难保持平静，他没有想到，一封根本没有出现在众人面前的遗诏，竟然会给今天的登基典礼带来如此大的麻烦！

这世上真有不怕死的人吗？应该没有，如果文官都是如此光明磊落、不惧生死的铮铮之臣，那庆国还需要监察院做什么？在这一瞬间，太子有些恍惚，他不明白为什么会有这么多人反对自己，眼下跪着的这些官员基本上都是中立派系……难道是范闲给他们施了什么巫术？

全杀了？不杀怎么办？

太子觉得好生头痛，心想竟是低估了范闲在朝堂上的影响力。直到这时，已经坐回椅上的太后，压低声音狠狠咒骂出来的一个名字才提醒了太子，这一幕群臣下跪进谏的场景，根本不是范闲所能发动的。他这才明白，包括姑母在内，似乎所有人都已经遗忘了一个人。那个与姑母纠缠十余年、被陛下逼出京都、隐居梧州数年、当年权倾朝野门生无数的庆国末代宰相——林若甫！

京都有一条安静的小巷，街上那些悲伤惶恐的氛围无法进入这里，只有几棵青树在初秋的天气里自在摇摆。巷子叫作羊葱巷，很不起眼的名字。巷子尽头是一方小院，前两年不知何人买下。大半年前有位女子带着几个下人搬了进来，不知是何身份，这大半年间从来没有访客来过此地。

今日皇宫中正在进行着你死我活的争斗，然而引发这一件事情的罪魁祸首此时却很清闲地坐在这间院子的树下乘凉，一面喝着茶，一面低头想着些什么。范闲穿了一件青布衣裳，脸上略动了些手脚，稍减英秀之气，让整个人看着更笃实了一些。他手里转动着茶杯，忽然手指微僵，抬头对身旁那位眉眼秀丽、眼窝深陷的美人儿问道："除了和亲王，还有谁知道你这座院子？"

那个美人儿抿着唇摇了摇头，大大的眼睛里满是好奇与兴奋，看着范闲这位传说中的弑君恶贼竟是一点也不害怕。是的，这座小院便是当年范闲暗中购下，于年前赠予大皇子金屋养娇的绝密所在。而那位模样神情与庆国女子大有分别的美人儿，自然是跟随征西军归京的西胡某部族公主，在江南困扰了范闲一年之久的玛索索姑娘。

除了经手的邓子越，没有人知道买下这座小院的是范闲。以大皇子惧内易躁的性情，更不可能四处宣扬，所以范闲昨夜串联群臣后，没有再回客栈，而是来到了这座小院。

范府和监察院有人盯着，言府、王启年家只怕也有内廷高手盯着。范闲不想冒险，只有这间羊葱巷里的小院能保证安全，也方便他与那个关键人物的联络。

得到玛索索的回答，范闲的眉头皱了一下，从椅上站了起来，平静地望着巷左的后门。他听到有人正在向这个院子走来，而来人明显不是自己要等的大皇子。

当啷数声，咯吱一声，无名小院的木门被人从外面打开锁。玛索索吃惊地看着这一幕，忍不住捂住了嘴，从来没有外人来过这间院子，来人究竟是谁？她转头望着范闲，低声呼喊道："快跑！"

范闲没有跑，只是望着后门处抬步而入的那位女子笑了笑，这笑里包含的内容十分复杂，然后他一揖及地，说道："给王妃请安。"

来人不是和亲王，而是和亲王王妃，北齐大公主。

王妃面色平静地看着范闲，半晌后款款行礼道："见过小公爷。"范闲苦笑，心想自己在院中等着老大，却等来了这位，由此可见大皇子惧内到何种程度，竟是连小金屋都提前做了报备。

"索索你先进去。"他知道王妃不愿意看见这位西胡公主，示意玛索索在里间暂避。

王妃虽未刻意乔装打扮，明显也是经过一番安排。范闲伸手请她坐下，沉默片刻后说道："王妃好大的胆量，明知道宫里一定盯着和亲王府，居然还敢单身来此，与我相见。"

范闲最想联络的便是手握禁军的大皇子，宁才人已经被控制在含光殿，王府外也有诸多眼线，所以他寻了个妙法在王府中留下信息，希望大皇子想办法联络自己，没想到来的却是王妃。

"小范大人才是天铸的雄胆……"王妃微笑着应道，"明知道京都诸方势力索君甚急，明知今日太子登基，却能安坐销金小院之中，静看事势发展，真不知道大人您是胸有成竹，还是一筹莫展。"

"胸有成竹非真，一筹莫展亦假。若非有想法，又何至于会惊动王妃？"

范闲回道。

王妃和声应道："如今京中局势危急，我家王爷负责禁军守卫，绝对无法回府，小范大人若想与他相见，只怕有些难度。只是不知小范大人有何难处，我冒昧来见，还盼小范大人不要见怪。"

范闲沉默半晌后开口道："大公主，如今我乃是弑君谋逆之徒，你既然敢来见我，问我有何难处，那便自然是明白我的意思。"王妃眼波微乱，一时不知如何接话。范闲往王妃的身旁靠近半尺，轻声道："不知王妃可还记得，当年自北齐南下，马车内外，你我曾说过什么？"

王妃微微一怔，旋即微笑道："约定自然不会忘，只是此一时彼一时。如今局势太险，王爷他全靠禁军苦苦支撑，若大人真要办大事，只怕王爷力有不逮，我一个妇道人家，更是无法应承。"

"苦苦支撑？"范闲轻声笑道，"王妃说的可是昨日京都守备统领换人之事？"

王妃沉默了下来。

范闲叹了一口气，因为京都守备换人，这算是刺中了自己的要害，也刺中了大皇子的软肋。

京都守备师一直处于叶家的控制中，后来由秦家第二代的领军人物秦恒掌握了两年。直到年前因为山谷狙杀一事，陛下借题发挥，清洗朝中势力，将秦恒调入枢密院任副使，任命了大皇子当年征西军中的副帅谢苏为京都守备统领。然而这一切在昨天已经发生了变化，太后稳住宫中后，下的第一道旨意便是将谢苏直接撤了，秦恒再次复任京都守备统领！

谢苏被撤，而且执掌京都守备师不过半年，没来得及形成自己的势力，秦家一转手再接了回来，大皇子很难说还有什么影响力。对此范闲也很头痛，京都守备师控制权易手，且不提胶州水师许茂才向自己建议的大事，等于是整座京都的外围都已经控制在了秦家的手中。范闲摇头道："京都守备师常驻元台，只要十三城门司不出问题，能够解决京都大势的依然是禁军。"

"我从未忘记与大人您的承诺。"王妃看着他静静地说道,"然而您从大东山归来,却不知道如今京中宫中是何等样森严!王爷如今还能勉强控制住禁军,那是因为太后老祖宗没有下旨……太后为何放心让王爷执掌禁军?因为她知道,王爷是个直性情人,他不会动乱,不会造反……"

没等王妃说完,范闲嘲笑道:"现在的情况是,宫里有人正在造反。"

"问题是,谁坐在太极殿中,谁才有资格论定谁在造反。若澹泊公您此时在宫中,在太后的身旁,读着那份今日已经宣扬开来的遗诏,我敢保证,我家王爷一定是您最坚强的支持者。"接着王妃又劝道,"把遗诏拿出来吧,或者还有一争之力,不然只能被动下去。"

"我不公布遗诏与王爷沉默的原因其实都是一个。"范闲沉默了一会儿,接着又说道,"宁才人在宫里,王爷当然做不得什么。我夫人、小妾也都在宫中,真要明着开战,我和王爷都承受不起。"

三骑入京后,皇太后看似匆忙的那几道旨意已经渐渐显现了作用。当然,那几道旨意之所以会给大皇子带来如此大的限制,也是因为太后看清楚了自己长孙的真实品性。

王妃微异道:"澹泊公一夜便在京都闹出这般大的动静来,由此可见,即便内廷控制了范府,盯住了监察院,可您依然有自己的办法。所以我不明白您为什么到此时还没有知道那两个好消息?"

"什么好消息?"范闲有些吃惊。

"宫里的情势比您想象的要好很多。因为您的家人反应的速度比您想象的要快很多。"王妃道,"确实有军士进驻范府,准备抄家,但范尚书并不在府中。那日三骑入京,尚书大人自宫中出来后便没有回府,而是直接被靖王爷接到了王府里。"

"靖王爷?"范闲惊喜地问道,"你是说,家父这几日一直留在王府中?为什么外面没有风声?"

王妃说道:"范府已经被封,内里自然是传不出消息来。靖王爷毕竟是太后的亲生儿子,陛下已经去了,老人家对于这唯一的儿子总要给些面子，所以如今只是在外监视，却不敢冲入府中。"

范闲一怔后冷笑道："什么不敢，什么面子……只不过太后自以为能控制京都的一切，没有抓住我，怎么会急着对付我的家人。若把遗诏毁掉，将我除掉，你看她敢不敢动。"

"好吧。那位临产的思思姑娘十余日前，随晨郡主和林家大少爷去了范府庄园。那日太后下旨召你家眷入宫，结果前去宣旨的太监扑了个空。因为思思姑娘根本不在府内，在范府庄园也没有找到她的踪影。等于说，思思姑娘在十几天前就失踪了。"王妃望着范闲，眼中透出几分佩服，"所以我不明白，大人您事先就安排得如此妥当，究竟现在是在担心什么？"

范闲震惊无语，思思失踪是谁安排的？难道是父亲？难道父亲十几天前就知道陛下遇刺的消息，从而推断出了后面的事情，做出了极妥当的安排？他脸色有些难看地低声说道："不是我。"

王妃吃了一惊，望着他半天说不出话来，也是品出了此事背后的大蹊跷。

范府在这十几天里瞒着思思失踪的消息，明显知道内情。范闲不再担心思思的安全，而是陷入了某种困惑当中。他与王妃对视一眼，两个人同时说出了一个人的名字。

"老跛子。"

"陈院长。"

第十四章 出卖以及追捕

如果此事真是陈萍萍所为，由此推论开去，可能会得出一个荒诞、夸张、可怕的答案，二人很知机地没有继续深入讨论。范闲问道："府上与院长关系交好，最近京都乱成这样，我无法回院，院里也肯定乱得不像话，王妃可知道究竟为何会出现这样的局面？"

王妃道："京中诸人皆知，陛下一旦不在，陈院长接下来的动作才是关键。我不相信长公主殿下会想不到这点。第一日，太后就召陈院长入宫……"

"我一直以为他入了宫，后来没有消息，才知道事情有蹊跷。就算十三城门司严管城内城外消息往来，也不至于把京郊的陈园封成了一座孤岛。"范闲的眉头皱了起来，他只能暗中与某些部属联络，对院中详情所知不多，却也能感受到，监察院里人心惶惶。本应坐镇监察院的陈萍萍未奉太后旨意入京，难道中毒的消息是真的？

其实王妃并不知道他此时心里在想些什么，却很凑巧地感叹了一句："只怕中毒的消息是真的。"

"我开始本以为是他借中毒之由将自己从朝堂之争中择了出去。如果是真的，这事情就麻烦了。"

"太后对于陈院长颇为信任，但中毒之说太过凑巧，只怕老人家心里会有些想法。如果不是太后认为陈院长会站在您的这边，只怕也不会如此决绝地选择太子，不留下任何转圜的余地。"王妃感叹道，"看来秦恒领京都守备师后第一个任务就是看住陈园，难怪园内一直没有消息出来。"

范闲叹了口气，自己都会怀疑陈萍萍的中毒，太后自然也会怀疑，那老跛子也是他最担心的人。如果中毒之事为真，陈园的防备力量再强，又哪里能挡住庆国精锐部队的攻击。他稍一思忖后又道："现在看来，所有问题必须从宫里解决，在宫外闹腾再久也触不到根本。我要入宫解决这件事情，就必须需要王爷的帮助，烦请告诉王爷，该下决心了。"

"我家婆婆那里怎么办？"王妃看着他，必须要求这位小范大人给出一个切实的承诺。

"宁才人的安全我保证。"范闲一字一句道，"王爷他必须明白，禁军虽在他的控制中，但也有燕小乙留下的人，时日久了，太后把他从禁军统领的位置上换下来，我和他就等着吃屎吧。"

"吃屎"是很粗鲁的词汇，但王妃没有什么反感，因为她明白，如今的局势确实很狗屎。她只是不解，重重深宫尽在内廷控制之下，他范闲何德何能敢说可以保证宁才人的安全？但晨郡主如今也在宫中，范闲断不至于牺牲妻子的性命，只为了说假话来骗自己。

"十三城门司是关键。"王妃将范闲的茶杯拉到自己面前，轻声道，"要阻止忠于太后的军队入京，这个位置上的人必须是我们这边的。"

范闲知道她终于决定劝说大皇子发动宫变，才会开始讨论这些具体事项，于是放下心来，说道："你知道，我和军方向来没有什么交情，城门司这边不知道怎么着手。"

"征西军早被打散，王爷在军中也没有太多势力，和秦、叶两家比起来差远了。"王妃忽然说道，"如果陈院长在京中，想来一定有办法影响十三城门司。"

听到陈萍萍的名字，范闲心头再生寒意："必须赶时间，在城门大开之前，将宫里的事情解决。"

"难度太大。"王妃摇头道。

范闲将她面前的茶杯拉回来，低头道："茶壶只有一个，茶杯却有多个，不要只把眼睛盯着秦家的军队。叶重献俘离京不远，太后虽然下旨让他归定州，可谁知道那几千名将士究竟走了没有？"

王妃心头一惊。

"老二的心思很简单，他会暂时推太子上位，但这壶茶里的东西他要分一部分，但如果叶家不进京，他有什么资格说话？当然，这一切都是在我那位岳母点头的前提下发生的事情。"范闲揉了揉太阳穴，又说道，"长公主和太后不一样，她是崇拜军力的女人，如果要杀几千个人来稳定朝局，绝不会介意。"

王妃幽幽道："最终还是要大杀一场。"

范闲道："不流血的政变，永远都只是完美的设想或是极其个别的偶然。我虽是个运气极好的人，但也不敢将这个运作寄托在运气上，更何况我们真正面对的是长公主这个疯子。"

王妃道："您的意思我会转告王爷。"

范闲刻不容缓、不留情面地接道："既然您此时来了，自然会代表王爷接受我的安排。"

其实大皇子心知肚明范闲想要什么，只是请王妃先来看看范闲手里究竟有多少牌，此时被戳破，王妃只好笑了笑，说道："澹泊公越来越有信心了，当此京都危局，还能如此谈笑风生。"

范闲道："只要秦、叶两家军队进不了京都，我又担心什么？"

王妃似笑非笑地说道："昨天夜里，澹泊公联络群臣于今日殿上起事……此时宫中只怕是血雨腥风。几位年高德劭的大臣因您而站到了太后的对立面，也许将付出生命的代价，您难道就不担心一下？"

范闲沉默不语。

"有时候不得不佩服您，挑得无数人替您出头，洒热血，抛头颅，您却安静地旁观不管，不知道这究竟是冷静还是冷血……如果那些大臣想通透了这点，在临死的那刻，会不会大呼上当？"王妃唇角的笑容带了些嘲弄的意味。在她看来，范闲在登基前夜串联此事，没有给所有人反应的机会，太子如果杀大臣自然陷自己于无义，而那些大臣们要冒的风险则是更大。

今天太子登基被阻，确实是范闲在梧州岳丈的帮助下，挑动着二位大学士所为。至于此事的风险，他不是没有想过，从某种角度上说，他是在用太极殿内那些真正勇敢的文臣性命冒险。这确实是很冒险、很自私的一种选择，所以他没有反驳什么，只好缓声道："盗有道，臣亦有道，我以往是个很怕死的人，但最近才想清楚一个道理，死有重于东山，有轻于鸿毛，胡、舒二位大学士愿为他们心中的正道而去，这是他们的选择。"

"重于东山，轻于鸿毛？"王妃重复了一遍这句话，看着范闲的脸，有些出神，隐隐感觉到，这位年轻人表面是温和中混着厉杀心性，但在根骨中似乎有些改变正在发生，忍不住问道，"既然如此，为何公爷要隐于幕后，却不能勇而突进？"

"突兀现于大殿，出示遗诏，面对内廷高手围攻……确实很帅，但得不到很好的效果。"他用一种前所未有的严肃认真地说道，"二十天前在一处高山草甸上我学会了一些。从今开始，我不惧死，我仍惜生，如果注定要死亡，我希望能死得有价值一些。

"我不是在拿那些可敬文臣的脑袋冒险，如果现在主事的是长公主，我会选择另外的方式。但现在太极殿上登基的是太子，并不是老二。"他继续说道，"老二多情之下尽冷酷，相反，我对太子殿下还是有些信心的。"

"什么信心？"

"我始终认为，太子是我们几兄弟里最温柔的一个。太后年纪大了，杀心不足，太子是个好人，所以我不认为今天太极殿上会出现您所预料的流血场面。"

范闲给太子殿下发了一张好人卡。王妃有些莫名其妙，摇了摇头，准备离开。

离开之前，范闲唤住她，又将玛索索从屋内唤了出来，对王妃认真地叮咛道:"我在京都不会停留在一处地方,羊葱巷我不会再来,但我担心她的安全,所以希望王妃您能将她接回王府。"

王妃微微一怔,没有想到范闲此时还想着玛索索的安全,竟然会提出这样的要求。玛索索也吃惊地看着范闲。范闲说道:"如今王府是京都最安全的地方,王妃您应该明白我指的是什么。"

这说的不是大皇子手里掌握的禁军,此次庆国内乱,有外界大势力的影子,就算是长公主也必须给异国盟友留两分面子,给北齐小皇帝亲姐姐几分面子。

最后,范闲看着王妃微笑道:"先前王妃以大义责我,那我也想提醒您一句,您如今是王妃,就得把自己当成庆国人,而不是……齐人。"

王妃心头一凛,顿时不敢直视对方。

秋意初至,微凉不能入骨,王妃坐在马车上,却感觉到车帘处渗进来的风竟是那样的寒,忍不住打了几个冷战。玛索索被她安排在第二辆马车上,就算范闲没有拜托她照看这个胡女,王妃也不可能将她扔在羊葱巷不管。如果这个女子死了,怎么向王爷交代?

王妃又打了个冷战,车里就她一个人,她有足够的时间来回味范闲最后的那番话。看来范闲对整个事件已经有了全盘计划,才会提醒自己。

她自北齐远嫁而来,与范闲一路同行,细心观察,深知其厉害。尤其是今日太极殿上那剑拔弩张的一幕,竟是此人一夜挥袖而成,她真不清楚,范闲到底还藏着什么样的底牌。因此,她决心坚定地站在王爷的身边,站在范闲的身后,历史早就证明,跟随着胜利者才能得到最后的胜利。

马车回到王府,王妃带着玛索索进了后园,唤人安置这位胡女,她一人走到湖边,步入湖中心的亭子里。半年前,这亭子曾经容纳过除太子之外所有的皇族子女,那短暂的天子家和睦已因为庆帝的死亡而化成了泡影,陛下的子女们,此时都在寻找着置自己兄弟姐妹于死地的方法。

她叹了一口气,对一直守候在亭中的那人问道:"王爷那边有没有消息过来？"

"禁军方面有些小异动，不过听副将传话，王爷值守宫墙，应该能压制住那些人。"那人穿着一身很普通的衣裳，应该是管家之类的人物，他对王妃说话也极为恭敬，但眉眼间总流露出一种下人不应具有的气质，"公主，先前见着那人了吗？"

会这样称呼王妃的人，只能是齐人！

王妃沉默着点了点头，道："暂时和长公主方面保持安静，什么都不要说。"

那人眉头微皱道："属下奉陛下严令，助长公主殿下控制庆国局势，如今范闲既然现了踪影，我们当然要通知长公主殿下。"

王妃盯着他的眼睛说道："我不知道上京城究竟是怎样想的，我只知道范闲现在暂时死不得。"

这个管家模样的人竟是北齐派驻京都的间谍——在这次南庆内乱中负责与长公主方面联络的重要人物。他面色微冷，看着王妃说道："公主殿下，请记住您是大齐的子民，不要意气用事。"

王妃冷笑地看着他说道："我是为你着想，如果范闲死了，你以为陛下会饶了你？"

那人倒吸一口冷气，不解此话何意。白家皇帝陛下对范闲确实颇为看重，可……如果要达成陛下的意愿，范闲不死怎么办？他沉声道："陛下认为，陈萍萍那人一定会阴到最后，如果范闲不死，陈萍萍、范建和远在梧州那位前相爷都不会发疯，那庆国如何大乱？庆帝死后，真正厉害的人物，就只剩下长公主李云睿和这三个老家伙。"那人死死地低着头，语速越来越快，"如今庆国内廷太后盯着陈萍萍与范建，让他们无法轻动，可一旦范闲真的出事，只怕庆国皇族也压不下这二人……只要南庆真的乱了，最后不论谁胜谁负，对我大齐都有好处。庆帝之死，是乱源之一；范闲之死，则会点燃最后那把火。"

"这是锦衣卫的意思，还是陛下的意思？"王妃的眼神有些飘忽。

"全是圣心独裁，陛下虽未明言，但意思清楚，想必也设想过范闲之死。"

"我大齐究竟看好哪一方获胜？"

那人抬起头来，沉默片刻后回道，"看好范闲一方获胜，所以范闲必须死。"

"为什么？"王妃吃惊地问道，"即便王爷助他，也敌不过叶、秦两家的强军。"

"在陛下看来，陈萍萍才是最重要的那个人。"

王妃不解："即便如陛下所言，范闲死了，庆国大乱，最后陈院长……范闲身后的这些人执掌了庆国朝政，那又如何？只怕还不如范闲活着，以范闲与我朝的关系，天下只怕会太平好几十年。"

那人怔怔地问道："公主，难道您真不明白陛下的意思？"

"什么意思？"王妃微蹙眉头。

那人道："所有人的眼睛都盯着太子、二皇子、三皇子和范闲，可王爷手执禁军兵马，又与范闲交好，陈院长视他如子侄，范尚书伤子之痛，无论怎么看，王爷的机会都最大。"

王妃身子一震，此时方才明白远在上京城的皇帝弟弟，想得竟是如此深远而阴险。庆帝死去，只要庆国国力无损，天下三国间的大势依然没有质的变化。而如果是大皇子继位，他娶的是北齐大公主，身上流着东夷城的血液，日后的庆国还会是如今这个咄咄逼人的庆国吗？

"王爷……不会做的。"她低头叹道。

那人阴沉着脸说道："如果范闲死在长公主手上，王爷大概会对自己的弟弟们绝望、悲伤，而这，有时候是一种能刺激人野心的力量。"

"不行。"王妃忽然抬起头来，坚定地说道，"你不明白，陛下也不明白，王爷究竟是怎样的一个人。范闲不能死！我不管上京城的计划是什么，但至少范闲的行踪不能从我这里透露出去。"

那人略带怜惜、歉意地看了王妃一眼，心想王爷将来知道王妃出卖了范闲，夫妻间只怕会出大问题，难怪王妃坚决不允许此议："抱歉公主，先前马车离开羊葱巷时，我已经通知了长公主方面。"

王妃不可思议地盯着那人，然后透过窗户望向王府外的天空，不知道范闲还能不能保住性命。

范闲是个很小心的人，不然他不会让王妃将玛索索带走。但他觉得以自己与北齐小皇帝的关系，就算北齐方面参与了谋刺庆帝，北齐也不会针对自己。所以他在羊葱巷的院子里多待了一会儿，直到天色渐渐转暗，才戴着一顶寻常的笠帽行出巷口，在民宅间的白幡拱送下向监察院一处走去。

监察院的乱象让他感觉到了问题。也许天下所有人都认为陈萍萍还在隐忍等待，可他却不这样想。距离产生美感，产生神秘感，和老跛子亲近无比的他清楚地知道陈萍萍已经老了，生命快到尽头，他真的很担心。陈园在京都郊外，没有高高的城墙宫墙，又如何抵挡庆国军方的攻势？

他有些焦虑，对身周环境没有太注意，直到听见远处街口传来的马蹄声，才知道自己的行踪终于被长公主抓到了。他回头便看到了不远处三个跟踪自己的盯梢，皱了皱眉头，往身后的一条小巷里转了进去，试图在合围之前，消失于京都重重叠叠的民宅之间。

那三个盯梢不畏死地跟了上来。范闲左手化掌横切，砍在了最近那人的咽喉上，只听得一阵骨头的碎裂响声，那人随即瘫软在地。紧接着，他一脚踹在第二人的下阴部，左手一抠，袖中暗弩疾飞，刺入第三个人的眼窝。轻描淡写地出手，干净利落，快速无比，没有给那三个人发出任何警讯的时间。做完这一切，他没有停留，左手粘住身旁的青石壁，准备翻身上檐。

便在此时，一个人从天上飞了过来，如蒲扇般大小的一只铁掌，朝着范闲的脸上盖去！

掌风如刀，扑得范闲脸皮发痛。他才发现先前在院中与王妃的话有些托大。是的,人世间最顶尖的高手只怕都在大东山上毁了,然而京都乃藏龙卧虎之地,高手仍然是层出不穷,比如这时来的这一掌,至少已经有了八品的水准。

他眯着眼睛,一翻掌迎了上去,双掌相对无声,就似粘在了一处。

下一瞬间,他深吸一口气,后膝微松,脚下布鞋底下震出丝丝灰尘。

啪的一声闷响!

那个军方高手腕骨尽碎,臂骨尽碎,胸骨尽碎,被一股沛然莫御的力量击得向天飞去,只见他喷着鲜血,脸上带着一种不可思议的表情,怎么也想不明白,看似温柔的范闲怎会有如此霸道的真气!

范闲感觉左胸处一阵撕裂剧痛,知道燕小乙给自己留下的重创又开始发作了,知道不能久战,必须马上脱离追杀。然而一掌击飞那个高手,他也被阻了一刻,此时整条小巷被人包围了起来。

包围他的有京都守备师分驻京都内的军队,有刑部的人,更多的则是京都府的公差好手,而后方站着的是几位内廷的太监。看来除了监察院之外,京都所有的强力衙门都派人来了。

看着这一幕,他在心中叹了一声,知道不论太极殿上是如何收场,至少眼下在宫里已经坐实了谋杀陛下的谋逆大罪,自己已经成了人人得而诛之的恶贼。可他没有一丝畏惧,也没有受伤后虎落平阳的悲哀。他只是平静地看着这一切。燕小乙都杀不死他,这个世界上还有谁能留下他?

"杀!"

小巷的四面八方响起一阵喊杀声,无数人向着范闲拥了过去,却像是大河遇上了坚不可摧的磐石,水花四散,噗噗数声利刃破肉的响声刺入人的耳膜,冲在最前头那四个人就像是四根木头一样,捂着咽喉倒了下来,手里的鲜血不停地向外冒着。

此时范闲的手中已经多了一柄细长的黑色匕首,无光的锋刃上有几滴发暗的鲜血。

寥寥几个人的死亡,根本不可能震退所有人,人群的冲击甚至连一点停顿都没有。人群又拥了过来，淹没了他。黑色的光再次闪起，这一次范闲很阴毒地选择了往下方着手，不再试图一刀毙命，不再试图划破那些官兵们的咽喉，而是奇快无比、极其阴险地在那些人的大腿和小腹上划过。

那些人身上多出几条鲜血淋漓的口子，翻开来的血肉喷出鲜红的血水，片刻后马上变成发黑的浆液，受伤的这些人一时不得死，却被黑色匕首上附着的毒药整治得无比痛苦，发出凄厉的惨叫。官兵们终于清醒了些，想起那些关于小范大人的传说，下意识里向后退了几步。

趁着这个机会，范闲像游魂一般反向人群杀了过去，如影、如风，贴着人群的身体行过，偶尔伸出恶魔般的手掌，在那些人的耳垂、手指、腋下等诸多薄弱处轻轻拂过。

每拂过，必留下惨叫与倒地不起的伤者。

范闲选择了小手段——最能节省体力与真气的作战方式。

他的每一次出手，不再意图让身旁的官兵倒下，而是令他们痛呼起来、跳起来，成为一根根跳跃的林木，掩饰着他这个狡猾的野兽，在暮色中向着包围圈外遁去。

不远处主持围缉的一位将军，看着那处的骚动，眼中闪过一抹寒意与惧色。他从来没有想象过，在这个世界上有人能将自己变成一条游魂，在众目睽睽之下穿行于追杀自己的人群里，留下微腥的血水，带走鲜活的生命，人却显得如此轻松随意，如穿万片花丛，而片叶不沾身——范闲身上连个伤口都没有，已经挑死挑伤二十余人，在大乱的包围圈里强行突进了十余丈的距离！

"拦住他！"那位将军看着离自己越来越近的骚动，用沙哑的声音嘶吼叫道，"诛逆贼！"

咔咔一阵弩箭上弦的机簧声音响起，在这样嘈杂的环境中非常微弱，又格外恐怖。

范闲在弩机作响的一瞬间，右手停顿了一下，插进一个衙役胸中而没有拔出来。

京都内严禁用弩——除了被特旨允许的监察院。所以听到这个声音他便知道,长公主那边已经通过秦家或是叶家,调动了军队潜进京都。那场山谷狙杀里的弩箭给他留下了太深刻的印象,他来不及考虑十三城门司的问题,右脚重重地踩在了坚硬的石板地上!

轰的一声,那块坚硬的石板从中裂开,向着那些扑过来的官兵身上刺去!当他在包围圈里游走突进时,看似轻松随意,实际上却是挟着异常快的速度和强大的精确控制力。所以他才需要这样强横霸道的一脚,来停住自己处于高速行运状态下的身体。石板裂开,他的人也由极快速度而变得异常静止,这样两种极端状态的转换,甚至让他身边的空气都无由地发出了撕裂的声音。

官兵们狼狈地往前倒去,在范闲的身前留下三尺空地。嘟嘟破风声响,没入土,范闲的脚下像长了庄稼一般,长出数十支阴森可怕的弩箭,险之又险地没有射入他的身体。

他的右手依然平刺着,匕首上挂着的那个衙役的尸体因这突然的降速猛地震向前去,锋利的黑色匕首划开肉身,只听他重重地摔在地上,震出无数血水。

范闲身后的官兵们收不住脚,直接往他忽然静止的身上撞了过来!

两声闷响,两个人影飞了起来,在暮色笼罩的天空中破碎,画出无数道震撼人心的曲线。

在下一轮弩箭来临之前,范闲远远地看了一眼巷头的那位将军,脚尖在地上一点,出乎所有人的意料,随着那两个被自己震飞的"碎影",向着反方向的小巷上空飞掠而去。

那位将军忍不住打了个冷战,咬牙喊道:"狼营上,不要让他跑了!"

半空,碎裂的骨肉摔落在地上,啪啪作响。紧接着,嗖嗖破空声起,十几个军中高手翻上了檐角,向着不远处正在民檐上飞奔的范闲追去。与此同时,京都府与刑部的好手沿着地面的通道不懈追击。

第十五章 谁家府上

"我要他死。"回到广信宫重重纱帘后的长公主李云睿面无表情地说道,她说的自然是范闲。

"陈园那边似乎出了问题。"一个太监低声说道,"最关键的是,这段时间东山路那边的情报传递似乎也有问题,最后的消息已经是三天前的了。"

李云睿冷漠的美丽脸庞上忽然闪现出一抹诡异的红晕,就像天边的彩霞,被夜风一袭马上消失不见,变成了入夜前的最后一抹苍白:"我只要范闲死,监察院那边你不用理会。"

"是,殿下。"那个太监恭谨地行了一礼。李云睿俯视着这个太监,声音微和地说道:"东宫里的那一把火,你放得很好,这京都里的最后一把火,本宫要看你放的怎么样。"

那个太监抬起头来,竟然是皇帝的亲信太监之一,与姚太监并列的侯太监!大东山一役,洪老太监不知死活,姚太监肯定已经随庆帝归天,如今皇宫辈分最高、权力最大、最得太后信任的太监便是他。当年范府与柳氏为了笼络他不知道下了多少本钱,谁能想到他原本就是长公主的人。

皇帝与范闲一直在推测东宫里的那把火是谁放的,但怎么也没有往侯公公的身上想。

"奴才会请太后发旨令禁军加入搜捕……"侯公公小心翼翼地看了长公主一眼,"其实先前禁军也出现在羊葱巷,但动都没有动一下,大皇子那边明显另有心思。"

李云睿微嘲道："禁军咱们是使不动的。"

侯公公试探着说道："今天太极殿上有四十几个大臣被逮入狱中，太后的意思没有变，既然已经确定了太子爷接位大宝……您看，是不是可以把大皇子的位置动一动？"

"您让我与母后去说？"李云睿的语气依然嘲弄十足，"如今京都守备师尽在我手，十三城门司在左右摇摆，秦家与叶家的军队离京不过数日……如果连禁军统领也换了，母亲怎么能放心我？只要宁才人在含光殿里老实着，禁军就是和亲王的，不然她难道不担心本宫将这座皇城毁了？"

侯公公心里打了个寒战，不敢再言。李云睿继续说道："不用太担心，范闲有病，本宫抓着他的病，他便不可能远离京都，只能在京都里熬着。本宫倒要看看，等那几十个大臣熬不住了，太常寺与礼部的官员顶不住了，太子名正言顺地登基，他还怎么熬下去。"

侯公公敬畏地看了长公主一眼，小意道："可惜太后下旨晚了，那个小妾不知何故逃了出去。"

"不是逃，是有人在护着她……"李云睿不知为何忽然开心地笑了起来，"不过本宫很好奇，那个没了主子的人，如今还能不能护住他自己。"

"殿下神机妙算。"

"没什么好算的，你准备一下，也许过两天，我便要出宫了。"李云睿神情淡然地说道，却不知道为什么要出宫。

侯公公讨好地笑了笑："那奴才这时候便回含光殿。"

"去吧，让母亲的心更坚定一些。"

"是。"

侯公公依命回到了含光殿，在太后身前略说了几句话。看着太后花白的头发，颓丧的表情，不堪的精神，他在心里叹了一口气，暗想太后娘娘当年也是极厉害的人物，如今却只能一心维持着朝廷的平静，却拿不出太大的魄力来,自己多年前便跟定了长公主,真是极明智的选择。

广信宫中,待侯公公离开后,长公主轻声对亲信交代了几句什么,似乎是要往宫外某处传信,只能隐约听到是和京都外面的局势有关。然后她沉默而孤独地坐了一会儿,拍响了双掌,宫女们恭敬地簇拥抑或是看守着一男一女从宫殿后方走进来,坐到了她的身边。

李云睿微微展露笑颜,对眉眼并不相似的女儿轻声道:"晨儿,母亲已经找到范闲了。"

林婉儿微低着头,并没有因为这句话而震惊万分,甚至连头都没有抬一下。李云睿似乎对女儿的反应生出无来由的愤怒,低沉着声音说道:"范闲就是只老鼠,如果他真的在意你,自然会来宫中。"

林婉儿抬起头来,平日温柔的眼眸里尽是冰冷与淡漠,一字一句地说道:"你把我从含光殿里要了出来……本以为你还有一分母女之情,原来却是把自己的女儿当诱饵。不过也对,舅舅说过很多次,你是个疯子,做事不能以常人看待……放心吧,我不会怨你。对你这样的疯子而言,怨恨都是多余的。"说着,她轻声笑了起来,显得十分镇定。

李云睿冷笑道:"你是我生的,当然没资格怨我……那个贱婢现在不是在外面活得好好的吗?范府为什么只护着她,而没有护着你?你要怨,只能怨你的相公与你的公公婆婆。"

"或许大家都没有想到,你会对自己的女儿下手。"林婉儿轻声道。

李云睿微笑着说道:"这时候来说这些有什么意思呢?只要范闲死了,什么都好办。"

林婉儿自信地说道:"可惜您永远杀不死他,他能从大东山上活着回来,就一定会好好地活下去。"

"有些人的死活不由他们自己决定,我从来没有担心过我的好女婿,因为这两年他活得如此光鲜亮丽。因为我了解他,只要你和大宝在这里,他除了死,还能有什么出路?"说着,李云睿看了一眼女儿,又看了一眼正害怕地缩着肩膀的大宝,眼里闪过一种厌恶。

"没有想到母亲竟然会认为安之……会如此有情。"林婉儿平静地注视着母亲的双眼,"我是他的妻子,都不指望他会愚蠢到因为你的手段而放弃自己的生命,也不知道你是从哪里来的信心。"

"你不懂,所有人都不懂。范闲或许是个虚伪到了骨头里的人,可对他身边的某些人反而炽热到了极点。"李云睿又说道,"我不会低估他,我会做好他真的翻身的准备。几天后他或许有机会把这座皇宫翻过来……所以我会带着你和大宝出宫,让他自己钻进这个瓮里。"

林婉儿叹道:"看来母亲已经掌握了十三城门司,秦、叶两家的军队随时可以进京。"

长公主微微一怔,旋即笑了起来:"我的女儿果然有些像我,看事很准。"

林婉儿心知肚明范闲一定会想办法深入皇宫,借用大皇子的禁军与他在宫中的内线一举翻天,但没有想到母亲根本不在意皇宫的一得一失,反而存着让敌人陷入深宫,再起重兵反袭的念头,不禁有些担心又有些茫然,问道:"你究竟想要什么呢?太子哥哥还是二哥做皇帝,对于你来说没有什么分别,可是你想要的究竟是什么呢?"

"我想要什么?"李云睿盯着广信宫里的某一处墙面,沉默了很长时间,"我想要天下人都知道,这个世上,有些女人在没有男人的情况下,也可以做出非凡的壮举。没有男人算不得什么,范闲死之后,你一样是高高在上的郡主,所以不需要提前悲伤。"

"不知道我的男人死后我会怎么样,是不是会难以抑制地悲伤。"林婉儿低着头,没有看母亲一眼,"但我知道母亲您没了男人之后就真的疯了,所以这些教导还是留着您自己用吧。"

"放肆!"李云睿美丽的容颜冰冷了下来,"什么混账话!"

"不是吗?"林婉儿平静地回道:"舅舅就是在那面墙上想掐死你。舅舅现在被你害死了,你是不是心里又痛快又憋屈,恨不得把自己的脸给划花了?我不是一个什么都不懂的人,只不过我很厌恶这些事情。所以,母

259

亲你本质上就是一个没有男人便活不下去的可怜人，何必装腔作势？"

"你是我的女儿，激怒我没有任何好处！单靠激怒我，难道我便会杀了你？不过我必须承认，你的言语很有杀伤力。"李云睿叹了一口气，轻轻地抚摸着女儿有些消瘦的脸颊，"和你在一起的时间不够长，竟没有发现，我的乖女儿原来也是这样一个厉害角色。"

林婉儿静静地注视着眼前的母亲，说道："我是个没有力量的人，所以只有言语可以用，或许你会成功，但你不可能让我佩服你一丝一毫。"

然后，她的双唇闭得极紧，显得极为骄傲而自信。忽然，大宝在她的身边轻声咕哝道："妹妹，你把我的手捏痛了。"李云睿笑了起来，接着又轻声说道："好女儿，不要这么愤怒，我会让范闲死在你的面前，到时候，你会更愤怒的。"说完这句话，她轻轻拍了拍林婉儿冰冷的脸颊。

范闲发现自己陷入了战争的海洋，就算有八成的京都百姓认为自己是受了冤枉，可是还有两成的百姓将自己看作十恶不赦的刺君逆贼，与外邦勾结、丧心病狂的卖国贼。

京都人太多，即便只有两成，也足以汇成一股令人恐惧的力量。看着那些敲锣打鼓、呼喊官府衙役和军士前来捉拿自己的百姓，奔跑于大街小巷中的范闲苦笑之后，忍不住想要骂娘，恨不得拿个喇叭去问那些往年将自己奉若诗仙的庆国子民：老子如果真是坏人，那回京都做什么？

监察院虽然被内廷看得紧，但一处密探还是刻意弄些乱子来帮助他。即便这样，他依然没有摆脱长公主方面的追缉。那十几名军方的高手实在让人很头痛。更麻烦的是那些京都府的衙役和刑部差官，这些人常年在京都厮混，与百姓关系密切，竟是让范闲不能保持一刻钟以上的潜伏。

他靠在一道院墙下，看着越来越黑的夜色，看到了天边的那轮明月，不由皱起眉头，暗自咒骂老天爷。微凉的院墙让他的情绪稍许平静了一些，他咳了两声，伤势未愈又强行调动霸道真气，纵是铁打的身子也感到了疲惫。就在这时，不远处的街上又传来喧哗的兵马声。

如果仅仅是逃亡，范闲有足够的自信在京都与长公主方面打半个月的游击，他甚至还可以慢慢地将那些重要的敌人一一暗杀，如春梦了无痕。然则……他的妻子亲人被软禁在宫中，在宫外他又有所顾忌，必须找一个安静的地方联络自己的势力，眼下长公主方面锲而不舍的追捕让这变得非常困难。对于行踪不停暴露，他心里不是没有怀疑过什么，只是根本来不及考虑这些。

外面的人声更近了，还有马声，范闲左手抠住墙皮，真气一运，抠下几块碎石，向着死角处的墙壁弹了过去。啪啪轻响，墙上多了几个不显眼的印迹，似乎有人从那里爬了过去。

然后他像只鸟般向院墙后方掠了过去。他听得清楚，院墙后面是处不错的府邸，住的不知是哪个官员。他决定赌一把，看能不能找着可以信任的熟人，即便找不着，也可以躲上一躲。

翻过院墙，行过假山流水，上了二楼，进入一间充满书卷气息的房间。院外兵马之声愈来愈响，范闲不及思考，转过书架，一把黑色匕首便架在了一个人的脖子上。

他的运气自然没有那么好，能于京都茫茫人海中撞到可以信任的官场熟人，不过也没有那么差。他本以为这是书房，里面的自然是这家主人，却没想到这里不是书房，是闺房。黑色匕首下不知是谁家小姐，外人突如其来的闯入，令她瑟瑟作抖，楚楚可怜，两眉弯蹙，捧心欲呼。

这位姑娘很柔弱，范闲并不认识，也没有生出怜惜，看着她张口想要呼救，便左手奇快无比地捂住了她的嘴巴，紧接着指尖一弹，准备封了她的经脉，令她暂时不得动弹……然而指尖未触，他诧异地发现这位陌生小姐，竟是嘤咛一声，晕在了自己的怀里。

范闲一怔，手指在这位小姐的颈上轻轻一摁，确认是真的昏了过去，不由将手收回，把小姐放于椅上，然后不解地看了看自己的手指头，心想还没有来得及抹迷药，她怎么就昏了？

府外的嘈杂没有维持多久，只是略微交涉了几句，那些追缉自己的官兵便离开了，这让范闲有些意外，心想说这座府里究竟住着的是谁，竟能让长公主那方如此信任？

这座府院占地不小，但看制式并非是何方王爷国公家族，应是官员居所。他皱眉想了许久，始终记不起来有哪位长公主信任的大臣住在这里。追兵已去，范闲稍微放松了一些，这才有了闲余时间，观察一下自己所处的房间。

不看不打紧，这细细一看，他忍不住又是吃了一惊！这房间全不似一个青春小姐的闺房，一点女红之类的物件也没有，只有满满几书架的书，书桌两侧的柱子上赫然贴着两道他非常眼熟的对联：

嫩寒锁梦因春冷，芳香笼人是酒香。

范闲忍不住看了眼那位昏迷的小姐——这副对联乃那个世界里大宋学士秦观所作，而之所以会出现在这个世界上、这位小姐的闺房之中，自然是拜范闲手抄《石头记》之赐。

这副对联曾经出现在书中秦可卿的房中。秦可卿是何等样妩媚风流、春梦云散的人物，房中挂着这副对联才算应了人物。而贴在此处，却和椅上的小姐青涩模样、闺房里的书香气息实在不大对衬。

书架上那些密密麻麻的书，则是范闲震惊的第二个缘由。那些书架上没有摆着《列女传》，没有摆着女学里的功课，也没有摆着世上流传最广的那些诗词传记，陈列的则是《半闲斋诗集》，各种版本的《半闲斋诗集》，尤其是庄墨韩大家亲注的那个版本，更是排了三套。还有整整三排由范闲在一年前亲自校订、由太学合力所出的庄版《经史子集》，这些都是那辆马车中部分书籍整理后的成果。

书架上最多的便是《红楼梦》，或者说《石头记》，各式各样版本的《石头记》，或长或短，包装或精美或粗陋，大部分是澹泊书局三年来出版的版本，也有些不知名小书坊的作品。

范闲怔怔地站在书架前，看着这些散发着淡淡墨香的书籍，陷入了沉默。他不知这位昏迷中的小姐是何家人，也不知道这位小姐为何对自己留在世上的笔墨如此看重。恍惚间，他将自己身在京都险地，正在筹划着血腥阴谋的处境也忘了个精光，静静地看着这些书，一时间竟觉得很满足。

人总是要死的，自己活了两次，拥有了两段截然不同的人生。而自己在庆国这个世界上已经留下了这些文字，这些精神上的东西，即便今日便死又能有多少遗憾？是的，这些文字不是他的，这些精神上的东西也不是他范闲的，然而这一切是他从那个世界带来，赠予这个世界的。

他在满足之余又生出很多自豪，身为一座桥梁的自豪。

这或许和叶轻眉当初改变这个世界时的感慨，极为相近吧。

早已入夜，只有天上的银光透进来。这个时代的人们用晚膳向来极早，这位小姐大概也习惯独处，这段时间内竟是没有一个丫鬟进屋问安，反而让范闲有了极难得的单独回思时刻。

他从这种突然出现的情绪中摆脱出来，走到书桌前，看着那些墨迹犹新的雪白宣纸，看着纸上抄录的一些零碎字句，唇角忍不住浮现出一丝难以琢磨的微笑。

"都云作者痴，谁解其中味？"他看着纸上的娟秀字迹自言自语道，心想这位小姐倒真是位痴人。他眼角余光忽然瞥见书桌侧下方的隔栏里有一抹红色，好奇地取了出来，只见书皮是无字红皮，约莫八寸见方，内里扉页上写着"风月宝鉴"四个大字，他不禁又生出了诸多感慨。

正是这本。

就是当年初入京都，于一石居酒楼前，他在卖孩子的大妈手中买到的那本盗版《石头记》，未曾想到会在此地重逢。数年来在京都江南诸地的生活有如浮光掠影般飘过他的脑海，令他不知如何言语，方始明了自己早已忘了当初的明朗心绪，早已没了那种跳脱却又轻松痛快的生活。

"不知这位小姐究竟是何府人士。"他往椅上那位姑娘望去，发现这位姑娘生得极为清秀，尤其是脸上的肌肤格外干净，眉间又无由地透露出一种冷漠，看上去就像是苍山上的雪，亮可反光，这不禁让他想起了在外人面前永远是冷若冰霜的若若妹妹，还有此时被困在宫中的妻子婉儿。

孙瞾儿慢慢地醒了过来，却觉得眼帘有如铅石一般沉重。她只记得自己用饭后便回房中小憩，准备再用心抄一遍诗篇，明日在园中烧了祭拜陛下。不料府外吵嚷声起，似乎是京都府的人在捉拿要犯，然后便是那个男子冲了进来……

黑色匕首是那样寒冷，那双手居然有那么重的血腥味，还有浓厚的男子体味。她这生哪里受过这样无礼的对待，羞怒交加，一口气喘不上来，竟昏了过去！

不知道昏迷了多久，她终于醒了过来，缓缓睁开双眼，模糊地看见了一张年轻的脸。屋内没有灯，只有窗外淡淡的月光，衬得这张脸更加纯净温柔。

她眼神惊恐地往椅子后缩去，张嘴欲呼，眼里的惊恐却转成了一种茫然与无措。这个年轻男子究竟是谁，看上去似是不认识，可为什么却这般眼熟，就像是很久以前在哪里见过似的？

看着姑娘眼中闪过那种复杂的神情，然而却没有呼喊出声，范闲有些意外，将准备点出的手指收了回去。他没有准备迷药，因为他需要一个清醒的人质。

"你是谁？"

"你是谁？"

两个人同时开口，范闲微微侧头，挑了挑眉头后说道："难道我不应该是个歹徒吗？"

孙瞾儿看着这个好看的年轻人，微微发怔，总觉得对方的眉宇间尽是温柔，怎么也不像是个歹徒，可是她也清楚，自己的反应实在是有些怪异，不由涌起一阵惭愧和慌乱，双手护在身前，战抖着声音说道："我不管你是谁，但是请你不要乱来，这对你没有任何好处。"

"小姐你很冷静，我很欣赏。"范闲温和地望着她，"一般家户的小姐一旦醒来都会大呼出声，然后便会带来我们都不愿意看见的悲惨后果。小姐自控能力如此之强，实在令在下佩服。"

孙翀儿面色微热，想到自己先前正准备呼喊，却看见这张前世隐约见过的脸。

"姑娘不必惊慌，我只是暂时需要一个地方躲避，我保证一定不会伤害你。"

范闲将手中那本红色封皮的《石头记》轻轻搁在桌上，他本来应该将这位小姐迷晕，可是内心深处有种预感应该不会有事，而且他莫名地想和这位小姐聊聊。

"躲避？"孙翀儿心想这人究竟是谁呢？在躲谁呢？忽然间，她想到这两天里京都发生的那件大事，想到传说中那人的容颜，再看了一眼被那人轻轻搁在桌上的《石头记》，脸色瞬间苍白。

不是她聪明，也不是她运气好，而是这几年的时间，她的心一直被那个名字占据着，她时时刻刻关心着那个人的一举一动，尤其最近那人被打入了万丈深渊，成为人人得而诛之的逆贼，更是让她无比痛苦——所以她才能在第一时间内联想到那个人，做出了最接近真相的猜测。

范闲看了她一眼，温和地问道："姑娘，请问您是何家府上小姐？"

此时孙翀儿心中已经认定此人便是彼人，心神激荡之中哪里说得出话来，只是痴痴地望着范闲，颤着声音问道："您是小范大人？"

范闲的易容虽不是太夸张，但他坚信，不是太熟悉自己的人一定无法认出，这位小姐为什么一眼就认出了自己，唤出了自己的名字？他心头一紧，目光冷了下来。

孙翀儿见他没有否认，心里更是慌乱，带着羞意道："家父孙敬修。"

"孙敬修？"范闲倒吸一口冷气，心想自己的运气不知道是好到了极

265

点，还是坏到了极点——孙敬修是如今的京都府尹，不仅掌握着京都的衙役与日常治安，还是奉太后旨意捉拿自己的主官……没想到自己竟然躲进了孙府，还抓住了孙敬修的女儿！

他叹了一口气，望着孙家小姐道："原来是孙小姐，希望没有惊着你。"

孙敬修是正二品的京都府尹，没有偏向，和自己也没有什么瓜葛，尤其是太后如此信任此人，自己再留在这府里和在虎穴也没有什么区别，为安全起见还是早些离开才是。他暗中伸出手指，挑了一抹曾经迷过司理理、肖恩、言冰云的哥罗芳，准备将这位孙家小姐迷倒，再悄然离开。

"您是小范大人？"孙簪儿咬着下唇，执着地问着。

范闲站在她身前，面带不明所以的笑容，好奇地问道："小姐为何一眼便能认出在下？"

孙簪儿听他变相地承认，不敢置信地捂住了自己的嘴巴，不知为何，两滴眼泪从她的眼角滑落了下来。范闲有些莫名其妙地摇了摇头。孙簪儿看出他准备离开，竟是一下子从椅上跳了起来，紧接着又扑了过去，将他紧紧地抱在了怀里！

软香满怀，范闲真的傻了，这位孙家小姐难道是位爱国女青年，准备拼了小命也要捉拿自己这个刺君的钦犯？不对，怀中这位姑娘在哭，不像是要捉自己，那她究竟是想做什么？

他感受着对方肩膀的抽搐，不由好生纳闷，这似乎已经陷入某种男女的问题，可他记忆力惊人，自问平生从未亏欠过一位姓孙的女子，事实上，根本就没有见过此人！

"宝玉……"孙簪儿在范闲怀中抽泣着，忽然如梦呓般说出两个字来。

范闲心中一惊，将她推离怀中，轻声喊道："姑娘，且醒醒。"

"且醒醒"，孙簪儿便醒了过来，惊呼一声，一下子退了回去。想到先前自己竟然扑入一个陌生男子的怀里，不由又惊又羞又怒，竟呜呜坐在椅上哭了起来。范闲看着这一幕，不由皱起了眉头，心中似乎隐约感觉到了什么，京都府尹？孙家小姐？这满房的《石头记》《半闲斋诗集》，先前小姐无意中喊出的那声宝玉……电光火石间，他想起了久远的一件事情，一个曾经在京都传得沸沸扬扬的故事——

"你是那个……奈何烧我宝玉！"范闲望着孙家小姐吃惊道。

孙瑾儿被范闲认了出来，也是吃了一惊，低下了头，羞答答地望了他一眼。

三年半前范思辙给范闲讲过一个故事，当时兄弟二人准备初组澹泊书局贩卖《石头记》，范闲担心销量，范思辙让他放心，因为《石头记》早已风行京都，尤其是折磨了不少的大户小姐。这些小姐中最出名的便是京都府丞家小姐，那位小姐因为看了《石头记》，变得茶饭不思，痴痴呆呆，结果被府丞家夫人一把火将书稿烧了。那位小姐痛呼一声，奈何烧我宝玉！就此大病一场，缠绵榻上许久。

这事在京都传得广且久，也算是范闲声名里的一抹亮色。他看着羞怯低头的孙家小姐，忍不住叹着气，心想难怪对方知道自己身份后如此激动，难怪这闺房布置成这个模样，原来她是自己的天字第一号粉丝，或者说是得了"红楼综合征"的女儿家，被宝玉兄弄魔障了的可怜人。

他望着孙家小姐和声问道："书稿不是烧了吗？"孙瑾儿羞羞地抬起头来，望了一眼书桌上的红皮《石头记》，用蚊子般的声音说道："后来买了一本，病便好了。"

"京都府丞……孙大人现在是京都府尹，我实在没想到这处。"范闲微笑着说道。

府丞离府尹只差两级，权力可是天差地别，尤其是京都这种要害地方，一般府丞绝难做到府尹，更何况这才过去了三年多时间。

孙瑾儿看了他一眼，轻声道："这还要多谢小范大人。"

"谢我？"

"是啊。"

一番交谈下来，范闲才明白，自己入京后惹出了无数的麻烦，当年

267

的京都府尹梅执礼因为范闲与礼部尚书郭攸之之子的官司被迫离京,如今在燕京任着闲职。接任的京都府尹又因为范闲与二皇子的权争,牵涉到杀人灭口的案件中,被革职查办。三年不到,京都府尹连换数人,也正因为如此,孙敬修才能从京都府丞爬到京都府尹的位置,孙小姐说这一切全靠范闲,倒也说得不错。

京都府的位置极为特殊,他居然机缘巧合遇到这位小姐,是不是上天在帮他?他看着孙家小姐认真到甚至有些木讷的状态,问道:"孙小姐,你信我吗?"

"大人喊我颦儿好了。"孙颦儿低头说道。

"颦儿?"范闲心里一动,知道此事又多了两分把握,"如今我是朝廷通……"

"我不信!"孙颦儿急急抬头抢先说道。

"我是坏……"

"你不是。"

孙颦儿咬着嘴唇,看着离自己近在咫尺的范闲的面容——她并不知道范闲已经做了一些易容,只觉得做了三年的梦变成了现实,自己可以看见他,可以听到他的声音,甚至……先前还抱过他!在她的心中,小范大人怎么可能是谋刺陛下的坏人?

话语至此,还有什么好担心的,范闲望着她柔声地说道:"颦儿姑娘,有件事情需要你帮忙。"

孙颦儿咬着下唇点了点头,接着又小声说道:"赶紧点灯。"不知道她是嫌窗外的月光太暗,看不清梦中偶像的面容,还是提醒范闲,不要引起孙府中下人的疑心。

第十六章 杀人从来不亮剑

"全天下都在找你，谁能想到你在这里……你我相识两年，也只有此时，大人才算真正让我佩服。不只我佩服，只怕长公主也很佩服，孙大人在奉旨捉拿你，你却躲在他女儿的闺房里……"

言冰云坐在范闲的对面摇了摇头，脸上的烛光微动。

范闲平摊双手，耸耸肩："我的运气向来比别人好一些。"

他入京后第一个联系的人就是言冰云，只是一直没有合适场所，二人还是头一遭见面。至于言冰云如何摆脱内廷的监视来到孙府，这不是他需要担心的问题，监察院下任提司当然应该有这本事。

范闲略微停顿之后又道："或许这不是运气，毕竟这是我的过往所带给我的好处。"

言冰云看了一眼闺房后那张大床，低声说道："大事不拘小节，大人你准备如何利用这位姑娘？"

范闲回道："孙府就是我们这次的指挥部。"

言冰云叹道："也只有你做得出来这种事情，谁也不会怀疑你会躲在京都府里。"

范闲道："孙小姐愿意帮助我，城门等于给我开了一半。"

言冰云微微皱眉："我不认为一位小姐可以对她的父亲产生这么大的影响力。"

范闲说道："这是我要考虑的问题，需要你的是从中调度。入京的人手，你安排在各处府外，一旦动手，要的是雷霆一击，不给他们任何还手的机会。"

言冰云苦笑道："你应该知道，一个月前，我在院里的所有权限，已经被陈院长夺了。"

"我不知道，陈萍萍他发什么疯？"范闲很是恼火。

"这个稍后再说，我只关心一件事情。"言冰云盯着范闲的眼睛问道，"陛下……究竟死了没有？"

一阵沉默过后，范闲缓声说道："整座大东山只逃出我一个人，虽没有亲见，但估计是凶多吉少，不然长公主那边也不会如此有底气。"

"大东山上究竟是怎么回事？"言冰云问道。

范闲没有太多时间叙说细节，直接告诉道："苦荷、四顾剑、叶流云，应该都到了。"

言冰云面若寒霜，知道陛下再也无法回到京都，渐渐握紧拳头，问道："你的五百黑骑在哪里？"

"在京外潜伏，我有联系的方法，但很难悄无声息进京。现在有了京都府则不同，如果放入京中大杀一场，再有禁军帮手，我认为应该会起到很重要的作用。此外，院中在京都还有一千四百人。这便是你我所能掌握的力量，一定要赶在长公主控制十三城门司之前于京都发动。"

"有件事情我必须提醒你。"言冰云沉默半响后，声音微涩着说道，"如果我预计得没有错……关于刺驾，陈院长应该事先就知情，甚至在暗中配合了长公主的行动。"

范闲沉默了很长时间都说不出话来，监察院的混乱与古怪透着股刻意的味道，他早就有所怀疑，可怎么都无法相信陈萍萍会扮演那种角色。"应该不会。秦家的军队，这时候已经包围了陈园。"

"这是事实。"言冰云盯着他，"不管你与院长有什么关系，既然要替陛下执行遗诏，就必须注意这个问题，我不希望你还没有动手，就被阴死了。"

范闲摇了摇头没有说什么，取出提司腰牌交给言冰云："我不知道这块腰牌还能使动院中多少人，但你的权限被收，想要组织此事，还是要去试一试。"

言冰云收过腰牌，看了里间那位小姐的身影一眼，说道："一定有用，我现在也开始相信运气了。我以前曾经听说过一句话，女人通过征服男人而征服世界。我却发现你这一生，似乎是在通过征服女人而征服世界。"

范闲不想接话，问道："有没有洪常青和启年小组的消息？"

燕小乙死在了重狙之下，但他一直很担心青娃和那些亲信下属的死活。附近州郡明显也被长公主控制，叛军有能力封住大东山，自然也能封住从东山路回京的道路。

言冰云薄薄的双唇紧紧抿着摇了摇头，然后看了他一眼。

范闲摇了摇头："不用安慰我，没消息就是坏消息。"

"好吧，我承认自己还有渠道知道院里的情报。"言冰云道，"有件很古怪的事，东山路那边的情报系统，我指的不只是院里的，是所有的情报线路都失效了，最近的消息是三天前的。"

范闲嘴里有些发干，强自镇定道："别的地方暂时理会不到，我们先把京都的事情搞定。"

言冰云道："你把腰牌给了我，等于是把一千多人的指挥权交给了我，要不要再给我一个方略？"

范闲沉默了会儿，坚定地说道："按既定方针办。"

言冰云看了他一眼，轻声道："会死很多人的。"

"我不想死，自然别人就要死。"范闲又道，"不管死多少人，十三城门司一定要控制住。"

言冰云没有表决心表忠心，摇头回道："就凭监察院根本无法控制十三城门司。"

"太后掌着十三城门司，便不会允许秦家和叶家的军队入京。"范闲看着他说道,"老人家不想京都陷入战火之中,我们需要做的就是帮助宫里把这件事情做好。"

十三城门司其实是一座衙门,管着京都九处城门。

言冰云摇头:"赌命于一门,这是很愚蠢的计划。"

范闲声音微涩道:"可不敢和秦家在京都硬拼……都说叶重回了定州,可是谁会信呢?"

"十三城门司守不住怎么办?"言冰云问道,"在朝廷里培植亲信这种手段,你我可不是那些老一辈人物的对手,长公主在十三城门司中肯定有人。"

范闲笑了起来,起身拍了拍言冰云的肩膀:"就算阻止不了秦家大军入京,可是秦家什么时候到、多少人到、怎么到,你总能事先就查清楚的。"

言冰云忽然觉得肩膀很重,心有些寒冷。范闲静静望着他:"你也知道老一辈最喜欢玩这种背叛与死间的戏码。我知道老跛子暗地里有人,是准备玩死老秦家的死间。"

言冰云苦笑无语。

范闲大笑道:"如果我没有猜错,你父亲便是院长在秦老爷子那边埋了数十年的棋子。如此一来,秦家要做些什么都在你我掌握之中,打个完美的时间差应该可行。"

言冰云走后,范闲坐在孙姑娘的闺房里开始扳手指头,不是在算自己重生以后挣了多少银子,而是在算时间,算自己可以控制的力量。算来算去,发现如果秦、叶两家大军入京,自己还是只能去打游击。一念及此,他不禁大摇其头,心想陛下如果知道今天的庆国会沦落到如此局面,会不会后悔当年严禁自己与军方有任何接触?天下七路精兵,竟无一路可为自己所用。所以在大军入京之前,他必须对皇宫发动雷霆一击,把婉儿、宁才人、宜贵嫔,还有老三救出来——只要将这些人救出来,他再拿着重狙打游击,天下有谁能奈何得了他?他起身走到窗边,看着渐渐熄去的灯火,脸色平静,开始有了一些乐观的判断,对某些长辈的信心也越来越足了。

"小范大人。"见言冰云走了,孙蓉儿慢慢地走了出来。她已经不像先前那般激动与惶恐,恢复了一位大家闺秀应有的自矜与内敛,只是偶尔瞄向范闲的眼神会暴露一些内心的复杂。

"称我安之好了。"范闲微笑道。

孙蓉儿隐隐猜到小范大人先前与那位出名的小言公子在商谈什么,不禁有些害怕,她有些激动地轻声说道:"小范大人,我只是个女儿家,并不知道朝廷里究竟发生了什么事情,但我……"她抬起头,勇敢地望着范闲,"但我相信您,所以您需要我做什么,敬请直言。"

范闲沉默片刻,展颜笑道:"如今奸贼当道,君无君,臣不臣,子不子,国将不国,本官抛了这性命也要试着将那些逆贼恶子拉下马来。姑娘若愿助我,烦请收容在下于此地停留数日。"

孙蓉儿微感讶异,没有想到小范大人要求如此之少,鼓起勇气道:"大人,家父应该对您有所帮助。"

范闲笑了笑,现在有孙府作为居中地,已经帮了他极大的忙,从此以后,他可以十分方便地通过言冰云联络自己在京都的属下。他不敢完全相信一位姑娘能说动京都府尹改变立场,然而有了孙蓉儿从中做桥,只待时机变化、局势转换之时,孙大人未尝不能做些添花之举。

"若有机缘,确需小姐引见一下令尊。"

"其实……蓉儿实在不孝。"孙蓉儿羞愧道,"敢请小范大人……还请对家父多多宽容。"

孙大人奉太后旨意捉拿范闲,她这个做女儿的却将他藏在自己闺房里。她心里清楚,皇权之争何等血腥,自己的冲动之举只怕将来会害得父亲不浅,因此才会有不孝之说。

范闲怜惜地看着这位柔弱的姑娘,不禁生出些许歉疚,安慰道:"姑娘放心,安之保证……令尊至少生命无忧,若他肯幡然悔悟,那便是功臣了。"

孙毛儿得了他的承诺，喜悦地抹去刚滴出来的眼泪，全然没有想过政治人物的承诺是否会算数，深深一福道："谢过小范大人。"

"我才应该谢谢姑娘。"范闲认真还礼，柔声道，"安之虽称不上什么好人，但也不是个好杀之徒。亦愿太后娘娘能看清真相，一应和平解决，不要流血。"

二人相对一礼，看似在拜天拜地，各自又感到不妥，急忙起身。

和亲王府外面有些神秘的影子在穿梭，王府侍卫们却是正眼都不去看一眼。他们知道那些是内廷的探子，或许还有枢密院的眼线，大家心知肚明彼此的存在，谁也不会挑破什么。王爷如今手中执掌着禁军，只要军权一日不削，各方势力对于这座王府就必须保持着尊敬。

自从陛下遇刺的消息传出，和亲王府便被各大势力所瞩目。大皇子毕竟是当年征西军的大统帅，在这个节骨眼儿上，厉狠劲完全摆了出来，竟是调了一队五百人的禁军将自己的王府围住，如此一来，即便宫中出了什么事情，也能将王府的安全维系到最后一刻。

至于这合不合体例，违不违庆律，没有人敢多言，因为禁军就掌握在大皇子的手中，他要这样做，谁都没辙——在皇太后默许的情况下。而那些有足够勇气说话的文臣们已经于今日太极殿上，被尽数逮入大狱之中。庆国如今无君，那便是谁的兵多，谁的声音就大。

和亲王府的二管家从大门口走了出来，压低声音与护卫们说了几句什么，似是在表示慰问，紧接着护卫中行出一人去府后安排了一辆马车。

嘚嘚的马蹄声中，一辆涂着王府标记的马车从黑暗中驶了出来，停在了王府的石阶之前。那些在王府四周进行护卫的禁军将目光移了过来，没有什么反应。

如今的京都自然执行着十分严谨的宵禁，除了追缉范闲的官兵，大街上基本是空无一人，但此时要上马车的是大皇子府的二管家，禁军自然装作没有看见。

二管家站在石阶上,眯眼往街头巷角的黑暗望去,知道在黑暗中不知道有多少人在偷窥着自己的行踪。不过他并不担心什么,他这是要去见长公主府上的那位谋士,安排双方接下来的行动。

是的,这位二管家,便是北齐小皇帝派驻京都的密谍头目,暗中瞒着王妃将范闲在羊葱巷的行踪卖给长公主的那人。他身负皇命,所以并不将王妃的愤怒放在眼里,微笑着抬步下阶。当他掀开车帘,眼瞳紧张地缩了起来,本来应该空无一人的马车中,竟有几个黑衣人正冷漠地看着自己!

紧接着他感到一股彻骨的寒意,循着身体内的数个空洞往脑中侵入,寒意之后便是无穷无尽的痛感。他张大了嘴,却喊不出一个字节,只能呼呼艰难地喘着气。

他低下头,看清了自己身上突然多出来的那三根铁钎,冰冷的铁钎无情地刺入他的身体,将他像无辜待宰的小鸡雏般串起来,温热的血,顺着铁钎汩汩地向外流着。

"六处!"二管家在临死前的这一瞬间猜出了刺客的身份,绝望地认了命。

他出卖了范闲,知道自己会面临监察院无穷无尽的狙杀,只是他没有想到,这才几个时辰,一盘散沙似的监察院便重新拥有了强大的行动力。来不及思考了,他双手无力地攥着胸口上的铁钎,往马车下软了下去,啪的一声摔到了地上,顿时鲜血横流,生机全无。

最先发现王府门口刺杀的当然是近在咫尺的王府侍卫,然而一时间竟没有反应过来,眼睁睁地看着备受王妃信任的二管家就这样被三根铁钎狠狠刺死,倒在血泊中不停地抽搐。

那辆马车在极快的时间内开动起来,碾过二管家的身体,向黑夜里冲了过去。

在黑暗里的探子们不由目瞪口呆,他们怎么也没有想到,竟然有人可以在防卫森严的和亲王府门口迅速完成了刺杀，那些人是怎么躲进王府马车的，而且竟没有露出一丝痕迹？

"杀！"

王府外的禁军在略微一怔后，用最快的速度反应了过来，齐声怒喝，长枪扎了过去。咔咔数声，拉车的骏马悲鸣初起，便被戳翻在地，震起一片灰尘，而那辆马车也被迫硬生生停在街中。

马车轰的一声散成无数碎片，紧接着大量的浓烟生起，烟中含着毒气，将禁军逼退，连声咳嗽。车中三名刺客化成三道黑影，借着毒烟的掩护，冲出了豁口，在禁军合围之前，消失在了京都的黑夜中，只留下一句阴森冰冷的宣告——

"出卖范公爷者死！"

毒烟散尽，王府门前呼痛声不断，一片紧张，所有人心中都还回荡着刺客留下的那句话——是的，除了监察院里那些可怕的刺客，谁还有这个能力、这个胆量在和亲王府的正门口行刺！

陛下去后，陈院长中了东夷城大师的剧毒，范提司成了明文缉拿的朝廷钦犯，往日里威慑天下的监察院忽然变成了一盘散沙，完全丧失了那种魔力。而这一场阴险而勇敢的刺杀，那一声宣告等于昭告天下——小范大人还活着！监察院还在！那些出卖他的人，试图想杀死他的人，都将慢慢迎来监察院无休无止的报复。那些沉浸在黑暗中的谋杀、毒液，会将这座城池泡多久？会让多少人死去？

王府外的混乱紧张与恐惧没有完全传入王府内，庭院间还很安静，王妃冷漠着脸，坐在微凉的亭间，双眼看着窗外缓声道："这是在警告我？"

"不是。"言冰云站起身来，平静地说道，"这是提司大人传达的诚意与信息。"

王妃转过头来，严肃地盯着他的眼睛。言冰云不为所动："王妃是庆国王妃，不再是北齐的大公主，二管家这种人即便死得再多，想必您也不会心疼。"

一切无须言语，彼此明了于心，王府门口那声喊，不知会迷惑多少人。按照范闲在羊葱巷的提醒，王妃已经是庆国人，为北方那位弟弟考虑得再多，对自己的将来也不会有任何好处。

　　"提司大人想传达的信息很清楚。"言冰云继续平静地说道，"今夜死去的人将会逐步证实这一点——他已经重新掌握了监察院。"

　　王妃神情凝重地回道："可是暗杀从来不是解决问题的正道，希望言大人慎重。"

　　她清楚，现在范闲还在被追缉，监察院的力量能够聚拢，能够在这么短的时间内尽数展现出来，全因为面前这位官员的能力。暗杀的决定或许是范闲做的，具体的执行人却是眼前这位。

　　"我们只能做自己擅长的事。"言冰云仍然平静地说道，"用提司大人的话讲，我们不亮剑，只杀人。至于后果如何，太后会怎么反应，这是提司大人需要考虑的问题。"

　　"今天夜里会死多少人？"王妃担心地问道。如果范闲在京都真的掀起一场血雨腥风，他难道真的不担心太后用铁血手段报复？宫里那些人又怎么办？

　　言冰云眉宇间那抹冷漠渐渐化成冷厉，应道："十三城门司里有位统领应该已经死了，刑部有位侍郎应该也死了，这么大一场风波，总有一些人是应该死的。"

　　一夜之间，有许多人死去，消息就像是初秋落下的第一场霜，顿时让那些本来意兴勃发的阴谋家及跟班们蔫了精神。他们终于想明白了，社稷之争，从来没有温柔收场的道理，更何况小范大人手中拿着遗诏，带着监察院的阴森气——这样的人一天不抓住，那谁都别想过自己的荣华富贵日子。

　　宫中的太后与太子明白，这是隐于黑暗中的范闲向他们表示的态度，对于这种态度，祖孙二人自然异常愤怒。因为这种态度等于范闲站在他们面前,赤裸裸地说:我有能力杀死任何想杀死的人,你们不要动范家,不要动天牢里的那数十位大臣,不然若真的乱动了,那就看到底谁能杀死谁?

从某种角度说,范闲这种激化矛盾的手法极有可能是个愚蠢的选择。太后如果真引兵入京,他能怎么办?监察院只能在黑暗中发挥力量,遇着军队依然只有退避三舍。妙就妙在,不知为何,太后和太子都选择了沉默,没有进行反击。

随后两日,长公主一方的势力依然在京都的大街小巷极力捕捉着范闲的踪迹,如此强大的行动力,到末了却只是破坏了监察院的几个暗桩,杀死了六处几名剑手,依然没有捉到范闲。

京都府城中的部分守备师常驻人员在第一时间内包围了言府,却只抓住了一些下人,没有抓到言若海,甚至连那位沈大小姐的影子也没有看到,更不用说言冰云。

大军尚未进京,他们只能将天河大道旁的方正建筑围着、监视着,却不敢也没有能力杀入监察院的本部,只是想确保范闲和言冰云没有办法进入监察院。

只是一夜,监察院大部分的密探官员,接到来自上峰的密令,不再回衙门办公,消失在了京都的人潮人海之中。隐藏着力量,保护着自己的安全,回到了他们最习惯的黑暗中,共计六百余人就这样消失不见。这些监察院官员的失踪才是对皇宫里贵人们最大的威胁。

京都大街呈现出前所未有的肃然与荒凉,即便只是宵禁,大白天敢出门的市民已经不多。

登基大典忽然没有了后续的消息。宫里虽然将消息看管得很紧,但是逮捕了四十余位大臣入狱,如此大事怎么可能一直隐瞒下去。京都百姓察觉到了些什么,知道皇宫里出了大乱子,但他们没有力量去改变历史,至少在眼前也没有这个勇气,只好关闭自家的商户,囤积足够的粮食,躲回自己的寒舍,钻进被窝,双手合十,祈求上天和神庙能够赶快恢复庆国的太平。

不论谁当皇帝都好，但总要有个来当才是。

按照长公主的计划，此时已经成为庆国新一任皇帝的太子，已经感觉到了极大压力，如今的乱因还只是在京都蕴积，一旦传出京都，延至州郡，那庆国真要乱了，所以他必须在最短的时间内稳定一切，而要稳定，就必须找到范闲，杀死他。

太子看着堆积如山的奏章，半晌说不出话来。不过三天时间，各郡各州呈上来的奏章已经累积了一千七百多份。往日这些奏章会由门下中书省的几位大学士参拟，重要事务交由陛下定夺，其余小件分发至各部处理，然而如今的大学士们都在狱中，各部也都在混乱中，京都人心惶惶。

取下小山最上面的几封奏章，太子看了两眼，眼神渐渐迷茫起来。

这几封奏章来得最晚，是除了东山路之外，另六路总督得知陛下遇刺消息后发来的文书。几位总督语气虽然恭谨，隐在字里行间的刀剑之意却是十分明显。

太子有些无奈地想着，庆国的文臣们什么时候变得如此有骨气了？他想到天牢里的那几十位大臣，以胡、舒两位大学士为首，在牢里熬了两天三夜，竟是没有一个松口的。宫内不能再等，从昨天开始便用了刑，依然没有打磨掉那些大臣的骨头，甚至今天中午舒大学士开始带头绝食了！

他揉了揉太阳穴，头痛无比，难道真要依姑母的意思，将这些大臣全杀了？可是全杀了怎么办，谁来处置朝务？难道要本宫当一个真正的孤家寡人？天下的议论，史书的评价……

此时，侯公公忽然未请通传便满脸惊慌地走入了御书房。太子知道侯公公是姑母的亲信，是信得过的人。侯公公凑在他耳边说了几句，说着脸色有些苍白。太子猛然一惊，一掌拍在了书案上，震得那些奏章摔落在地，他大怒道："谁给你这个胆子！"

侯公公身子一震，赶紧低下身子哀声道："和小的无关。""无关！"太子冷冷地盯着他，"如今这宫里都是你在管着，没你伸手，怎么可能有刺客跑到辰廊去了？"

"确实和奴才无关。"侯公公赶紧跪下。半晌后太子才平复了愤怒的情绪，挥袖往后宫走去。

是的，他想做皇帝，他要杀范闲，他知道三弟是范闲的学生，是自己争坐皇位最大的敌人，可他没想过杀老三，因为在他眼中老三还是个孩子。他脸色铁青地想着，究竟是谁想杀老三？是姑母用老三的死逼自己更狠？还是二哥想用老三的死激化自己与天下之间的矛盾？

是的，李承平是三皇子，他的死活影响太大，而且他是太子的亲弟弟。然而官员们却没有这般好的待遇，近日那些位极人臣的大人物被关在天牢中备受折磨，六部官员还在努力地维持着这个国度的运转。

户部尚书范建在靖王府里躲命，吏部尚书颜行书忙着安排新的官员充实到各部，为太子登基打基础，其余四部则是在惶然的情绪中办着公。那些立场不稳，或先天有问题的官员自然已经被排斥在外；和范闲一系瓜葛最深的那些人更是被干净地夺了官职，押于舍中待审。

天下皆知的范门四子中，侯季常在胶州，成佳林被范闲安排在苏州，与苏文茂掌握着内库。杨万里则已经在南方的大东边上修了一年大堤，史阐立应该在宋国继续推行抱月楼。就算长公主想对范闲的这四个学生动手，目前京都局势未定，六路总督态度暧昧不明，她也无法将手伸得那么远。

此时不巧是初秋，夏汛之后，水运总督衙门按常例又要派人回京要银子，杨万里在都水清吏司修堤尽心尽力，颇得水运衙门上上下下赞赏，加之知晓他与户部之间的关系，自然被选派回京，却没料到陛下居然遇刺，范闲被打成了谋刺钦犯，于是乎，他一到工部便被关了进去。

他被关了两天，不知道受了多少刑，身上遍是伤痕，刑部来人却无法撬开他的嘴，没有办法获得有关范闲的口供——他根本不相信门师会做出如此人神共愤的恶事，而且他也不知道范闲在哪里。

暮时，内廷派人来押他。杨万里眯着发花的眼睛，像个老农一样扶着腰，从那间黑房子里走了出来。此时他直觉浑身上下无一处不疼痛，手指上的血疤结了又破，重新往外渗血。他心中一阵绝望，知道一旦被押入天牢，只怕再难看见生天。

两个内廷侍卫押着他往外面走去，鲜血滴在地上，工部官员见此惨景，却不敢侧目，扭头装作没有看见。大家都清楚两天前的太极殿上发生了什么，对宫里的铁血处置没有一丝意外，太子要登基，总要这些官员低头服软，说不定这两天真的要开始杀人了！

囚车行出工部衙门，行过某处街角，忽然停下。一个侍卫皱眉去看，头刚刚探出车帘，便骨碌一声掉了下来。

整个掉了下来！

看着摔倒在面前的无头尸身，看着腔孔里涌出的鲜血，杨万里脸色惨白，空空荡荡的腹中十分难受，酸水上涌，直欲作呕。

另一个侍卫大惊欲呼救，却被一柄自车外刺入的铁钎封住了声音。车帘掀开，是那张永远平静又英俊的脸，范闲看着惊魂未定的杨万里笑了笑，问道："要不要出来？"

杨万里浊泪横流，颤着声音说道："老师太冒险了，万里不值得您这么做。"

范闲不耐烦再听，直接将他揪了下来，上了监察院特制的普通马车，不一会儿工夫，便消失在京都安静的街巷中，来到一处隐秘的联络点。范闲让下属安排杨万里去治伤，转身走到密室对着言冰云问道："长公主、太后、太子、淑贵妃都在宫里？"

言冰云点头回道："都确认了，只要把皇宫控制住，大事便定。"

"太后就真这么信任老大？"范闲有些不解，"如果我是她，早就换成老秦家的人。"

"或许太后以为，没有人能从宫里救出宁才人……"言冰云欲言又止。范闲看出他表情的不自然，问道："宫里有什么事？还是言大人那边出事了？""父亲那边没事，他这时候应该在秦家。"言冰云低头道，"有件事情我想应该在你进宫之前告诉你。"

范闲静静地看着言冰云。

"三皇子遇刺了。"言冰云顿了顿,"你在宫中的渠道没有给我,所以我无法查证这次刺杀的结果。不过我劝你往最坏处想……毕竟他还是个孩子,宜贵嫔没有保护他的力量。"

范闲半天没有说话,渐渐紧握的拳头,变得白青色的指关节暴露出他内心真实的感受。不知道过了多长时间,他轻声说道:"不是太子做的。"

言冰云有些诧异,不明白他为什么如此确认。

范闲没有解释,神情漠然地说道:"既然已经见血,那就今夜入宫吧。"

言冰云知道范闲此时的心情,没有在意他的冷漠:"有京都府的帮助,黑骑分散着入京四百人。既然你决定放弃对十三城门司的努力,那么今天晚上宫中的行动就必须一网成擒,一个都不能漏过。"

"我相信太后和长公主都想不到我敢强攻入宫。"范闲说道,"习惯了帝王心术的人,往往都忘记了勇气这种东西。一个醉汉脑子可能不清楚,然而举起菜刀还是很有杀伤力的。都说我那岳母是疯子,我想知道,当我发起疯来的时候,她会不会感到意外与害怕。"

"这确实是发疯。监察院其余人必须在宫外布置疑阵,皇宫如此之大,我们只有四百人,要保证全部成擒,就必须十分精确地知道目标们究竟在什么地方,哪怕有禁军帮你也很难做到。直突中营在兵法上是大忌,赌博的意味太重,你的信心究竟来自何处?"言冰云紧盯着他道。

范闲走到窗边,回道:"宫里有我的人。"

知道三皇子遇刺后,范闲没有和言冰云就此事交流过一句,只是平静部署着夜晚入宫的行动,仿佛已经忘了这件事。直到最后他终是忍不住望向窗外的皇宫方向,心里一阵难过,然后默默地祈祷着:"你不能死,你将来是要做皇帝的。"